De gehoornde man

James Lasdun

De gehoornde man

Vertaald door Hugo Kuipers

Anthos | Amsterdam

ISBN 90 414 0638 7
© 2002 James Lasdun
© 2002 Nederlandse vertaling Ambo|Anthos *uitgevers*, Amsterdam
en Hugo Kuipers
Oorspronkelijke titel *The Horned Man*
Oorspronkelijke uitgever Jonathan Cape
Omslagontwerp Studio Jan de Boer BNO – Roald Triebels, Amsterdam
Omslagillustratie Michael Gesinger/Photonica

Verspreiding voor België:
Verkoopmaatschappij Bosch & Keuning, Antwerpen

1

Op een middag eerder in deze winter pakte ik uit verveling een boek van de plank in mijn kamer op de faculteit. Het viel open bij een platgedrukt papieren zakdoekje dat blijkbaar als boekenlegger was gebruikt. Ik begon te lezen maar kwam niet verder dan een paar zinnen, want toen werd er op de deur geklopt. Met tegenzin, want mijn interesse was gewekt, deed ik het boek weer dicht, met de boekenlegger erin, en zette het op de plank terug.

De volgende morgen pakte ik het weer uit de kast om verder te lezen waar ik gebleven was, maar ik merkte dat de boekenlegger niet meer op de bladzijde lag waar ik hem de vorige dag had achtergelaten. Ik bladerde in het boek en vond dertig bladzijden eerder mijn tekst. Misschien had ik de boekenlegger per ongeluk zelf verplaatst, of misschien had een nachtelijke bezoeker in het boek gelezen terwijl ik er niet was. Ik nam aan dat het eerste het geval was, al vond ik het vreemd dat ik een boekenlegger dertig bladzijden had verplaatst zonder dat ik het had gemerkt.

Ik vertelde het die middag aan dokter Schrever, toen ik op de rode sofa in haar kleine spreekkamer aan West 86th Street lag. Nadat ik haar het verhaal had verteld, dat ze zoals altijd zwijgend aanhoorde, vroeg ik haar of het een geval van parapraxie was – Freuds term voor geheugenfoutjes, versprekingen en andere lichte ontregelingen van het bewustzijn die zich in het dagelijks leven voordoen.

'Misschien heb ik hem zelf verplaatst zonder dat ik me daarvan bewust was.'

'Denk je dat het zo is gegaan?' vroeg dokter Schrever.

'Ik weet het niet. In dat geval zou de volgende vraag zijn: waarom heb ik dat dan gedaan?'

Dokter Schrever zei niets.

'U denkt dat ik de woorden opzettelijk voor mezelf heb verborgen omdat ze me op de een of andere manier verontrustten?'

'Denk je dat?'

'Het zou natuurlijk kunnen...'

Zo gingen we nog een tijdje door, maar het leidde tot niets en we gingen over op andere dingen die er niets mee te maken hadden. En toen ik naar mijn kamer terugging, had ik mijn belangstelling voor het mysterie van de verplaatste boekenlegger al verloren.

Een paar dagen later kreeg ik via de interne post mijn telefoonrekening. Toen ik naar de lijst van gesprekken keek, bijna allemaal met mijn eigen nummer in New York, viel mijn blik op een onbekend netnummer. Ik vroeg me af wie ik op dat nummer kon hebben gebeld, maar zag toen dat het gesprek om twee uur in de nacht was gevoerd, geen tijdstip waarop ik ooit op de faculteit was geweest.

Het zat me niet lekker dat een vreemde toegang tot mijn kamer had en daar midden in de nacht naartoe ging om telefoongesprekken te voeren. Niet dat ik iets te verbergen had, maar nu ik wist dat er een indringer was geweest, voelde het neutrale vertrek met designtapijt en metalen bureaus en kasten opeens vreemd aan, alsof het iets voor me verborgen hield.

Tot dan toe had ik me nooit afgevraagd van wie de boeken op de planken waren, van wie de dossiers in de kast waren, zelfs niet van wie de computer was die onder een plastic hoes op de logge bureaus stond die aan de ene kant van de kamer tegen elkaar geschoven waren. Als je zo'n kamer kreeg, trof je daar altijd dezelfde dingen aan

– boeken, dossiers, brieven, uitnodigingen voor gesprekken, beduimelde oude cartoons uit de *New Yorker*, vaak een paar handschoenen, een paraplu... de overblijfselen van vorige gebruikers, door stof en tijd ontdaan van alles wat aan een levend mens deed denken.

Maar toen ik naar de telefoonrekening op mijn bureau keek, schoot me te binnen dat mijn bezoeker, die een sleutel van de kamer moest hebben gehad (ik doe de deur altijd op slot als ik wegga), misschien een van die vroegere gebruikers was geweest.

Aan de andere kant was het ook mogelijk dat ik deze kamer, legitiem en officieel, deelde met een collega die op andere dagen werkte dan ik. Misschien had niemand er daarom aan gedacht me van die regeling op de hoogte te stellen.

Op weg naar mijn lunch vroeg ik Amber, de stagiaire, zo nonchalant mogelijk of iemand anders dan ik gebruikmaakte van kamer 106.

'Nee.'

Ze keek me aan alsof ze nadere uitleg verwachtte. Ik reageerde daar niet op en vroeg of ze wist wie er voor mij in mijn kamer had gezeten.

'Ja. Dat was Barbara.'

'Barbara?'

'Barbara Hellermann. Hoezo?'

'Ik... ik denk dat ze misschien wat dingen heeft achtergelaten.' Ik had geen zin om over die boekenlegger en dat telefoonnummer te beginnen.

Amber keek me vreemd aan. 'Nu... Misschien... Ik bedoel... Je weet toch van haar?'

'Nee.'

'Ze is dood.'

Ik wilde meer vragen stellen, maar op dat moment voelde ik de waarschuwingstekens van een aandoening waar ik last van had sinds ik het afgelopen najaar aan deze baan was begonnen: een onvoorspelbare en gênante neiging om te blozen. Net als slapeloosheid was dat een probleem dat zichzelf in stand hield. Juist doordat ik bang ben dat ik ga blozen, hoeven mijn gedachten, bewust of onbewust, maar even van de gebruikelijke wegen af te dwalen of mijn bloedsluizen gaan al wijd open. Kort voordat het begon, voelde ik altijd een lichte duizeling, en met hulpeloze zekerheid wist ik dan dat het brandend rood zich binnen enkele ogenblikken vanuit mijn hals over mijn kin en wangen zou verspreiden, helemaal tot aan mijn voorhoofd. Ik zou allang een baard hebben gekweekt als het haar op mijn gezicht niet zo blond en zo schaars was geweest.

Ik bedankte Amber kortaf en liep vlug door. Buiten haar krachtveld was de neiging om te blozen lang niet meer zo sterk, en met een bleek gezicht liep ik verder door de gang die naar buiten leidde.

Toen ik uit het metrostation kwam en Central Park West in liep, sneeuwde het. De vlokken waren groot maar het waren er zo weinig dat ik ze stuk voor stuk kon zien als ze voorbijdwarrelden. Overigens had de lucht een dreigende kleur, de kleur van kneuzingen, alsof hij op het punt stond een waar noodweer op ons los te laten.

Lichten gingen achter ramen aan toen ik langs het Dakota Building liep en in de wijk kwam die ik weleens het Therapy District had horen noemen. De sneeuw werd al dichter. De bomen in dokter Schrevers straat begonnen op de uiteinden van hun purperen twijgjes dikke sneeuwvlokken te vangen – een spookachtige bloesem, bijna lichtgevend in de verduisterende lucht. De wereld werd steeds witter en ik zag iemand in mijn richting lopen: een vrouw in een dik jack, een pastelblauwe sjaal en een zwarte rok – van leer, gezien de glans.

Ik merkte dat ik onwillekeurig op haar figuur lette, een primitieve reflex die ik probeerde te bedwingen maar die me soms overviel. Haar benen waren slank en welgevormd; haar heupen bewogen zich lenig en wiegend in hun glanzende omhulsel. Toen ze dichterbij kwam, tuurde ik door de sluiers van sneeuw naar haar gezicht en zag tot mijn verbazing dat het dokter Schrever was.

Ik was vroeg voor mijn afspraak en er was eigenlijk geen reden waarom ze niet op straat zou mogen zijn. Maar ik vond het verontrustend om haar daar te zien lopen, want ik had haar nooit buiten de spreekkamer gezien. Ze glimlachte naar me, we zeiden elkaar gedag en gingen ieder onze eigen weg. Aan het eind van de straat keek ik achterom en zag dat ze de avenue was overgestoken en Central Park in ging.

Ik had een halfuur zoek te brengen en ging een kop koffie drinken in een cafetaria aan Amsterdam Avenue. Toen ik daar aan mijn tafeltje zat, dacht ik aan de ontmoeting. Had dokter Schrever gezien dat ik naar haar figuur keek? vroeg ik me af. De gedachte dat ze dat misschien had gezien, zat me dwars. Ze had me meer dan eens gevraagd of ik ooit seksuele gevoelens voor haar had gehad, en ik had haar nadrukkelijk gezegd dat ik die niet had. Sterker nog, hoewel ik de eerste sessies op een stoel tegenover haar had gezeten (in plaats van op de sofa waar ik nu op lag), had ik me nooit een erg duidelijk beeld van haar fysieke verschijning gemaakt. Ze had tamelijk kort, donker haar, donkere ogen, een gladde huid. Afgezien daarvan begon haar uiterlijk altijd te vervagen zodra ik me haar voor de geest probeerde te halen. Wat haar leeftijd betrof, kon ze, voorzover ik wist, van alles tussen een rijpe dertiger en een goed geconserveerde vijftiger zijn. Ik had nooit op haar kleren gelet, al had ik waarschijnlijk niet gedacht dat ze een voorkeur voor leren rokken had.

Het werd me nu duidelijk dat ik haar in haar hoedanigheid van therapeute als seksueel ontoegankelijk had beschouwd maar dat ze als gewone, anonieme vrouw wel degelijk verlangens bij me kon opwekken.

Die twee aspecten waren van elkaar gescheiden geweest toen ik haar door de sneeuw naar me toe zag komen. Ik stelde me haar weer voor, probeerde me de zorgeloze, sensuele elegantie voor ogen te krijgen die ze had uitgestraald voordat ik zag wie ze was. Er ging een onmiskenbare prikkeling door me heen. En meteen kwam er ook een absurde gedachte bij me op: ze trok tussen haar therapiesessies een leren rok aan om mannen op te pikken en voor geld seks met hen te hebben in het park. Als ik daar nu heen ging, zou ik haar met een uitdagend gekromde knie tegen een cederhouten paal van het rasterhek langs het omheinde pad naar het meer zien staan…

Ik dronk mijn koffie op, las een krant en liep de twee blokken naar haar gebouw. Toen ik haar spreekkamer binnenkwam, zag ik dat ze weer andere kleren had aangetrokken: in plaats van de leren rok droeg ze een zedig geplooide tweedrok met daaronder een dikke bruinen wollen maillot en sloffen aan haar voeten. Ze maakte een nogal afstandelijke, ongenaakbare indruk.

Ik ging op de sofa liggen, met mijn gezicht van haar af. Een ogenblik dacht ik erover om voor haar te verzwijgen wat zojuist door mijn hoofd was gegaan, maar voor honderd dollar per uur kon ik het me niet veroorloven dingen achter te houden die misschien belangrijk waren.

'Toen ik u net op straat was tegengekomen,' begon ik, 'ging ik naar een cafetaria, en daar vroeg ik me af waarom het me zo verontrustte dat ik u zag, want dat effect had het, en toen zakte ik weg in een fantasie...'

Ik beschreef alle dingen die ik had gedacht en gevoeld en me had voorgesteld toen ik in dat cafetaria zat. Intussen kraste haar pen over de bladzijden van het notitieboek waarin ze altijd verwoed zat te schrijven als ik praatte. Dat notitieboek, realiseerde ik me, bevatte veel intieme gegevens over mij, en ik vroeg me af of er omstandigheden waren waarin ze die dingen aan iemand anders zou laten zien. Was ze aan een privacycode of de theurapeutenversie van de eed van Hippocrates gebonden? Wat verbond haar eigenlijk met mij afgezien van het honorarium dat ik haar betaalde, en waarvan ik nu besefte dat ik me enigszins ergerde toen ik dat in die duur uitziende leren rok zag glanzen?

Ik moet langer hebben gesproken dan ik besefte: het leek wel of we nog maar nauwelijks aan mijn fantasie over het oppikken van mannen in het park waren begonnen toen er een zacht gezoem in de kamer klonk, het geluid waaraan te horen was dat de volgende patiënt van dokter Schrever was gearriveerd.

Toen ik van de sofa opstond, keek dokter Schrever me aan met een blik die bijna aarzelend leek.

'O ja,' zei ze. 'Ik wist niet zeker of ik je dit moest vertellen, maar alles afwegend vind ik van wel. Je zei dat je me op straat tegenkwam, maar ik ben de hele middag niet uit deze kamer geweest.'

Ik keek haar met stomheid geslagen aan.

'Trouwens,' ging ze verder, 'ik was bij een andere patiënt toen je hier aankwam. Je hebt hem vast wel zien weggaan toen je in de wachtkamer zat.'

Nu ik erover nadacht, had ik hem inderdaad zien weggaan; een luguber uitziende man die op die dag van de week altijd voor mij was. Maar ik was er zo zeker van geweest dat ik dokter Schrever een halfuur eerder was tegengekomen, dat het zien van die man me daar geen moment aan had doen twijfelen. Ik had hem wel gezien, maar blijkbaar had ik nauwelijks nota van hem genomen.

'Misschien vind je het geen prettig idee dat ik andere klanten heb?' vroeg ze, en ze keek me rustig aan.

'U bedoelt... patiënten?'

'Eh, ja,' zei ze met een vaag glimlachje, en ik realiseerde me dat ze op een luchtige manier naar mijn fantasie had verwezen. Blijkbaar had ze een beetje humor willen gebruiken om mij van mijn verlegenheid over dat verhaal af te helpen, en dat stelde ik op prijs.

Evengoed was ik bij het weggaan bang dat ik een enorme inschattingsfout had gemaakt, en toen ik naar het park terugliep, waar alle glanzende zwarte takken en twijgen door de sneeuw in gezwollen aderen waren veranderd en de bomen exacte witte replica's van zichzelf leken, vroeg ik me af wie de vrouw was die op straat naar me had geglimlacht en me gedag had gezegd.

Ik slenterde naar de plaats waar ik haar in het park had zien verdwijnen, en ging zelfs zover dat ik over het slingerende pad naar het meer liep. Op het eind van het pad stond een kleine, primitieve schuilhut. Ik keek naar binnen, waarschijnlijk half in de hoop dat ik de vrouw daar zou zien. De hut was natuurlijk leeg. Ik bleef een ogenblik staan en zag de sneeuwvlokken oplossen in het zwarte water, waarin nog grote stukken ijs op of net onder de oppervlakte dreven.

Toen ging ik naar huis.

De volgende keer dat ik in mijn kamer zat, besloot ik te onderzoeken of er werkelijk reden was om te denken dat ik met een indringer te maken had. De verplaatste boekenlegger leek me niet zo'n mysterie meer, en nu ik iemand anders voor dokter Schrever had aangezien, begon ik me af te vragen of ik misschien gewoon wat verstrooid was geweest toen ik die telefoonrekening doornam. Misschien had ik dat nummer toch wel gebeld en was ik dat vergeten en had ik het tijdstip van het gesprek verkeerd gelezen. Ik zocht naar de rekening maar kon hem niet meer vinden. Ik nam aan dat ik hem had weggegooid nadat ik hem had betaald, en de schoonmaakster had de prullenbak geleegd.

Maar toen ik naar die rekening zocht, lette ik voor het eerst goed op de inhoud van de kamer. Ik had nooit systematisch bekeken wat zich daar allemaal bevond, want waarom zou je tijd verspillen aan zulke dingen – voorwerpen die al zo lang niet waren gebruikt, al zo lang niemands eigendom waren, dat ze tot weinig meer dan stoffige herinneringen aan zichzelf waren vervallen? Maar mijn nieuwsgierigheid was gewekt en ik begon de inventaris op te maken.

Zwart gebeitste houten stoelen en boekenkasten; vaalwitte muren; grijze vloerbedekking en deuren; een metalen archiefkast met vier laden en een Hewlett Packard-printer erbovenop; de twee grote bureaus bij het raam, dat in ruitjes was verdeeld, een Dell Trinitondesktopcomputer op een van die bureaus, een gigantische nietmachine op de andere; een Hot Pot Coffee Maker voor vijf tot zeven koppen in zijn geopende doos; mijn eigen houten bureau met kabels langs de poten en een geheim voorraadje piepschuimbolletjes onder het kastje – buiten bereik van de stofzuiger van de schoonmaakster. Er was een deur die ik nooit had geopend. Daarachter bevond zich een kast met een airconditioner die op de vloer overwinterde, zijn vleugels netjes teruggevouwen in zijn romp. Een metalen hanger met kleren in een stomerijhoes aan een haakje, onder een kastanjebruine vrouwenbaret. Misschien van wijlen Barbara Hellermann? Ik deed die deur dicht. Op de vensterbank stonden een paar omgekrulde en verbleekte kaartjes. Ik maakte ze open en zag dat ze allemaal voor Barbara bestemd waren en afkomstig van haar studenten: 'Dank je omdat je bent die je bent', 'Ik zal je edelmoedigheid en begrip nooit vergeten'. Een klok in de vorm van een zonnebloem stond op een metalen plank naast een aantal amateuristisch gebakken, fel geglazuurde mokken. Hoewel die dingen op zichzelf van weinig belang waren, vond ik het wel interessant dat ze me nooit eerder waren opgevallen. Op een andere plank zag ik een bronzen kom met kiezelsteentjes, een stuk kwarts, een dennenappel, een dof muntje – Bulgaars, bij nadere inspectie – een sleutelring en een veer van een blauwe gaai. Er hing een ingelijst stilleven van Matisse aan de muur, en er was een klein prikbord van kurk met een oud docentenschema, en daarnaast was er een vierkant papier met ruwe randen, zo te zien handgeschept, met daarop in goudkleurige letters het volgende citaat:

Ik wil iets voortreffelijks doen. Iets heroïsch of geweldigs dat niet vergeten zal zijn als ik dood ben.
Ik denk dat ik boeken zal schrijven.

Louisa May Alcott

Het plafond bestond uit geperforeerde witte tegels en had een gele vlek van een lek in de hoek. Het licht kwam van drie tl-buizen in plastic armatuur.

Toen ik de hele kamer had bestudeerd zonder dat mijn nieuwsgierigheid echt bevredigd was, dacht ik aan Barbara Hellermann. Ik stelde me voor dat ze hier binnenkwam, haar baret en stomerijgoed ophing, een tevreden blik op haar kaartjes en haar opbeurende citaat wierp, haar Hot Pot voor vijf tot zeven koppen uit zijn doos haalde om koffie te zetten voor haar studenten, de zelfgebakken mokken klaarzette... Ik kreeg het gevoel dat ze een goedgehumeurd, ijverig persoon was geweest. Ik stelde me haar voor als een oudere dame en hoopte dat ze op vredige wijze was gestorven.

2

Later die week ging ik naar een bijeenkomst van de Commissie Seksuele Intimidatie. Het was niet gebruikelijk dat iemand die nog maar zo kort op de universiteit werkte lid werd van die commissie, maar in Louisiana had ik in de Disciplinaire Commissie gezeten, en ze dachten dat mijn ervaring van pas zou kunnen komen. Toen er aan het begin van het semester een vacature ontstond, vroegen ze me lid te worden.

Ik had eerst nog geaarzeld. Ik had al een voorproefje gehad van het soort vijandigheid waarop je kunt rekenen als je dat soort werk doet. In Louisiana had een hoogleraar tijdens een picknick op de campus een tweedejaarsstudent een stel eerstejaars horen waarschuwen voor 'tsjikkers' – zo noemden ze daar een bepaald soort insecten die zich in je huid ingroef, een plaatselijke plaag. In zijn onnadenkendheid had de professor een grapje gemaakt. 'We mogen ze geen tsjikkers meer noemen,' had hij grinnikend gezegd, 'we moeten ze tsjegers noemen.'

De studenten hadden er niet lang over gedaan om door de gladde, zelfgenoegzame humor heen te kijken en het racisme te zien dat eronder schuilging, en de picknick was nog niet voorbij of ze hadden al een protest bij de studentenraad ingediend. De zaak werd aan de Disciplinaire Commissie voorgelegd, en we waren het er unaniem over eens dat de grap een verbale daad was die impliciet van minachting voor de gevoeligheden van studenten uit minderheden getuigde. De hoogleraar werd verzocht een schriftelijke verontschuldiging in te dienen, maar in plaats daarvan nam hij ontslag – een gebaar dat een storm van publiciteit in de plaatselijke pers ontketende. Gedurende enkele weken werden de leden van de Disciplinaire Commissie, onder wie ikzelf, als fanatieke aanhangers van de nieuwe religie politieke correctheid verketterd. Gezien het lage journalistieke peil van die kranten, om nog maar te zwijgen van de extreem reactionaire standpunten die ze over alle maatschappelijke aangelegenheden innamen, was dat niet zo pijnlijk als het misschien lijkt – we konden ons op onze beurt als martelaar opwerpen en daar een zeker respect aan ontlenen – maar ik had niet erg van die ervaring genoten, en het idee dat ik me hier in het Arthur Clay College misschien opnieuw aan zoiets zou blootstellen, sprak me helemaal niet aan.

Uiteindelijk heb ik het toch gedaan. Als docent seksestudies vertelde ik mijn studenten over het ontcijferen van de genetische code van vooroordelen, valse objectiviteit en schadelijke seksuele stereotypie die ten grondslag ligt aan zoveel van onze culturele monumenten. Ik voelde me dan ook moreel verplicht om mijn intellectuele principes door te trekken naar het domein van de echte menselijke relaties, waar die verborgen codes hun ware, vernietigende uitwerking hadden – of om in ieder geval niet nee te zeggen als het me werd gevraagd. Of ik geloofde dat wat ik voor de kost deed een grondslag in het leven zelf had, of ik was mijn tijd aan het verspillen.

Ik wist natuurlijk wel dat die commissies inmiddels een mikpunt van satire in populaire toneelstukken en romans waren geworden, maar toen ik eenmaal had besloten erin te gaan zitten, merkte ik dat al die dingen me net zomin iets konden schelen als wat die kranten in Louisiana hadden geschreven: niet genoeg om te weigeren te doen wat ik als mijn plicht beschouwde. Tenslotte moet je voor je mening durven uitkomen.

Over twee maanden was het de Week Tegen Seksuele Intimidatie, en in het eerste deel van onze vergadering kwamen onze twee student-leden met voorstellen voor heksennacht-evenementen, date-rape-seminars, een congres over taalcode, enzovoort.

Nadat we die voorstellen hadden aangenomen en er geld voor hadden uitgetrokken, gingen de studenten weg en bespraken we wat onze voorzitter, Roger Freeman, een 'delicate aangelegenheid' noemde. Het bleek te gaan om een jonge docent van wie werd gezegd dat hij seksuele betrekkingen met een aantal van zijn studentes onderhield. Er waren nog geen formele klachten ingediend, maar als we op de geruchten konden afgaan, was dat alleen nog maar een kwestie van tijd.

De docent, een mede-Engelsman die Bruno Jackson heette, kende de regels. Hij en ik hadden aan het begin van het jaar allebei het seksuele-intimidatie-seminar bijgewoond, dat verplicht was voor alle nieuwe docenten. Daar had Elaine Jordan, de juriste van de universiteit (en lid van deze commissie), ons toegesproken over de noodzaak om voortdurend waakzaam te zijn en ons in acht te nemen. Ze raadde ons aan om de deur van onze kamer wijd open te houden als we een persoonlijke ontmoeting met een student of studente hadden. Ze drong er bij ons op aan om geen voorwerpen op ons bureau te hebben die zonder dat we het wilden zo suggestief waren dat ze een gevoelige student konden kwetsen of van streek maken. Ze noemde als voorbeeld een Australische gastdocent die het woord 'Ramses', de naam van een condoommerk, op het schoolbord achter hem had geschreven. Twee of drie van zijn studenten voelden zich daarbij niet op hun gemak. Ze dachten dat het een Australische manier was om zich op te dringen. Toen de man door de Commissie Seksuele Intimidatie werd opgeroepen, zei hij erg verbaasd te zijn. Hij beweerde dat het woord betrekking had op een Turks sigarettenmerk met diezelfde naam. Een vriend had hem gevraagd die sigaretten in New York te kopen en om zichzelf daaraan te herinneren had hij het merk op het bord geschreven. Hij had het voordeel van de twijfel gekregen in die zin dat hij geen officiële berisping kreeg, maar zijn contract was niet verlengd. 'En vergeet niet,' had Elaine gezegd, 'zulke dingen blijven in je dossier staan. Voorgoed.'

Vervolgens had ze ons gewaarschuwd voor de risico's die je liep als je in bijvoorbeeld een werkgroep met studenten het onderwerp seks ter sprake bracht. 'Natuurlijk kun je het niet altijd vermijden, maar let goed op wat je zegt. Sommige studenten vinden het een gênant onderwerp, vooral wanneer ze denken dat een docent er steeds weer onnodig over begint. We krijgen veel klachten over docenten die altijd op zoek zijn naar de seksuele symboliek van een gedicht of verhaal...'

Daar had Bruno Jackson haar onderbroken. Het was me al opgevallen dat hij met nauw verholen verbazing en sarcastisch ongeloof reageerde op veel van wat Elaine ons vertelde, alsof het de eerste keer was dat hij met zoiets te maken kreeg, wat nogal onwaarschijnlijk was, want net als ik had hij al her en der in de Verenigde Staten gewerkt. Ikzelf had een heleboel versies van dit betoog gehoord sinds ik zeven jaar geleden van Engeland naar Amerika was gekomen, en ik verbaasde me net zomin over dit verhaal als bijvoorbeeld over de veiligheidsinstructies van een stewardess voordat het vliegtuig opstijgt.

'Wacht even,' had hij met een stem boordevol agressieve ironie gezegd. 'Bedoel je dat ik iedere discussie over seksuele symboliek in de boeken waarover ik college geef de kop moet indrukken?'

Elaine keek hem geschrokken aan. Ze zag zichzelf als onze bondgenote – iemand die ons informatie verstrekte die we nodig hadden om te overleven – en ze schrok er zichtbaar van dat iemand haar als een onderdrukker zag.

'Nee, dat bedoel ik niet...' Haar blik ging nerveus de zaal rond, op zoek naar steun. 'Ik bedoel alleen dat jullie voorzichtig moeten zijn.'

Ik knikte enthousiast, en een of twee anderen volgden mijn voorbeeld.

'De studenten houden er niet van als iemand hun een onprettig gevoel geeft,' ging Elaine verder. 'Vergeet niet, ze zijn erg jong. Nog niet eens in de twintig, sommigen zijn...'

'Ik begrijp het,' had Bruno gezegd. 'Nou, ik doe deze week bijvoorbeeld *Mansfield Park* van Jane Austen. Er is een scène waarin een meisje op een bank zit en iets verliest. Ze steekt haar hand in de spleet tussen de kussens en begint ernaar te tasten. Het wordt uitgebreid beschreven, en volgens mij is het een nauwelijks versluierd beeld van vrouwelijke masturbatie. Bedoel je dat ik daar helemaal aan voorbij moet gaan?'

Elaine, die zich inmiddels weer onder controle had, keek hem strak aan. 'Ik probeer alleen...' zei ze. 'Ik probeer jullie alleen op de mogelijke consequenties van bepaalde handelingen te wijzen. Ik ben hier niet om jullie te vertellen hoe jullie college moeten geven. Daarover kunnen alleen jullie zelf oordelen.'

'Dan beschouw ik dat als een veto op masturbatie bij Jane Austen,' had Bruno grijnzend gezegd. Hij had in de kamer om zich heen gekeken alsof hij glimlachjes van medestanders verwachtte. Ik vermeed zijn blik en voorzover ik kon nagaan, had niemand van ons, geen man en geen vrouw, hem zelfs maar een vaag teken van bemoediging gegeven.

Na de bijeenkomst was ik naar Elaine toe gegaan om haar te complimenteren met de manier waarop ze de situatie had aangepakt. Ze bedankte me uitgebreid. We praatten een tijdje – ik weet niet meer waarover, al had ik in ieder geval de indruk dat ze kwetsbaarder en emotioneler was dan je op grond van haar nogal neutrale houding zou denken.

Nu ik aan Bruno's gedrag terugdenk, geloof ik dat de moeilijkheden die hem nu boven het hoofd hingen toen al te voorspellen waren.

Roger Freeman, onze voorzitter, was een klein, parmantig mannetje van een jaar of vijftig met fonkelende blauwe ogen en een dikke bos wit haar. Hij had een droge, soepele manier van spreken, alsof zijn woorden zich veel eerder hadden gevormd dan hij ze uitsprak en hij alleen maar verslag deed van zijn kant van een gesprek dat al had plaatsgevonden.

'Ik vind dat we het volgende moeten doen,' begon hij. 'Ten eerste moeten we informeel met deze jongeman praten, hem de kans geven uit te leggen wat er aan de hand is. Ten tweede...'

Als nieuwste lid van de commissie had ik de taak om de notulen bij te houden. Ik was een ijverige notulist, en omdat ik zo druk bezig was alles op te schrijven, drong de inhoud van de besprekingen vaak pas na afloop van de vergadering tot me door. Zo was ik me onder de vergadering niet bewust van de naam 'Trumilcik', een naam die in de daaropvolgende weken steeds belangrijker voor me zou worden. Pas later, toen ik controleerde of mijn aantekeningen leesbaar waren voordat ik ze door de secretaresse van de faculteit liet uittypen, viel de naam me op.

We moeten tot elke prijs vermijden, zag ik dat Roger had gezegd, *dat we de dingen zo ver laten gaan dat we met een nieuwe Trumilcik komen te zitten.*

'Wie is Trumulcik?' vroeg ik Marsha, de secretaresse van de faculteit.

'Bogomil Trumilcik? O God! Waarom vraag je naar hem?'

Ik glimlachte. 'Dat zie je wel als je dit leest.' Ik gaf haar de notulen. Marsha was een grote vrouw met een stem als een klok. 'Hij was gastdocent. Een soort dichter of romanschrijver uit Roemenië of Bulgarije of een van die landen. Hij was een afschuwelijke man. Echt afschuwelijk!'

'Wat deed hij?' Dat was Amber, die opkeek van haar bureau aan de zijkant van de kamer. Omdat ik me herinnerde dat ik die vorige keer bijna een kleur had gekregen, keek ik haar niet aan. Ik was me wel erg bewust van haar aanwezigheid – haar slaperige ogen, haar korte rossig-oranje haar dat op haar slanke nek in zachte donzige sliertjes was verdeeld, haar sproetige en onnatuurlijk bleke, bijna zilverige huid. Omdat ik mezelf wel wilde toegeven dat die jonge vrouw een effect op me begon te krijgen, en omdat ik liever de confrontatie met zulke dingen aanging dan dat ik ze onder het tapijt veegde, nam ik me voor om over de exacte aard van dat effect na te denken en mijn houding ertegenover te bepalen.

'Wat deed hij níet?' zei Marsha. 'Hij probeerde zo ongeveer ieder vrouwspersoon te versieren dat les van hem had. En toen eindelijk iemand bij de rector-magnificus over hem klaagde, schaamde hij zich niet maar barstte hij in woede uit. Hij maakte een vreselijk kabaal daar op de campus. Ik bedoel, het was echt de afschuwelijkste scène die je je kunt voorstellen. Hij schreeuwde tegen de rector-magnificus, schold iedereen voor de ergste dingen uit, studenten schreeuwden tegen hem... Gewoon afschuwelijk! Ten slotte rende hij weg door Mulberry Street, schreeuwend en krijsend als een krankzinnige.'

'Hoe is het met hem afgelopen?' vroeg ik.

'Hij is nooit meer komen opdagen.. Ze moesten een andere docent vinden om zijn lessen over te nemen.'

Pas toen ik in mijn kamer terug was, drong de echte betekenis van Marsha's verhaal tot me door. Ik ging achter mijn bureau zitten en mijn blik viel op de bronzen kom op een van de zwart gebeitste planken. Meteen herinnerde ik me het bronzen muntje dat ik erin had zien liggen.

Ik ging naar de kom om nog eens naar het muntje te kijken. De kiezelstenen lagen er nog zoals ik ze had achtergelaten, net als het stukje kwarts, de dennenappel, de sleutelring en de veer van de blauwe gaai. Maar het muntje was weg.

In het licht van al mijn versprekingen en geheugenfoutjes van de laatste tijd dacht ik eerst dat ik me wel weer vergist zou hebben. Of er was nooit een muntje geweest en ik had op de een of andere manier een herinnering aan zo'n muntje verzonnen, of er was een muntje geweest en ik had het om de een of andere reden achter mijn eigen rug verdonkeremaand.

Het eerste leek me ondenkbaar: Ik kon me dat muntje nog heel precies herinneren – aan de ene kant de kop van een hoogwaardigheidsbekleder met een hoog voorhoofd, aan de andere kant een druiventros. Er stonden ook cyrillische letters op die ik voor een deel had kunnen ontcijferen omdat ik me nog een beetje Grieks van school herinnerde. Ik wist ook nog hoe het muntje had aangevoeld – de bijna totale gewichtloosheid van de zilvergrijze legering waarvan het was gemaakt, eerder het gewicht van plastic dan van metaal. Hoe kon ik zo'n levendige, gedetailleerde herinnering hebben verzonnen? Dat was gewoon niet mogelijk. Wat die tweede mogelijkheid betrof, dus dat ik het muntje zelf had zoekgemaakt: het was misschien wat vergezocht, maar het leek me een reële mogelijkheid. Tenslotte had ik ook die boekenlegger verplaatst en dat telefoonnummer verkeerd gelezen – als die dingen inderdaad waren gebeurd – en ook had ik iemand op straat ten onrechte voor dokter Schrever aangezien, iets wat zich absoluut had voorgedaan. Maar welke reden kon ik hebben gehad om dat te doen – vooral omdat ik het moest hebben gedaan vóórdat ik over Trumilcik hoorde, in ieder geval voordat ik hoorde dat hij een Bulgaar was? Ik had nooit iets met Bulgarije te maken gehad en ik kon geen enkele reden bedenken waarom ik een muntje voor mezelf zou verbergen. Het was volstrekt onbegrijpelijk.

En toch kon ik ook niet helemaal geloven dat iemand anders in de kamer was geweest en het muntje had weggenomen.

Zonder een oplossing te vinden ging ik op weg naar het station, een wandeling van tien minuten.

De sneeuw van de vorige week was grotendeels gesmolten. Alleen in de schaduwen van muren en heggen lagen nog een paar wit met zwarte vlekken. De campus was ingericht om er landelijk uit te zien, al zaten we midden in een grauwe stad die zelf deel uitmaakte van de ononderbroken verstedelijkte zone die zich ten noordwesten van New York uitstrekte. De universiteit was rond 1900 gesticht door een plaatselijke suikerkoopman en genoemd naar een dierbare oomzegger van hem, Arthur Clay, die jong gestorven was. Die oprichting was dus min of meer op toeval gebaseerd (als die jongen niet was gestorven, zou de universiteit waarschijnlijk niet bestaan), en dat toevallige was aan de universiteit blijven hangen, ondanks de dikke muren van de gebouwen in gotische stijl en de grote bomen die eromheen stonden. Vooral in de winter, wanneer het verkeer en de nabijgelegen woonwijken niet achter gebladerte schuilgingen, voelde je hoe zwak de romantische illusie was die het gebouwencomplex – iets tussen een landhuis en een middeleeuws centrum van geleerdheid in – blijkbaar wilde uitdragen, en hoe weinig het scheelde of het zou er helemaal niet zijn.

Op het parkeerterrein zag ik Amber naar Mulberry Street lopen. Ze liep in haar gebruikelijke slaapwandelaarstempo. Ik had nog niet de gelegenheid gehad om me af te vragen welk effect ze op me had, en daardoor verviel ik in de misschien betreurenswaardige maar helaas ook noodzakelijke voorzichtigheid die een man in mijn positie onder zulke omstandigheden in acht moet nemen. Het leek me niet goed als mensen zagen dat we samen de campus verlieten, maar aan de andere kant wilde ik ook niet onvriendelijk overkomen door haar in te halen zonder iets te zeggen. En dus begon ik treuzelend te lopen en zorgde ik dat ze een paar honderd meter voor me uit bleef. Als gevolg daarvan miste ik mijn trein en moest ik een halfuur wachten tot de volgende kwam.

Tijd om zoek te brengen. Ik had er een hekel aan om niets te doen te hebben. Ik liep naar het eind van het perron en terug en keek op mijn horloge: er was anderhalve minuut verstreken. Zoals wel vaker kwam er een vage rusteloosheid over me. De rechthoek van tijd die voor me lag, leek zich te verdichten, alsof er een stroperige, ondoordringbare leegte ontstond. Ik wilde niet aan de dingen denken waaraan ik in zulke dode stukken tijd onvermijdelijk dacht. Boven het perron aan de overkant zaten vijf koude duiven op een rij op de rand van een verregend aanplakbord met reclame voor een chiropodist: 1-800 ONGEMAK? 1-800 WEG PIJN.

Trumilcik… Die naam maalde door mijn hoofd. Ik stelde me voor hoe hij door Mulberry Street had gerend, *schreeuwend en krijsend als een krankzinnige.* Waar was hij heen gerend? Naar het station? En zo ja, wat dan? Had hij zijn koffers gepakt en het eerste het beste vliegtuig naar Bulgarije terug genomen? Dat betwijfelde ik. Ik had in dit land maar erg weinig gastdocenten ontmoet die ook maar het minste verlangen hadden om naar hun geboorteland terug te keren. Ze gingen alleen terug als ze gedwongen werden. De menselijke geest verafschuwt ieder vacuüm. In het vacuüm waaruit mijn kennis van Bulgarije bestond, verspreidde zich het ene detail waarmee ik de laatste tijd te maken had gehad, namelijk dat muntje – zijn substantie die bijna geen metaal was, zijn vale kleur (alsof alle koopkracht eruit gebleekt was), de dikke onbeholpen letters, het ronduit pompeuze gezicht op de ene kant, een stel veel te ronde druiven op de andere kant... Het leek me erg onwaarschijnlijk dat iemand die dat alles had achtergelaten, uit vrije wil zou besluiten terug te keren.

Ik stelde me voor dat Trumilcik 's nachts mijn kamer binnen sloop. Ik stelde me voor dat hij aan mijn bureau zat, het boek las dat ik van de plank had gepakt, de telefoon gebruikte... Ik zag al voor me dat hij het muntje uit de bronzen kom haalde. En terwijl ik dat deed, ging er een vaag onbehagen door me heen, maar toen ik het probeerde thuis te brengen, was dat gevoel – zo zwak dat het bij nadere bestudering niet standhield – alweer verdwenen.

Nog zes en een halve minuut... Een hogesnelheidstrein vloog als een kogel door het station en sloeg de lucht van zich weg. De duiven kwamen allemaal tegelijk in beweging. Ze zetten hun veren even op en gingen toen weer zitten zoals ze zaten, alsof ze het alleen maar beleefd vonden om op zo'n gebeurtenis te reageren.

Er was een munttelefoon op het perron. Sinds ik daar aankwam, had ik me tegen dat glinsterende, wenkende ding verzet, maar nu liep ik er toch naar toe. Terwijl ik dat deed, zag ik me het nummer van mijn vrouw draaien. Ik hoorde haar hallo zeggen en stelde me voor dat ik haar nonchalant zou vragen of we samen ergens heen konden gaan, ergens gaan eten, in het besef dat ze dat toch niet zou doen, en dat ik vriendelijk en een beetje gekwetst afscheid zou nemen, met een nog duidelijker gevoel van de lege avond die voor me lag.

Je kunt beter niet bellen, zei ik tegen mezelf terwijl ik naar de telefoon liep. Je kunt beter denken dat ze deze ene keer zou hebben voorgesteld om ergens te gaan eten als je alleen maar had gebeld. Op die manier kon ik me als ik at, met enige reden verbeelden dat ze tegenover me aan de tafel zat.

Maar ik bleef naar de telefoon lopen.

Ik was de telefoon tot op een meter genaderd en had me al bij mijn eigen zwakheid neergelegd, met de lijdzaamheid die je voelt als je op het punt staat om aan een zonde toe te geven, toen er opeens een kleurrijke, druk pratende groep mensen op het perron verscheen. Op één na waren het allemaal studenten. Ze droegen allerlei clowneske hoofddeksels en de overdreven flodderige kleren die korte tijd uit de mode waren geweest maar daarna weer als nooit tevoren in zwang waren geraakt.

De enige niet-student, kort en gedrongen in een zwarte winterjas, was niemand minder dan Bruno Jackson.

Toen hij me zag, glimlachte hij hartelijk en slenterde naar me toe, gevolgd door zijn vrolijke jonge troepje.

Ik had dat semester weinig contact met hem gehad, maar als we elkaar tegenkwamen, was hij altijd vriendelijk. Misschien had hij de hoop nog niet opgegeven dat hij mij als bondgenoot kon rekruteren. Het feit dat we allebei uit Engeland kwamen, scheen iets voor hem te betekenen. Hoewel hij een aantal jaren langer in de Verenigde Staten was dan ik en in veel opzichten volkomen geamerikaniseerd was (zijn accent was verwrongen tot zo'n lelijke transatlantische mengvorm dat ik daardoor extra over de zuiverheid van mijn eigen accent ging waken), had hij nog steeds veel belangstelling voor de Britse volkscultuur, en hij nam aan dat ik die belangstelling deelde. Ik herinner me dat hij een keer een heel verhaal tegen me ophing over een nieuwe kabelzender waarop je Britse dartstoernooien kon zien, en dat ik beleefd probeerde zijn enthousiasme te evenaren, terwijl ik eigenlijk alleen maar de vertrouwde melancholie voelde die de meeste Engelse dingen bij me opwekten sinds ik als Abramowitz Fellow van de Columbia University voor het eerst in de States arriveerde. En nu was er natuurlijk een veel belangrijker verschil tussen ons. Ik weet niet of hij wist dat ik in de Commissie Seksuele Intimidatie zat, maar ik vond dat ik als lid van die commissie onmogelijk vriendschap met hem kon sluiten.

Het was vooral erg verontrustend dat hij zo uitbundig op me afkwam. Na het gesprek dat we die ochtend in de commissievergadering over hem hadden gehad, zou het mij in verlegenheid kunnen brengen als mensen zagen dat ik gezellig met hem stond te praten, vooral in het bijzijn van die studenten die hij om zich heen had. Ik was ook bang om voor een verrader te worden aangezien als ik nu vriendschappelijk met hem omging en een paar weken later in de commissie over hem oordeelde.

'Ga je naar de stad, Lawrence?' vroeg hij, en hij pakte ongevraagd een sigaret uit een pakje dat een meisje – een tweedejaars die ik uit een van mijn eigen werkgroepen herkende – uit haar rugzak met borduurwerk had gehaald.

'Ja.'

'Wij ook.'

Ik glimlachte en zei niets.

De studenten werden in mijn bijzijn een beetje minder uitbundig. Natuurlijk zou ik graag willen weten waarom ze met hun docent naar New York reisden – dat was ongewoon, zij het niet ongeoorloofd. Maar ik was bang dat als ik daarnaar vroeg het later zou lijken alsof ik belastende informatie aan het verzamelen was.

'Waar woon je in de stad?' vroeg Bruno me.

Toen ik hem vertelde dat ik in de East Village woonde, begonnen zijn geelbruin-met-groene ogen te stralen.

'Daar gaan wij ook naartoe.'

'O.' Ik zag dat het achterpand van zijn lange jas zich op een vreemde barokke manier opsplitste, met twee lange zwaluwstaarten van dikke zwarte wol die aan een rechthoekige opstaande rand hingen.

'We gaan naar een stuk, *Blumfeld, een oude vrijgezel.* Dat is gebaseerd op een verhaal van Kafka dat we aan het lezen zijn. Ken je dat?'

'Nee.'

'O wauw!' zei een van de studenten, een klein dik meisje met een Peruviaanse wollen muts. 'Je moet het lezen!'

Een andere student, een jongen met onrustige kleine oogjes en een gezicht als een hakbijl, begon me het verhaal te vertellen: 'Het gaat over een eenzame oude man die op een avond thuiskomt en ziet dat twee ballen uit zichzelf door de kamer stuiteren. Het is komisch…'

De trein kwam en ik voelde me gedwongen om bij Bruno en zijn studenten te gaan zitten. Het meisje met de Peruviaanse muts haalde een camcorder te voorschijn en filmde ermee door het raam, dat vol krassen zat. Er liep een olieachtig stroompje met stukken ijs langs het spoor, vol half opgeslokte autowrakken en gedumpte huishoudelijke apparaten.

'*Hello Tomorrow…*' zong een ander meisje – een blond ding, mager en bleek.

'Kom op man, het is hartstikke mooi!' zei de jongen met de onrustige ogen.

Ze richtten de camera op Bruno, die deed alsof hij kuste, en toen op mij. Ik glimlachte beleefd.

'Hoe gaat het met Carol?' vroeg Bruno. Ik was vergeten dat hij mijn vrouw van vroeger kende – ze hadden elkaar een aantal jaren geleden op het Getty Institute ontmoet.

'Goed.' Ik ging hem niet vertellen dat we uit elkaar waren.

'Waarom kom je niet mee naar het toneelstuk? Neem haar ook mee.'

Ik bedankte hem maar zei dat we niet konden.

Hij grijnsde naar de camcorder: 'Professor Miller wijst ons af.'

De studenten lachten.

Toen ik mijn huizenblok tussen B Street en C Street bereikte, was de duisternis al gevallen. Toen Carol en ik daar een paar jaar geleden gingen wonen, was het een crackblok – reageerbuisjes overal op het trottoir, als gemuteerde hagelstenen, stevig gebouwde dealers met studs op hun kraag in de deuropeningen en hondse versies van hen grijnzend aan lijnen van ketting en leer; een zogenaamde kruidenierszaak met altijd dezelfde pakken zeeppoeder onder een steeds dikkere laag stof in de etalage en een gestage stroom menselijk wrakhout dat de deur in en uit strompelde… Dat alles was nu weg. De buurt was schoongeveegd door een burgemeester die (dat schiet me nu te binnen) zijn best doet om zoveel mogelijk op Angelo in *Measure for Measure* te lijken, die orde op zaken stelt in Wenen. Ik bestudeerde dat stuk voor mijn eindexamen en er is meer van in mijn hoofd blijven zitten dan van ieder ander boek daarna. *Als ratten die hun gif verslinden, zo dorsten wij naar 't kwaad, en drinken wij daarvan, dan sterven wij.* Claudio die wacht tot zijn hoofd wordt afgehakt omdat hij een meisje zwanger heeft gemaakt. De bodega was nu een cybercafé; de schietbaan op de hoek was nu een gelegenheid waar je tarwegrassap kon drinken, en het crackhuis aan de overkant was tot gezondheids- en fitnesscentrum verbouwd.

Toen ik de trap naar mijn appartement beklom – vijf verdiepingen hoog – bedacht ik hoe onaangenaam dit volslagen eenzame leven werd. De weinige vrienden die ik in New York had gemaakt, waren weggeslagen door de banencentrifuge die het Amerikaanse leven beheerst, of anders waren ze door de komst van kinderen naar de forensenplaatsen rondom de stad verdreven. In zekere zin had ik er spijt van dat ik Bruno's uitnodiging niet had kunnen aannemen. Daar kon natuurlijk volstrekt geen sprake van zijn, maar onwillekeurig kreeg ik een weemoedig gevoel bij het idee dat ze daar gezellig met zijn allen naar dat toneelstuk zaten te kijken.

Omdat ik niets beters te doen had, besloot ik het verhaal te lezen waarop het stuk gebaseerd was. Terwijl ik er angstvallig voor zorgde dat ik niet naar het antwoordapparaat op de vensterbank keek (zolang ik niet zeker wist dat Carol niet had gebeld, kon ik tegen mezelf zeggen dat ze dat misschien had gedaan), ging ik naar mijn boekenplank en pakte mijn editie van Kafka's *Korte Werken*, waar ik het verhaal in vond.

Het was een erg vreemd verhaal, maar bijna nog vreemder dan het verhaal zelf, met die twee fantastische, blauw dooraderde ballen die Blumfeld door zijn woning volgden, was het feit dat ik, in tegenstelling tot wat ik Bruno had verteld, het verhaal blijkbaar al eerder had gelezen. En ik had het niet alleen gelezen, ik had er ook college over gegeven, zoals bleek uit kleine onderstrepingen en opmerkingen in mijn handschrift. Evengoed kwam me nu niet één woord uit het hele verhaal bekend voor. Niets!

Het is dus toch niet zinloos om als onopvallende vrijgezel in het geheim te leven, las ik, *nu iemand, wie dan ook, in dit geheim is doorgedrongen en hem die twee vreemde ballen heeft gestuurd...* Hoe kon ik iets vergeten zijn dat zo ongelooflijk bizar was? Er moest in mijn hoofd wel een algehele evacuatie hebben plaatsgevonden. Ik herkende er gewoon geen woord van. Om van de ballen af te komen haalt Blumfeld er een trucje mee uit –hij stapt achteruit de kleerkast in opdat ze daar ook tegen hem aan moeten stuiteren. *En als Blumfeld, nadat hij de deur bijna dicht heeft getrokken, opeens de kast uitkomt met een enorme sprong zoals hij in geen jaren heeft gemaakt, de deur dichtgooit en de sleutel omdraait, zitten de ballen gevangen.* Opgelucht en terwijl hij het zweet van zijn voorhoofd veegt, gaat Blumfeld de woning uit. *Het is opmerkelijk hoe weinig zorgen hij zich over de ballen maakt nu hij ervan gescheiden is...*

Plotseling, nog voordat ik het verhaal had uitgelezen, verscheen er een klein pulserend zilveren vlekje in de hoek van mijn gezichtsveld. Ik had dat niet meer meegemaakt sinds ik twaalf of dertien was, maar ik herkende het meteen. Geschrokken legde ik het boek weg. Het vlekje begon te groeien, zoals ik al vreesde. Het flikkerde en pulseerde als een zwerm woedende insecten door mijn gezichtsveld. Ik stond midden in mijn huiskamer, keek hulpeloos door het raam en zag dat die flikkering geleidelijk de hemelboom in de tuin en de verlichte ramen van de appartementen aan de overkant onzichtbaar maakte. Na een tijdje zag ik alleen nog maar een paar sliertjes aan de randen van het plafond en de muren om me heen. En weer een minuut of twee later was ik volslagen blind.

Ik stond daar en probeerde kalm te blijven, luisterend naar de plotseling erg nadrukkelijke geluiden van de avond – politiesirenes als apengekrijs, de zoemende ventilator op het dak van de pizzakeuken aan de andere kant van het blok. Boven me zette mijn buurman, meneer Kurwen, een televisie aan en liep toen met zware stappen door zijn appartement om een tweede tv aan te zetten. Naast me werd een wc doorgespoeld. En toen zakte de occlusie even snel weg als hij was opgekomen. En precies op het moment dat de laatste sporen verdwenen, kwam er in mijn hoofd zo'n intense kloppende pijn opzetten dat ik het uitschreeuwde.

Als kind had ik die migraines een tijdlang gehad: diezelfde zilverige zwerm die zich verspreidde tot ik er helemaal blind van was, en dan weer wegging, waarna ik een folterend heftige hoofdpijn kreeg die vijf of zes uur onverminderd aanhield. Toen alle andere geneesmiddelen hadden gefaald, was mijn moeder met me naar een homeopathische arts gegaan, een oude Fin met een kamer waar het vreemd rook en met schalen vol veldspaat en een kleverige substantie waarvan hij me vertelde dat het geplette rode mieren waren. Hij gaf me vijf kleine pilletjes en zei dat ik er iedere avond een moest innemen, vijf avonden achter elkaar. Daarna had ik geen migraine meer gehad – tot op dat moment.

Ik liep de slaapkamer in en ging in het donker op het bed liggen. De pijn concentreerde zich in het midden van mijn voorhoofd. Het was of daar iets in zat dat eruit probeerde te komen – nu eens gebruikte het een hamer, dan weer een houweel, dan weer een boormachine. Boven me bulderde het geluid van meneer Kurwens twee televisietoestellen door de dunne wanden en plafonds. Dat was al een paar maanden aan de gang, sinds zijn vrouw was gestorven. Ik was een keer om twaalf uur 's nachts naar boven gegaan om te klagen. Meneer Kurwen had opengedaan en me woedend en zonder een greintje spijt aangekeken. Zijn vollemaansgezicht met witte stoppels had iets vreemds gehad – een glazen oog, besefte ik even later, helderder en blauwer dan zijn broertje. Een paar schoothondjes keften in de duisternis achter hem, waar de twee televisies spookachtige boeketten van kleur op de wanden tegenover me wierpen. 'Mijn vrouw is net doodgegaan aan kanker en u zegt dat ik de tv zachter moet zetten?' was het enige dat hij had gezegd.

Met die kakofonie boven me en het stampen onder mijn voorhoofd kreeg ik het gevoel alsof ik langzaam werd platgedrukt in een kamer met muren die naar elkaar toe kwamen. Wat had er in de pilletjes van die Fin gezeten? vroeg ik me af. Met de verwarde logica van de geteisterden probeerde ik na te gaan welke stof een homeopathische relatie met deze specifieke vorm van pijn zou kunnen hebben. Cafeïne, dacht ik: van te veel koffie kreeg ik soms hoofdpijn. Ik stond op, pakte mijn jas en ging naar buiten. Zachte, natte vlokken sneeuw vielen in een dichte zwerm en plakten als ijzig slijpsel aan me vast. Ik was van plan geweest om twee huizenblokken naar het Poolse koffiehuis te lopen, maar gezien de omstandigheden dook ik in plaats daarvan meteen het cybercafé in – mijn eerste bezoek – en bestelde een sterke espresso.

Het cybercafé zat vol met welvarend uitziende jongeren in keurige zwarte truien en broeken. Van de twee of drie duidelijk te onderscheiden nieuwe generaties die na mijn eigen generatie waren opgekomen vond ik deze het meest beangstigend. In hun bijzijn had ik voor het eerst dat vage gevoel van minderwaardigheid dat bij de ouderdom hoort. Hun gladde gezichten, hun ogen met pupillen als speldenknoppen, waren overspoeld met het blauwgrijze licht van de schermen; hun slanke, hoekige armen bewogen zich behendig tussen toetsenbord, muis, drankje, Palm Pilot; ze tikten en klikten alsof zij en al die apparaten in de loop van vele millennia tegelijk waren geëvolueerd. Sommigen van hen droegen discrete koptelefoons van gepolijst staal, waardoor ze nog meer op insecten leken. Terwijl ik mijn koffie dronk en naar een groepje van hen keek dat als een detachement plutocratische mieren door de deur kwam, trok iets mijn aandacht. Tussen het mozaïek van aanplakbiljetten op een prikbord in de hoek zat een poster voor een toneelstuk. *Blumfeld, een oude vrijgezel,* stond er, *van Franz Kafka.*

In kleinere letters stonden, onder de wazige afbeelding van een man in een kast, de woorden: *voor het toneel bewerkt door Bogomil Trumilcik.*

Trumilcik! Toen ik die naam weer zag, schokte er iets door me heen, alsof ergens iets in een andere versnelling werd gezet. Het onbehaaglijke gevoel dat ik op het station even had gehad, kwam terug, en ditmaal zag ik – misschien omdat ik erdoor werd overrompeld – wat me meteen duidelijk had moeten zijn: dat het muntje alleen maar uit de bronzen kom kon zijn verdwenen omdat ik me niet alleen bewust was geworden van Trumilcik maar hij zich ook van mij. Bovendien kon ik het gevoel niet van me afzetten dat die handeling van hem, die verwijdering van het muntje (vooropgesteld dat hij dat inderdaad had gedaan) iets agressiefs had, op zijn minst iets afwerends, alsof hij me wilde bedreigen of mij juist als een bedreiging zag. En nu ik zijn naam onverwachts weer zag opduiken, leek dat me, in mijn oververhitte gemoedstoestand, een oproep: ik moest zelf in actie komen.

Ik stond op en betaalde. De koffie vonkte en flikkerde in mijn hoofd, zodat de doffe donderslagen die daar al bonkten nu gezelschap hadden van bliksemschichten. Eenmaal buiten ging ik naar het noordoosten, weg van de luxe opgeknapte huizenblokken, naar de Alphabet City, die ik van vroeger kende, met zijn zwartgeblakerde huurkazernes en vervaagde graffiti. Maar zelfs hier voelde je de nieuwe wind die in het gemeentehuis waaide. Vroeger stonden er vrouwen op de straathoeken van Avenue C: junkies met minirokken over hun skeletmagere dijen; aan crack verslaafde moeders uit de achterbuurten van East River; wankelend op hoge hakken, een schittering in hun ogen. Die waren verdwenen, net als de hoeren in Wenen na Angelo's proclamatie tegen de zonde. De enige dingen die daar tegenwoordig schitterden, waren de kort geleden vernieuwde telefooncellen, versierd met hun nieuwe Bell Atlantic-stickers, zilveren krullen en rondingen, glanzend in het licht van de straatlantaarns. Ik liep er met een wijde boog omheen en zwoegde voort door de natte sneeuw die als ijzige verf omlaag spatte, tot ik bij het theater kwam.

Het zag er bescheiden uit en bevond zich in het souterrain van wat blijkbaar vroeger een synagoge was geweest.

Ik ging een trap af, passeerde een geblutste metalen deur, en kwam in een hal met tl-verlichting. Er stond daar een lege stoel aan een tafel met programma's en een rol kaartjes. Daarnaast zag ik een dubbele deur die uit zichzelf dichtging. Ik legde mijn oor ertegen, maar hij was geluiddicht gemaakt en ik hoorde alleen gedempte, onverstaanbare stemmen. Ik had hem graag geopend, maar ik wilde niet het risico lopen dat Bruno en zijn vrienden me zagen, want dan zou ik later moeten uitleggen wat ik daar deed.

Een nieuwe kanonnade van pijn barstte los in mijn hoofd: blijkbaar werkte de cafeïne niet. Toen ik me daar stond af te vragen wat ik moest doen, kwam er een man in een sjofel zwart pak naar me toe. Hij was ongeveer zo oud als ik, met een vreemde, deegwitte huid en witte handen. Hij stak een sigaret op en keek me gereserveerd, misschien zelfs wantrouwig, aan.

'Wat wilt u?'

'Nou, ik…'

'De voorstelling is al over de helft.'

Ik besloot meteen ter zake te komen: 'Nou, eigenlijk wilde ik iets over Bogomil Trumilcik aan de weet komen.'

De man keek me argwanend aan en nam een trek van zijn sigaret.

'Wat wilde u weten?'

'Nou… Waar hij is bijvoorbeeld.'

'Bent u een vriend van hem?'

Ik keek hem aan. Ik heb een hekel aan liegen en ben er erg slecht in, en hoewel een leugentje om bestwil me op dat moment misschien zou hebben geholpen, kon ik het niet opbrengen.

'Eerder een collega,' zei ik, 'of ex-collega. Ik ben docent op het Arthur Clay.'

'Uh huh.' Weer die gereserveerde, bijna sluwe blik. Ik had het vage gevoel dat ik hem al eens eerder ergens had gezien.

'Nou, hij is in Bulgarije,' zei hij op besliste toon.

'Weet u dat zeker?'

'Pardon?'

'Ik bedoel, weet u zeker dat hij niet in New York is?'

'Waarom zou hij in New York zijn?' Blijkbaar had ik hem aan een excuus geholpen om zich beledigd en stug op te stellen. Ik gooide het over een andere boeg.

'Mag ik vragen hoe u aan zijn bewerking bent gekomen?'

'Van het verhaal? Ik heb geen idee. Dat zou u de regisseur moeten vragen.'

'Ah. Ik dacht dat u misschien de regisseur was.' Dat had ik niet gedacht, maar ik zei dat om te proberen iets – wat dan ook – uit hem los te krijgen voordat ik wegging.

'Ik? Nee. Ik ben Blumfeld.'

Op dat moment besefte ik dat die deegwitte huid van hem schmink was. Evengoed was ik verrast: ik had me de Blumfeld van het oorspronkelijke verhaal als een veel oudere man voorgesteld. Hij keek op een klok boven de ingang.

'Ik moet zo weer op.' Hij grijnsde me toe. 'Ik had net even tijd om een sigaretje te roken voordat de meisjes mijn ballen vinden.'

Een beetje geërgerd, mijn hoofdpijn heviger dan ooit, draaide ik me om.

'Mag ik een programma meenemen?'

'Ja. Gaat uw gang.'

Ik nam een van de programma's.

'Lijdt u misschien aan migraine?' vroeg de man toen ik al begon weg te lopen.

Ik bleef meteen staan.

'Hoe wist u dat?'

'Uw oogleden zijn helemaal opgezet en uw lippen zijn bijna wit. Mijn broer had als kind migraine. Ik ken de symptomen. Hier, als u me toestaat…'

Tot mijn verbazing legde hij zijn handen op mijn slapen en drukte extreem hard met beide duimen op het midden van mijn voorhoofd. Een ogenblik dacht ik dat mijn schedel zou splijten. Toen trok de pijn plotseling weg; het leek wel tovenarij. Op datzelfde moment ging er een onverwachte golf van emotie door me heen, alsof wij samen zojuist een heerlijke intimiteit, droomachtig en mysterieus, hadden beleefd.

Verrast bedankte ik hem. Hij haalde zijn schouders op en glimlachte vriendelijk.

'Ik zal proberen aan Trumilcik door te geven dat u hem zoekt,' zei hij. 'En nu moet ik weg.'

'Dank u. Ik ben Lawrence Miller,' riep ik hem na. Hij zei iets onduidelijks en was verdwenen.

Buiten voelde ik me licht in mijn hoofd, bijna uitbundig. Ik liep snel. Ik wilde niet naar huis. De pijn mocht dan weg zijn, de cafeïne was nog door mijn hoofd aan het racen. Nu ik aan mijn gesprek met Blumfeld terugdacht, merkte ik dat hij met zijn terughoudendheid mijn indruk dat Trumilcik nog in New York was niet had weggenomen. Die indruk was eerder versterkt. Ik besefte dat ik me zelfs voorzichtig een beeld van Trumilciks omstandigheden begon te vormen, een beeld dat natuurlijk beïnvloed werd door een lichte maar hardnekkige angst voor armoede die ik zelf al had sinds ik naar New York was gekomen. Ik stelde me voor dat hij zich manmoedig vastklampte aan een marginaal, half illegaal bestaan in de stad; hij had een onderkomen in een armoedige wijk en bracht geheime nachtelijke bezoeken aan zijn oude kamer op het Arthur Clay, waar hij werkte of in zijn boeken las. De gedachte dat hij nog in de stad was, maakte me vreemd genoeg erg opgewonden. Je kunt het vergelijken met het gevoel dat je hebt bij een deur die nog openstaat. En alsof er licht door die opening viel, verscheen er een andere deuropening in mijn gedachten, een opening die ik niet eerder had gezien of in ieder geval niet als een deuropening had opgemerkt.

Ik liep naar Astor Place en nam de metro naar het station. Het was niet laat – negen uur of half tien – en er gingen nog genoeg treinen naar de voorsteden.

Onder het bord met vertrektijden stond een ander soort mensen dan de forensen met hun kostuums en mantelpakjes. Deze mensen hadden een nors gezicht, met de afgematte bleekheid van hard werken in gebouwen. Schoonmakers met avonddienst, nam ik aan, sjouwers van de grote warenhuizen, met steunbanden onder hun dikke gewatteerde parka's. Mijn trein werd omgeroepen en ik volgde een groepje van hen naar het perron. Ze stapten uit op stations bij appartementencomplexen van afbrokkelend beton waar de kale ijzeren botten doorheen staken, wijken met rijtjeshuizen tot vlak bij het spoor. Ik keek met een vertrouwde maar behoedzame nieuwsgierigheid naar hen. Via hen voelde ik de duizelingwekkende afgrond van troosteloosheid, die in dit land nooit erg ver te zoeken is.

Tegen de tijd dat ik bij het Arthur Clay aankwam, was het licht gaan sneeuwen. De bemodderde flarden van sneeuw waar ik eerder op de dag langs was gekomen, werden met een nieuw wit laagje verfrist.

Ik was nog nooit zo laat op de campus geweest. Alles voelde verrassend gedempt en verstild aan – nergens een spoor van de luidruchtige uitspattingen die je 's avonds in dat soort plaatsen zou verwachten; alleen een paar studenten die haastig van het ene naar het andere woongebouw liepen.

In het gebouw van mijn faculteit was het donker, afgezien van de zwakke nachtverlichting in de stille gangen. Ik voelde me bijna een dief toen ik naar kamer 106 liep, al had ik het volste recht om daar te zijn. Er is iets wat je alleen aan een gebouw kunt merken wanneer je er als enige bent – de eigenaardigheid van de stilte, de geluidloosheid, de bijzondere eigenschappen die de muren hebben opgenomen van de levens die zich erbinnen hebben afgespeeld. Wat ik daar voelde, was een ijzige afstandelijkheid, bijna vijandigheid, alsof het gebouw maar matig te spreken was over mijn aanwezigheid op dit late uur.

Ik maakte de deur van mijn kamer open en deed het licht aan. Het leek wel of de kamer van schrik met de ogen knipperde, alsof hij iets stiekems aan het doen was en daarbij was gestoord.

Maar daar was het allemaal nog, precies zoals ik het enkele uren eerder had achtergelaten – de kasten en planken, die onopvallende snuisterijen. En daar, op een van de twee grote bureaus bij het raam – bedrieglijk onopvallend met zijn zilvergrijze hoes, alsof hij stilletjes had geprobeerd iedere gedachte aan de rijkdommen in zijn inwendige te verhinderen (alsof hij je wilde laten denken dat hij hol was, of van massief plastic) – stond de 'deuropening' waarover ik het al eerder had: de desktopcomputer.

Ik pakte de hoes eraf en stak de stekker in het contact.

Zoals ik het moeilijk vind om te liegen, zo heb ik ook een hekel aan iedere vorm van achterbaksheid. Ik snuffel niet graag in andermans spullen. Toch had ik het gevoel dat het gerechtvaardigd was wat ik deed: per slot van rekening had ik waarschijnlijk te maken met een indringer. Daar kwam nog bij dat ik door zelf op onderzoek uit te gaan, mijn geheime kamergenoot (als hij dat inderdaad zou blijken te zijn) misschien juist beschérmde tegen een vermoedelijk heel wat onaangenamer officieel onderzoek, dat hem vast en zeker te wachten zou staan als zijn illegale aanwezigheid in deze kamer nog veel langer duurde.

Ik drukte op de knop om de computer aan te zetten. Het scherm lichtte met een muzikaal deuntje op en gaf zijn schatten aan me prijs.

Die schatten bleken niet erg talrijk te zijn, en voor het merendeel ook niet van belang. In de loop van de tijd was ik tamelijk handig met computers geworden, en ik kon dan ook in vrij korte tijd vaststellen dat in feite maar één document de moeite van het lezen waard was. Dat was een lang, onvoltooid verhaal over een man die Kadmilos heette. Die Kadmilos, die uit een obscuur, niet nader genoemd land in New York was aangekomen, raakt verliefd op wat hij de 'schitterende gevoelloosheid' van de stad noemt. Hij besluit tot elke prijs te blijven, trouwt met een vrouw om een verblijfsvergunning te krijgen en gaat voortaan als een cynische rokkenjager door het leven. Overal in de straten en bars van Manhattan zoekt hij naar vrouwen.

Het was me vrij duidelijk dat het een autobiografisch verhaal was, met Kadmilos als alter ego van Trumilcik zelf. Er zat een vermoeiende machoarrogantie in de toon van het verhaal, en dat was volkomen consistent met het beeld dat ik me al van Trumilcik had gevormd. Verder was er het feit dat Kadmilos les gaf op een universiteit die een sterke gelijkenis vertoonde met het Arthur Clay en dat zijn houding ten opzichte van de vrouwelijke studenten die van een sultan ten opzichte van zijn persoonlijke harem was.

Het was een niet erg opbouwend verhaal, en op het eind werd ook niet duidelijk waar de auteur zich momenteel bevond. De enige dingen die het verhaal interessant maakten (en zelfs dat was zuiver toevallig) waren een of twee overeenkomsten tussen het leven van Kadmilos/Trumilcik in New York en mijn eigen leven. Hij woonde een tijdje in West Village, in de wijk met de vleesverwerkende bedrijven, en Carol en ik hadden daar ook gewoond voordat we naar de andere kant van de stad gingen. Toen ik zijn stijve maar vreemd genoeg tegelijk levendige Engels las, kreeg ik het gevoel dat ik in Horatio Street terug was, waar de koeienkarkassen elke morgen als bloederige jurken aan hangers uit vrachtwagens werden gereden en het bloed in de keistenen goten stolde. Ik zag weer voor me hoe het uitgaanspubliek bij Florent zat te ontbijten, en dat ontketende een stroom van dierbare herinneringen; Boliviaanse bloemenmannen die geverfde anjers bijknipten voor de Koreaanse kruidenierswinkels aan Greenwich Avenue...

Op een gegeven moment, ongeveer op de helft, was er een langdurige scène in het gebouw van de immigratiedienst aan Federal Plaza, waar de auteur net als ik vele uren in de rij had gestaan om de talloze uitgebreide formaliteiten voor het verkrijgen van een visum af te werken.

Ik vond die passage erg boeiend. Ik zie mezelf daar in kamer 106, gebogen naar het scherm, gefascineerd door de vreemde vertrouwdheid van dat verhaal. En daar is, als ik het nu allemaal probeer te reconstrueren, de rij immigranten, om acht uur 's morgens, twee uur voordat het gebouw opengaat, al een lange rij. De Latijns-Amerikanen stevig en donker, met een stoïcijnse houding ondanks hun armoede; de Oost-Europeanen met hun voorkeur voor parka's met een dubbele ritssluiting en met de ongeduldige houding van mensen die ten onrechte arm zijn gehouden. Ik proef weer de bittere koffie die je bij het kraampje kunt kopen als je je bij de rij aansluit – het kraampje van een stralend echtpaar, mensen van wie het lijkt of ze nog maar net uit de molen zijn getuimeld waarin jij je gaat begeven. Ik zie de bewakers die de metaaldetectors bij de ingang bemannen en je met hun in rubberen handschoenen gestoken handen fouilleren. Het valt Kadmilos op dat die jonge mannen, met oorknopjes en kapsels van de uitgaanswereld, hun uniform met een vrolijk gebrek aan overtuiging dragen, en ik glimlach onwillekeurig, want ik herken dat. Als we door de beveiliging heen zijn, worden dertig van ons naar een grote kamer geleid, met deuren die automatisch dichtgaan, waarna de kamer – aha – een lift blijkt te zijn die langzaam naar een hoge verdieping stijgt, waar we in een enorme open prairie van een kamer terechtkomen, met rijen en rijen aan de vloer geschroefde oranje stoelen, omringd door kleine, met glas afgezette hokjes, die elk een immigratieambtenaar bevatten, zoals een ei een embryo bevat. In een van die hokjes zetten we, als ons nummer eindelijk is opgeflitst, onze handtekening. Kadmilos herinnert zich dat zijn hand van opwinding beefde, zodat er een rare uithaal in zijn officiële handtekening kwam te zitten. De mijne had ook gebeefd! Hij vertelt dat hij zijn rechterwijsvinger in de vingerafdrukkeninkt zette en hem toen in het vakje op het formulier drukte, blij bij de gedachte dat dit niet te imiteren detail van zijn bestaan nu in het bewustzijn van de Amerikaanse overheid was opgeslagen. Hij herinnert zich dat de ambtenaar hem, zonder enige uitleg, een klein zakje met het opschrift Benzalkoniumchloride gaf, en dat hij het verbaasd openmaakte en er een klein wegwerpdoekje in aantrof. Hij besefte dat hij het kreeg om zijn vinger schoon te maken, en moest tranen van vreugde inslikken, zo ontroerd was hij door deze geweldige attentie in de officiële procedure. Het feit dat het doekje de inkt niet verwijderde maar alleen over zijn hele hand uitstreek, deed geen enkele afbreuk aan zijn vreugde.

Daarna komt de rij voor de fotograaf. De vrouw die vooraan staat – donkerharig, elegant, discreet koket met haar gele sjaal – is druk bezig met haar haar; ze kamt het, drukt het omhoog en duwt het dan een beetje van haar oren vandaan om haar gouden oorhangers te laten zien. *De volgende!* roept de fotograaf. De vrouw gaat in de metalen stoel zitten en houdt haar hals in een zodanige stand dat het licht op haar bescheiden sieraden valt. *Oorhangers!* roept de fotograaf, en zijn vinger gaat vermanend heen en weer. Ze begrijpt het niet. *Aretes!* Beschaamd haalt ze ze meteen weg en als dan haar officiële foto wordt gemaakt, kijkt ze terneergeslagen in de camera.

Terwijl we wachten tot de foto voor ons identiteitsbewijs wordt ontwikkeld, voelen we ons plotseling duizelig en misselijk. We beseffen dat het door de benzalkoniumchloride op onze vingers komt, misschien in combinatie met een lege maag en een slapeloze nacht. Dan wordt onze naam afgeroepen; alleen onze voornaam, herinnert Kadmilos zich met warmte, alsof we nu op de meest intieme, familiaire voet met de overheid van de Verenigde Staten staan. En even later ligt daar in onze hand onze bruine werkvergunningskaart, met ons korrelige portretje en onze haperende handtekening.

In het licht van wat ik de volgende morgen in mijn kamer ontdekte, moet ik aan dit beeld van mij daar achter Trumilciks computer het beeld toevoegen van Trumilcik die naar me keek, want dat bleek het geval te zijn geweest. Hij keek zelfs vanuit de kamer naar me.

Ik zie hem met steeds meer argwaan naar me kijken als ik aan het eind van het document ben gekomen en meteen van mijn stoel opsta om de computer met de printer op de archiefkast aan de andere kant van de kamer te verbinden, blijkbaar van plan een uitdraai van het verhaal te maken voor mezelf en die uitdraai mee naar huis te nemen, wie weet (stel ik me voor dat hij denkt) om hem te plagiëren of er anderszins misbruik van te maken. Ik stel me zijn opluchting voor als hij ziet dat ik geen printerpapier in de kamer kan vinden en blijkbaar met het oog op de vertrektijden van mijn trein besluit het afdrukken van het verhaal tot de ochtend uit te stellen.

Ik zette de computer uit, verliet de kamer en deed de deur achter me op slot.

Buiten was het opgeklaard. De frisse, koele avondlucht werkte stimulerend.

Toen ik door Mulberry Street liep, zag ik een groep mensen in mijn richting komen. Ik schrok een beetje (ik wilde liever niet bekend hebben dat ik 's avonds nog naar de campus ging) toen ik zag dat het Bruno's studenten waren, terug van hun toneelstuk. De twee mannen en drie van de vier vrouwen. Ze knikten me in het voorbijgaan toe, en een paar stappen verder hoorde ik gegniffel.

Op het station wilde ik net door de wachtkamer naar het perron lopen, toen ik de vertrouwde stem van Bruno zelf hoorde. Ik bleef waar ik was. Niet dat ik hem wilde bespioneren, maar ik wilde een ontmoeting vermijden omdat die voor ons beiden pijnlijk zou zijn.

Hij was in het gezelschap van het vierde meisje, het lange magere type met het blonde haar. Ik had haar vaak op de campus gezien, een tengere winterbloem van een meisje dat ook in de sneeuw nog een T-shirt droeg, meestal geverfd op de *tie-and-dye*-manier. Het bleek dat Bruno haar probeerde over te halen met hem mee naar New York terug te keren.

Door het raam van de wachtkamer kon ik hen in het licht van de krachtige natriumlamp zien. Bruno leunde tegen een ijzeren zuil en hield de handen van het meisje in de zijne. Zijn glimlachende jongensachtige mond, van boven belicht, vormde de woorden met lome, zelfgenoegzame, tuitende bewegingen. Zo te zien was hij er volkomen zeker van dat hij zijn zin zou krijgen.

Hij sprak zacht, maar zijn stem was een van die subtiele, nogal scherpe instrumenten die zelfs bij het laagste volume duidelijk te horen zijn, als een kettingzaag ergens in de verte of het spinnen van een kat.

'Stuur me niet alleen naar huis, Candy,' mompelde hij. 'Hier, kom eens hier...' Hij trok haar naar zich toe en streek met zijn lippen over de hare. Ze was groter dan hij, iel en fragiel in haar denimjasje, haar slanke lange benen in een dunne wollen maillot, de ene knie gebogen, de punt van haar andere voet in het suède lage laarsje op de betonnen vloer balancerend, alsof die punt de kompasnaald van haar aarzelingen was.

'Ik weet het niet,' hoorde ik haar zeggen, en ze wendde haar hoofd af, al liet ze haar handen in de zijne. 'Ik weet niet of dat zo'n goed idee zou zijn.'

Hij trok haar weer naar zich toe. Iets – misschien dat hij zo abnormaal klein was – bracht me plotseling op de gedachte dat hij, zoals veel mensen die hun macht over anderen misbruiken, aan zijn jeugd het gevoel had overgehouden dat hij een slachtoffer was. Ik was er zeker van dat hij zichzelf in deze situatie als de zwakkere partij beschouwde, zodat hij het recht – zelfs de plicht – had om gebruik te maken van elk wapen dat hem ter beschikking stond: hij geloofde dat hij niet zozeer probeerde het meisje in bezit te nemen maar een daad van verzet stelde tegen de kaarten die de natuur hem, als fysiek exemplaar, had gegeven, kaarten die schoonheid zoals dit meisje bezat voorgoed buiten zijn bereik leken te brengen. Maar hoewel ik met hem kon meevoelen, stelde ik hem toch volkomen verantwoordelijk voor wat hij deed. De lippen van het meisje kwamen van elkaar voor weer een halve kus. Toen hij dat zag zei Bruno – die duidelijk een geoefend manipulator was – berustend: 'Nou, als je er zo over denkt...' En hij liet haar handen los. Ze keek hem aan en beet op haar lip, haar ogen zo groot als die van een teleurgesteld kind. Hij keek haar weer aan, meer dan ooit zeker van zijn positie, dacht ik. Hij liet zijn ogen glinsteren en ik vond dat hij nu net een roofdier leek. Je kon bijna zien hoe die blik van hem zich door de verwijde pupillen van het meisje boorde en zich als een uitwaaierende stroom door de haarvaten onder haar nauwelijks beschermde huid verspreidde.

De stalen rails maakten het geluid van een mes dat werd geslepen, en ik hoorde onze trein in de verte naderen.

'Welterusten dan,' zei Bruno.

Ik hoopte dat ze zouden doorlopen, want dan kon ik dat ook doen zonder dat ze me zagen, maar ze bleven daar naar elkaar staan kijken, en toen de trein sissend het station in kwam rijden, legde Bruno zijn vinger onder de kin van het meisje en bracht hij haar gezicht naar zich toe. Ze had haar handen nu in haar zakken, en toen ze haar gezicht naar hem liet opheffen, was ze net een delicaat beeld dat op het punt stond om te kantelen. Ik had het gevoel dat ze de weinige gebaren die haar op dat moment ter beschikking stonden gebruikte om berusting uit te drukken, maar dan wel berusting van het passiefste soort: *je hebt me overweldigd*, zei ze in feite, *ik laat je hierbij weten dat ik niet meer verantwoordelijk ben voor mijn daden.*

De treindeuren waren opengegaan, en omdat ze elkaar nu innig kusten en geen aanstalten maakten om in te stappen, zat er voor mij niets anders op dan mijn schuilplaats te verlaten en in het volle zicht van Bruno te komen, die blijkbaar geen man was die met zijn ogen dicht kuste. Hij zag me natuurlijk toen ik voorbijkwam, en ik kromp ineen, alsof ik, niet hij, betrapt was op een dubieuze handeling. Ik weet niet of ze in die trein zijn gestapt of bleven zoenen tot de volgende kwam.

Toen ik voor de vierde keer die dag langs het vervuilde stroompje denderde, kwamen er abstracte, speculatieve gedachten over Trumilciks document in me op.

Ik dacht aan de vrouw die voor hem in de rij voor de fotograaf stond – de vrouw met de gele sjaal die hij 'koket' had genoemd. Toen hij, in het bezit van zijn werkvergunningskaart, het gebouw van de immigratiedienst verliet, was hij haar achterna gegaan en een gesprek met haar begonnen. Zoals bij hem vaak het geval was, had dat gesprek zich een aantal nachten in haar appartement aan Central Park West, een blok ten noorden van het Dakota Building, voortgezet. Bij de gedachte aan hun ontmoeting voelde ik een vreemde, elegante symmetrie, alsof mij hetzelfde was overkomen, en dat deed me goed, maar voordat mijn uitgeputte geest de betekenis van dat alles kon bevatten, schoot me plotseling te binnen waar ik Blumfeld eerder had gezien.

Kort voordat Carol me verliet, was een collega van haar bij ons komen eten, en die had een nieuwe vriendin van haar meegebracht, een actrice. Na het eten had de actrice voorgesteld om met zijn allen naar een club aan Eleventh Avenue te gaan, de Plymouth Rock, waar allerlei seksuele spelletjes werden gespeeld. Ik had beleefd geweigerd en uitgelegd dat ik de volgende ochtend vroeg bij de immigratiedienst moest zijn voor een gesprek, de laatste fase van de procedure om een werkvergunning te krijgen. Ik nam aan dat mijn vrouw, een mediëviste die niet geneigd was tot seksuele of andere uitspattingen, ook zou weigeren. Maar tot mijn verbazing ging ze akkoord. Ze wilde absoluut gaan, ook toen ik discreet onder haar aandacht bracht dat ze misschien meer had gedronken dan ze zelf besefte. Ze liet me achter bij de afwas, en met het vreemde gevoel dat ik een spelbederver was, iets wat ze volgens mij nooit eerder van me had gedacht.

Die actrice was Blumfeld. Hij was een vrouw! Vandaar die onbehaarde witte handen; vandaar die geheimzinnige, ondeugende blik in haar ogen…

Bij thuiskomst werd ik nog helemaal in beslag genomen door die ontdekking – zozeer dat ik op mijn weg door de huiskamer vergat om bewust niet naar het antwoordapparaat te kijken. Opeens zag ik een rood lichtje knipperen, en ik bleef staan.

Ik gunde me een ogenblik van blijdschap toen ik het zag knipperen. Toen deed ik wat ik, de weinige keren dat het apparaat een boodschap voor me had, altijd deed: ik wiste de boodschap zonder ernaar te luisteren. Op die manier bespaarde ik me in ieder geval de teleurstelling dat het niet Carol was.

3

De volgende morgen nam ik de trein naar mijn werk. Ik had een nieuw pak laserprinter-papier in mijn aktetas. Ik wilde Trumilciks verhaal afdrukken en nog eens lezen; dat was alles.

Dat wás alles, al moet ik zeggen dat ik hoewel ik zelf nooit literaire ambities had gehad, kort geleden een aantal artikelen had gelezen over de kolossale voorschotten die romanschrijvers kregen. Als gevolg daarvan was het schrijverschap enige tijd een van de fantasieën over alternatieve carrières geweest waaraan ik toegaf als ik me zorgen maakte over geld. Ik was zelfs zo ver gegaan dat ik aan een kort verhaal begon – het heette *Z van Zalm* – om te zien of ik enig talent voor het verzinnen van dingen had. Ik was niet erg blij geweest met het resultaat, en die specifieke dagdroom was uit het programma verdwenen.

Ik vermeld dit alleen om voor advocaat van de duivel tegen mezelf te spelen. Ik wil hiermee duidelijk maken dat als Trumilcik in mijn hoofd had kunnen kijken en de zwakke restanten van begraven wensen aan elkaar had kunnen passen, het begrijpelijk was als hij me voor een potentiële plagiaris aanzag, al zou hij zich zelfs dan nog hebben vergist. Maar nu kan ik de dingen die hij daarna deed alleen maar toeschrijven aan een aangeboren achterdocht, grenzend aan paranoia.

Mijn kamer was zoals ik hem had achtergelaten. Ik deed de deur achter me dicht en nam het pak papier uit mijn tas. Ik haalde de verpakking eraf en legde het maagdelijke witte blok in de printer. Nadat ik de hoes van de computer had verwijderd, drukte ik op de knop om hem aan te zetten. Ik zag het scherm flikkerend tot leven komen, hoorde het blikkerig synthetische trompetgeschal, vroeg de bestandenlijst op en zag met de steek van teleurstelling die je voelt wanneer een heerlijke ontmoeting verdwijnt zodra je wakker wordt en je beseft dat het maar een droom was, dat het document er niet meer was.

Nadat ik de procedure had herhaald en ook in de Prullenbak had gekeken, en alle andere technieken om bestanden terug te roepen had uitgeprobeerd die ik kende, moest ik me erbij neerleggen dat ik de vorige avond was gadegeslagen, vermoedelijk door Trumilcik zelf.

Eerst dacht ik dat hij op weg naar de kamer moest zijn geweest, misschien om weer aan dat document te werken, toen hij het licht had zien branden, en dat hij toen naar het raampje was geslopen en door de kleine ruitjes had gezien dat ik zijn verhaal verslond. In dat geval moest hij dicht bij het raam zelf hebben gestaan, ergens op het stukje grond dat werd begrensd door de luchtbogen aan weerskanten van het kozijn en een rij dikke, twee meter hoge Canadese dennen, evenwijdig met de muur. Buiten die kleine rechthoek zou de kamer niet duidelijk te zien zijn geweest. Omdat het geen pad was, had dat stukje grond zijn lapje oude sneeuw min of meer intact gehouden, en bovendien was het helemaal bedekt met de verse sneeuw van de vorige dag. Iemand die daar stond en naar me keek, moest voetafdrukken hebben achtergelaten, maar er waren geen voetafdrukken.

Met tegenzin ging ik over tot de volgende logische stap: dat ik vanuit de kamer was gadegeslagen. Afgezien van al het andere leek het me in praktisch opzicht onmogelijk dat er al die tijd een tweede persoon in de kamer was geweest, zonder dat ik iets hoorde of zag of zelfs maar het gevoel had dat er iemand was. Voor de goede orde, en niet echt in de overtuiging dat Trumilcik zich daar kon hebben verstopt, maakte ik de kast open waarin ik de airconditioner en Barbara Hellermanns kleren had aangetroffen. Die kast vertoonde geen sporen van iemands aanwezigheid, en ik constateerde dat zelfs wanneer iemand met de deur op een kier in die kast had gestaan, hij alleen maar een smal strookje muur had kunnen zien, met het uilengezicht van de lichtschakelaar en het stuk papier met het citaat van Louisa May Alcott. Trouwens, als er echt iemand stiekem naar mijn kamer kwam, zou hij vast wel een minder voor de hand liggende schuilplaats – mocht hij die ooit nodig hebben gehad – hebben gevonden dan een kast.

Toch bleef het een feit dat het document, dat nog geen twaalf uur eerder in de computer had gezeten, daar niet meer was; en dat ook wanneer ik níet was gadegeslagen toen ik het las, iemand in de kamer was geweest tussen het moment waarop ik de vorige avond vertrok en het moment waarop ik deze ochtend terugkwam.

Zonder tot een oplossing te komen ging ik de kamer uit om college te geven. We lazen *Bakchai* van Euripides, en we wilden nagaan of Pentheus, de 'kille' tegenstander van Dionysus (en tegelijk diens slachtoffer), als prototype voor een nieuw soort mannelijke held zou kunnen fungeren. Er ontstond een interessante discussie over de episode in het laatste bedrijf, waarin Pentheus, blijkbaar krankzinnig geworden, vrouwenkleren aandoet en, naar zal blijken, zijn eigen gewelddadige vernietiging tegemoetgaat. Ik herinner me dat sommigen van ons een onderstroom van iets waardigs, bijna majestueus in zijn gedrag zagen, in contrast met de spottende, vernederende toon die door de triomfantelijk smalende Dionysus werd gezet – alsof het stuk, naast zijn banale boodschap dat je de goden niet mocht beledigen, onopzettelijk op een grotere, diepere waarheid over de tirannie van de zogenaamd 'natuurlijke' seksewetten was gestuit en Pentheus heimelijk als een martelaar in de strijd tegen die tirannie presenteerde. Hoe dan ook, het college verliep goed. Het was levendig en stimulerend; toen het was afgelopen, voelde ik me een beetje opgetogen.

Ik ging lunchen en liep met mijn dienblad naar een van de tafeltjes bij het raam (in de kantine van de faculteit zit ik meestal alleen), toen ik een vrouw naar me op zag kijken vanaf een tafel in de hoek van de zaal. Pas na enkele ogenblikken besefte ik dat het Elaine Jordan was, de juriste van de universiteit. Ze had een nieuw kapsel, en terwijl ze anders meestal onopvallende pakjes van vormloos acryl aanhad, droeg ze nu een op maat gesneden pakje met een geplooide blouse.

Ik wilde al knikken en doorlopen, toen ik iets uitnodigends in haar blik zag, alsof ze hoopte dat ik aan haar tafel zou komen zitten. Ik liep in haar richting en het bleek dat ik dat goed had gezien. Ze keek nu openlijk verwelkomend, en toen ik haar vroeg of ik bij haar mocht komen zitten, antwoordde ze met een zwijgende, aandachtige glimlach. Ik voelde me min of meer verplicht om even aandachtig naar haar terug te glimlachen.

'Zo,' zei ze even later. 'Daar ben je dan.'

'Ja.'

We glimlachten weer naar elkaar. Ik was een ogenblik bezig mijn lunch op de tafel neer te zetten. Ik had nooit eerder met Elaine gegeten, had zelfs bijna geen contact met haar gehad, afgezien van de wekelijkse bijeenkomsten van onze commissie. Ze was niet iemand die veel indruk op je maakte. Er was niets opvallends aan haar persoonlijkheid of uiterlijk, niets dat je aan haar liet denken wanneer ze niet meer bij je in de buurt was. Zoals ook in het geval van dokter Schrever zou ik achteraf niet kunnen zeggen hoe oud ze was, welke kleur haar ogen hadden, wat voor tint bruin haar haar had. Ik had geen enkele mening over haar, denk ik. In feite zag ik haar niet als iemand over wie ik een mening moest hebben. Ik vroeg me nu af of ze die onverschilligheid (want daar kwam het op neer) misschien had opgemerkt. Misschien wilde ze me, met de zachte aandrang van mensen die wel meegaand zijn maar zichzelf niet helemaal wegcijferen, bij zich aan haar tafel roepen om me, op uiterst milde wijze, een verwijt vanwege mijn houding te maken – om me ertoe te brengen haar als een menselijk wezen te zien, dus niet alleen als een onderdeel van de universitaire machinerie.

Bij die gedachte voelde ik me meteen schuldig, alsof ik haar onbeschoft had behandeld, en ik wilde dan ook erg graag laten blijken dat ik bereid was mijn leven te beteren. Dat zou wel betekenen dat ik haar langdurig over haarzelf moest laten praten.

'Hoe gaat het met je werk?' vroeg ik in een poging de bal aan het rollen te krijgen.

'Goed. En met dat van jou?'

'Prima. Maar wat ben je… Wat heb je gedaan?'

'O – niet veel. Overleven! En jij?'

Er zat nog steeds een vreemde intensiteit in haar ogen, en ik vroeg me af of ik de situatie wel goed had ingeschat. Ze leek nerveus maar vreemd genoeg tegelijk ook uitbundig – bijna triomfantelijk. Ze streek nerveus over haar haar, trok de kraag van haar jasje recht – dat was antracietgrijs, met smalle turquoise strepen – en liet een golf van een verrassend lekker parfum in mijn richting komen.

'Niet veel,' zei ik. 'Ik wacht tot de winter voorbij is.'

We grinnikten daar allebei om, alsof het erg grappig was. Toen volgde er weer een lange stilte. Elaine keek naar de tafel. Ze glimlachte vreemd in zichzelf. Misschien had ze iets op haar hart en vroeg ze zich af of ze het moest zeggen. Toen keek ze me opeens recht in de ogen en zei zachtjes: 'Ik ben blij dat je bent gekomen, Lawrence.'

Daar schrok ik een beetje van. Ik wilde niet geloven wat mijn instincten me begonnen te vertellen, maar ze konden het best eens bij het rechte eind hebben en ik vond dat ik iets moest doen om de situatie zo snel mogelijk te neutraliseren. Om tijd te winnen stopte ik mijn mond vol met eten. Ik zocht verwoed naar iets wat ik kon zeggen, maar er wilde niets in me opkomen.

Gelukkig verscheen op dat moment Roger Freeman, de voorzitter van onze commissie, bij de tafel.

'Gegroet,' zei hij.

Hij ging zitten. Met het gemak van iemand die zich overal welkom voelt, pakte hij zijn lunch van het dienblad. Hij keek naar Elaine, en het was duidelijk dat de verandering in haar uiterlijk hem niet was ontgaan. Een ogenblik vroeg hij zich blijkbaar af of het gepast zou zijn om daar iets over te zeggen. Ik nam aan dat hij weerstand zou bieden aan die impuls, zoals ik ook had gedaan, maar tot mijn verbazing kwam er een opgewekte glimlach op zijn gezicht.

'Dat is een nieuw kapsel. Het staat je goed.' Hij keek mij aan: 'Vind je ook niet, Lawrence?'

'Ja, dat vind ik ook.'

Elaine bedankte ons door met een ironisch gebaar over haar haar te strijken, en we lachten alle drie.

Terwijl we zaten te praten, bedacht ik dat Roger die opmerking opzettelijk en nadrukkelijk had gemaakt. Het leek wel of hij door iets te zeggen dat bij een andere man misschien ongepast zou overkomen, demonstreerde dat hij volkomen zuiver op de graat was – alsof hij liet zien dat hij, *in zichzelf,* een zuiverende eigenschap had die ieder verkeerd woord, ieder verkeerd gebaar, onschuldig maakte, alleen door het feit dat híj degene was uit wie het woord of het gebaar was voortgekomen. Ik had het gevoel dat die zuiverheid een eenheid vormde met al zijn andere eigenschappen – zijn parmantigheid, zijn opgewekte, levendige ogen, de gezonde kleur op zijn gerimpelde gezicht. Er kwam een nogal extravagant idee in me op: letterlijk alles wat hij deed, maakte zozeer deel uit van die algehele zuiverheid dat zelfs wanneer hij iets zou doen dat op het oog erg grof was, bijvoorbeeld zijn hand onder Elaines rok leggen, die handeling onmiddellijk zo onschuldig zou worden dat niemand zelfs maar met zijn ogen zou knipperen.

'Hoe dan ook,' ging hij met gedempte stem verder, 'er doet zich een dringende situatie voor. We moeten zo spoedig mogelijk weer bij elkaar komen. Ik heb het al tegen de anderen gezegd. Er is een formele klacht ingediend over... over degene die de vorige keer aan de orde is gekomen. Ik geef jullie de bijzonderheden als we weer bijeen zijn. Zou jij maandagmiddag kunnen, Lawrence? Is dat een van je dagen?'

Het zou betekenen dat ik dokter Schrever moest afzeggen – honderd dollar weggegooid, als ze geen andere afspraak op die tijd kon maken, wat ze meestal niet kon.

'Het is nogal dringend,' zei Roger.

'Goed,' zei ik. 'Geen probleem.'

'Mooi.'

In de stilte die volgde keek Elaine me met enigszins opgetrokken mondhoeken aan. Blijkbaar wilde ze me heimelijk laten weten dat ze solidair met me was.

'Roger, wie is die Trumilcik?' hoorde ik mezelf vragen. 'Je had het op onze vorige vergadering over hem.'

'Trumilcik! O jongen...'

Nadat hij had herhaald wat ik al van Marsha had gehoord, begon hij aan een van zijn beknopte, precieze analyses. Hoewel ik natuurlijk geïnteresseerd was, werd ik enigszins afgeleid door de vreemde blik waarmee Elaine me bleef aankijken. Ik herinner me dan ook niet veel meer van wat Roger zei, behalve dat ik uiteindelijk niet veel wijzer werd wat Trumilcik betrof.

'Het had er natuurlijk ook mee te maken dat hij uit een andere cultuur kwam,' zei Roger tot slot, 'met een ander waardenstelsel, en we hebben echt ons best gedaan om daar rekening mee te houden, nietwaar, Elaine?'

'Nou en of!' beaamde Elaine, en ze rolde plichtsgetrouw met haar ogen, al kon ik merken dat dit onderwerp haar helemaal niet interesseerde. Ze keek mij weer aan, ditmaal nogal verlangend, vond ik.

'Wat is er met hem gebeurd toen hij weg was?' vroeg ik.

'Dat weet ik niet. Hij had een vrouw, als je dat kunt geloven, iemand die hij hier had ontmoet, al denk ik dat ze hem er al uit had gegooid toen dit alles speelde. Waarom ben je in hem geïnteresseerd?'

'Gewoon, nieuwsgierig.'

Ik had hem op de klok zien kijken terwijl hij dat zei. Omdat ik niet het risico wilde lopen dat ik weer met Elaine alleen werd gelaten, werkte ik vlug mijn lunch naar binnen en excuseerde me.

Toen ik door het gebouw liep, op weg naar mijn kamer, hoorde ik mijn naam roepen. Ik draaide me om en zag Amber, de stagiaire, achter me in de gang staan.

'Hallo,' zei ik, afstand bewarend.

'Ik zou je om een gunst willen vragen…'

Zoals altijd werd ik nerveus in haar bijzijn. Het was of ze me tegelijk loom en scherp aankeek.

'Ga je gang.'

'Zou je iets willen lezen wat ik heb geschreven? Het ligt min of meer op jouw terrein…'

In het tl-licht van de gang hadden haar korte oranje haar en haar blauwig witte huid met gouden sproeten iets onnatuurlijks, alsof ze vaag licht gaven. Haar onhandigheid leek echt genoeg maar deed niets af aan mijn indruk dat ze daaronder volkomen evenwichtig en zelfverzekerd was. Het leek wel of ze zichzelf met een vreemde, onschuldige opdringerigheid aan me presenteerde, alsof ze me een kelk voorhield. Als man in een machtspositie moest je goed oppassen dat je je blik op zulke momenten niet liet afdwalen, dat je in je stem geen dingen liet doorklinken die niets met het gespreksonderwerp te maken hadden. En als lid van de Commissie Seksuele Intimidatie was ik me daar extra van bewust. Van de talloze dingen die op zulke momenten door je hoofd gingen, mochten maar heel weinig tot de realiteit doordringen. De rest vormde een immense apocriefe zone.

'Goed,' zei ik. 'Leg het maar in mijn vakje.'

Ze bedankte me en ik liep door. Onwillekeurig vroeg ik me af of mijn woorden onbedoelde suggesties hadden bevat, maar ik kwam tot de conclusie dat ik me nergens zorgen over hoefde te maken.

Eenmaal in mijn kamer terug, dacht ik weer na over de verdwijning van Trumilciks document. Toen ik naar de computer op het grote bureau keek, viel me voor het eerst de opstelling van het meubilair in dat deel van de kamer op. De twee grote bureaus waren op een zodanige manier tegen elkaar geschoven dat ze, besefte ik nu, een omsloten lege ruimte in het midden hadden. Ik kon niet vanaf de buitenkant zien hoe groot die ruimte was, maar ik was plotseling nieuwsgierig.

Ik ging erheen en trok aan een van de bureaus. Eerst kwam er niets in beweging, en pas toen ik er met al mijn kracht aan trok en me met mijn voet afzette tegen een ribbel op de zijkant van het andere bureau, kon ik hem een centimeter of vijf verschuiven. Ik keek door de spleet: zo te zien was daar een grote ruimte. Ik kreeg de bureaus ver genoeg van elkaar vandaan om me ertussen te kunnen persen.

Zodra ik daarbinnen was, had ik het gevoel dat ik me in een menselijke verblijfplaats bevond. De ruimte was hooguit anderhalve meter in het vierkant en nog geen meter hoog. Aan de ene kant lag iets zachts. Toen ik het in het licht hield, bleek het een laken te zijn. Er zaten vlekken op en hier en daar was het stijf geworden van verf en God wist welke substanties nog meer. Toen ik het openschudde, kwam er een mufheid van af die me onmiskenbaar mannelijk leek. Er viel nog iets anders uit. Het was hard en zwaar, een metalen staaf van zo'n veertig centimeter lang, met schroefdraad aan het ene eind. Misschien had die staaf deel uitgemaakt van de constructie van het bureau, als verbinding of versteviging.

Ik zat daar ineengedoken en met een vreemde opwinding. Mijn hart bonkte in mijn borst. Was het mogelijk dat Trumilcik hier de vorige avond al die tijd roerloos en geluidloos had gezeten? Dat leek onwaarschijnlijk, al stond daartegenover dat er in deze ruimte een bijna tastbare menselijke atmosfeer hing – iets wat bitter, mannelijk, enigszins verwaarloosd was.

Om me beter te kunnen voorstellen hoe hij zich zou hebben gevoeld als hij daar inderdaad had gezeten, pakte ik een balk vast van het bureau dat ik had verplaatst. Met grote krachtsinspanning lukte het me mezelf in te sluiten.

Het was daar donker, maar niet helemaal pikdonker: op ooghoogte zat een spleet licht, ongeveer een meter lang en een centimeter breed. Blijkbaar had iemand een opening gemaakt in de verbinding tussen de zijkant van het bureau en het overhangende oppervlak.

Daardoor kon ik een smalle dwarsdoorsnede van de kamer zien, met onder meer een boekenplank en het grootste deel van de wand waarin zich de deur bevond. Ik kon de printer niet zien, maar wel een strook van de kast waar hij op stond, zodat ik ook de middelste twintig centimeter van mijn lichaam zou hebben gezien als ik de vorige avond mijzelf daar had zitten bespioneren, en dan zou ik vast en zeker hebben vermoed dat ik iets met de printer deed.

Ik kon de kom met kleine dingetjes, waarin ik de Bulgaarse munt had gevonden, in zijn geheel zien. De verontrustende gedachte kwam in me op dat Trumilcik daar misschien niet alleen de vorige avond naar me had zitten gluren, maar ook bij andere gelegenheden, misschien zelfs vaak. En ook als het niet vaak was gebeurd, betekende het wel dat ik heel anders over mijn aanwezigheid in deze kamer ging denken. Ik besefte nu dat ik ieder moment waarop ik hier mijn werk deed, waarop ik hier alleen was, misschien geobserveerd was, en dan ook nog – had ik het gevoel – op een onvriendelijke manier.

Ik dacht aan de dingen die Trumilcik me misschien had zien of horen doen, en probeerde mezelf vanuit zijn gezichtspunt gade te slaan. Ik reserveerde twee uur per week voor gesprekken met individuele studenten. Omdat ik die gesprekken zo openbaar en onpersoonlijk mogelijk hield, en de deur open liet staan, zoals Elaine ons had aangeraden, betwijfelde ik of Trumilcik iets kon hebben gezien dat hem interesseerde. Veel verontrustender vond ik het idee dat hij misschien dingen had gehoord die ik hardop zei als ik alleen was, vooral de telefoongesprekken die ik in het begin van het semester had gevoerd, voordat ik me die gewoonte had afgeleerd. Ik had naar mijn eigen antwoordapparaat thuis gebeld, en meestal had ik dan weer opgehangen zonder iets te zeggen, gewoon om bij thuiskomst geen apparaat aan te treffen waarvan het lichtje niet knipperde (ik wiste alle boodschappen zonder te luisteren, zoals ik nog steeds deed), maar ik had ook nog een tijdje kleine vriendelijke boodschappen voor mezelf ingesproken, eerst van mezelf, maar later, toen ik me minder geremd voelde bij wat ik als iets volstrekt persoonlijks beschouwde, zogenaamd als Carol – zo niet met haar echte stem dan wel met mijn imitatie van haar heldere manier van spreken. Die stem zei tegen mij dat ze van me hield, en smeekte me haar telefoontjes te beantwoorden. Op een gegeven moment besefte ik dat het niet zo'n gezonde manier van doen was en hield ik ermee op. Wat zou Trumilcik van die telefoontjes hebben gedacht, vroeg ik me onbehaaglijk af, als hij ze had gehoord?

Toen ik daar ineengedoken in het halfdonker van zijn schuilplaats zat, hoorde ik dat er op de deur werd geklopt.

Ik wilde niet dat degene die aanklopte me met een vreemde gedempte stem 'Binnen' hoorde roepen, om vervolgens bij het betreden van de kamer te zien hoe ik onder het bureau vandaan kwam. Evenmin wilde ik dat mijn uitnodiging om binnen te komen werd voorafgegaan door een haastig verschuiven van meubilair. En dus zei ik helemaal niets en wachtte ik tot de persoon in kwestie wegging. Maar in plaats van voetstappen die zich terugtrokken hoorde ik weer een klop op de deur. Opnieuw zei ik niets. De reep van de deur die ik door mijn spleet kon zien, bevatte de kruk, en tot mijn schrik zag ik die in beweging komen. De deur begon open te gaan.

Iemand glipte naar binnen en liet de deur op een kier staan. Ik zag alleen een deel van een taille en een heup, maar die waren bedekt met een grijze wollen stof, voorzien van dunne turquoise streepjes, en ik wist meteen dat het Elaine was. Wat kwam ze in vredesnaam doen? Ik zat verstijfd onder de bureaus, mijn ogen wijd open, mijn hart bonkend. Ze begon door de kamer te lopen. Ze keek naar dingen, nam ik aan, bekeek de boeken, voorwerpen, platen aan de muren, zoals je doet wanneer je in de kamer van iemand anders bent. Al die tijd neuriede ze in zichzelf – een melodieloos maar opgewekt geluid, alsof ze zich dolgelukkig voelde. Ik zag haar heupen terugkomen van de planken naast de deur, waar ze was blijven staan en ook even was opgehouden met neuriën. Blijkbaar las ze het citaat van Louisa May Alcott. Ze liet een lang en tevreden *hmmm* horen. Toen streek ze haar rok glad, liep verder en verdween uit het zicht.

Voor het eerst zag ik nu een aantal kleine, onopvallende spiegeltjes, die hier en daar in mijn gezichtsveld waren geïnstalleerd. Ik kon er niet veel in zien, maar ze waren blijkbaar zo aangebracht dat je een beweging in elke hoek van de kamer kon signaleren. Hoewel ik Elaine niet meer zag, kon ik zien dat ze naar mijn eigen bureau was gelopen en nu stilstond – waarschijnlijk om te kijken wat erop lag. Na een tijdje liep ze terug en ging ze in de draaistoel zitten die ik daar voor studenten had staan. Ze draaide erin rond, zodat haar dijen en knieën plotseling recht in mijn gezichtsveld kwamen, ruim een meter van me vandaan.

In wat voor een idiote situatie was ik terechtgekomen! Ik begon enigszins te begrijpen hoe het moest zijn om een chador, een yashmak, te dragen; om door de wereld te gaan zonder dat je iets van jezelf liet zien en om zelf alleen het equivalent van deze reep van Elaines middenrif te zien. En toen ik de gedachtegang van enkele minuten eerder voortzette, viel het me op dat deze situatie helemaal niet zoveel verschilde van de normale manier waarop mannen als ikzelf gewend waren met andere mensen om te gaan: ofwel we verborgen onszelf volledig, ofwel we lieten alleen zien wat we nog geschikt achtten voor beleefde conversatie, een opening die niet minder smal was dan die waar ik nu doorheen gluurde – en die met de dag smaller werd, zodat alles wat je ooit van iemand te zien kreeg het equivalent was van wat ik nu zag.

Elaines hand bewoog zich snel door de lichtspleet. Ze streek over haar dij, waar haar rok strak omheen zat, en over haar schoot. De nog zichtbare pols die eraan vastzat, begon te bewegen, ging ijverig heen en weer. Ze sloeg haar ene knie over de andere, en daarbij verschoof het textiel en kwam er een dun, iriserend onderrokje in zicht. Na een tijdje stond ze op en ging ze weer naar mijn bureau.

Ik hoorde spuitende geluiden die ik niet kon thuisbrengen. Even later verscheen ze weer bij de deur en verliet de kamer. Ze deed de deur achter zich dicht.

Ik wachtte een aantal minuten voordat ik in beweging durfde te komen. Toen ik dat deed, merkte ik dat ik drijfnat van het zweet was. En blijkbaar had ik ook al die tijd die metalen staaf in mijn hand geklemd – zo strak dat de spieren in mijn hand nagenoeg verstijfd waren.

Toen ik weer rechtop in de kamer stond, zag ik wat die spuitende geluiden waren geweest: Elaine had met haar parfum, de geur van zoete citroen, gesproeid. Ik zag ook wat ze in de draaistoel had gedaan: ze had een briefje geschreven. Het lag opgevouwen op mijn bureau, met mijn naam in grote, ronde letters op de buitenkant. Ik pakte het op en vouwde het open. *Waarom o waarom*, stond er, *moest Roger er opeens tussenkomen? Het zit ons niet mee! Hoe dan ook, ik schrijf je dit briefje om je te vertellen dat ik het jammer vind dat het niet ging zoals de bedoeling was, maar we hebben alle tijd van de wereld, en ik ben nu tenminste in jouw kamer, mijn dierbare vriend, en ik neem alles in me op wat ik hier zie (helemaal 'jij', die mokken, zo*

grappig en zo origineel!), en dat mooie citaat aan de muur; daardoor
geeft wat ik gisteravond deed me bijna net zo'n goed gevoel als het feit
dat je op die manier in je overhemd de kantine inkwam. Zo, ik moet
nu weg, dus als ik je later niet meer tegenkom, bel ik je vanavond. Tot
dan…?? Liefste??… Elaine.

Alsof alles nog niet vreemd genoeg was. Welke waanzin had zich meester gemaakt van zo'n verstandig lijkende vrouw, dat ze zich zo gedroeg? Het was vooral erg verontrustend dat ze zich blijkbaar in haar hoofd had gehaald dat ik helemaal meeging met haar gefantaseerde scenario.

Ik ging naar huis, verward en licht geschokt.

Mijn appartement voelde benauwend leeg aan. Toen Carol wegging, nam ze alles mee wat ons ook maar enigszins met elkaar in verband bracht, van het meubilair en de keukenspullen die zij had ingebracht tot en met onze trouwfoto op het gemeentehuis.

Zonder haar was het appartement weggekwijnd. Stapels stoffige kranten en kleren groeiden over de vloer en het meubilair. Zodra ik een stapel opruimde, werd ergens anders een nieuwe opgebouwd; blijkbaar was ik druk bezig chaos te creëren achter mijn eigen rug. Toch leken de kamers soms vervuld te zijn van een herinnering aan haar, alsof ze er nog als geest rondwaarde. Dan verdween de mufheid uit de lucht. Dan leek het weer of de boekenplanken vol stonden met haar boeken over middeleeuwse kunst en middeleeuwse denkwijzen. Ik had dan het duidelijke gevoel dat als ik plotseling de deur van de slaapkamerkast opentrok, haar kant weer gevuld zou zijn met haar kleren, de keurige stapeltjes koel en zacht, met een geur die niet zozeer van zeep of parfum afkomstig was als wel van de uitstraling van een mooie, zuivere geest.

Ik ging de keuken in, dacht erover om iets te eten klaar te maken, maar zag daarvan af. Ik ging naar de huiskamer terug, pakte een trui van een stapel dingen op een plank naast de bank… Daaronder lagen wat geprinte papieren. Een zin trok mijn aandacht: *Elaines bleke borsten en dijen…* Verbaasd pakte ik de papieren op. Het was het verhaal dat ik een paar maanden geleden had geprobeerd te schrijven – *Z van Zalm.* Ik was vergeten dat ik de naam Elaine had gebruikt.

Het verhaal ging over een man die een verhouding had. Als hij na zijn lunchpauze, waarin hij bij zijn maîtresse is geweest, in zijn kantoor terugkomt, treft hij daar een boodschap van zijn vrouw aan. Ze vraagt hem een wilde zalm van een visboer in de buurt van zijn kantoor mee naar huis te nemen. Hij gaat er meteen naar toe om niet het risico te lopen dat de zalm is uitverkocht. Het is een warme dag. Omdat de koelkast in zijn kantoor te klein blijkt te zijn voor zo'n grote vis, gaat hij met de zalm naar het magazijn, de enige koele ruimte in het gebouw. Als hij een lijmval vol kakkerlakken ziet, legt hij de vis in een metalen archiefkast. Hij kiest de s-z-lade. Later verlaat hij het kantoor. Hij haast zich om de trein te halen waarvan zijn vrouw verwacht dat hij erin zit. Pas wanneer hij het station uitrijdt, schiet hem te binnen dat hij de vis in de archiefkast heeft laten liggen. Het is vrijdag; het kantoor is het hele weekend gesloten. Op het eind van het verhaal zit hij in de trein en stelt hij zich schuldbewust voor hoe de vis – een mooi wezen met regenboogschubben en met donkerroze vlees in zijn opengesneden buik – langzaam vergaat in zijn metalen tombe, terwijl insecten om de kast heen zwermen en proberen binnen te komen.

De zin die mijn aandacht had getrokken, zat in het begin, als de man en zijn maîtresse de liefde bedrijven in een hotelkamer. Blijkbaar had ik de maîtresse Elaine genoemd.

In het licht van wat er die dag gebeurd was moest ik me afvragen of hier enige betekenis in zat. Ik dacht ook aan de dingen die ik in mijn sessies bij dokter Schrever had geleerd en probeerde me te herinneren welke betekenis die naam voor me had gehad toen ik hem koos. Had ik aan Elaine Jordan gedacht? Zo ja, had ik haar dan, onbewust, in de categorie 'mogelijke seksuele partners' geplaatst? En had ik in dat geval misschien al die tijd signalen van seksuele belangstelling naar haar uitgezonden zonder dat ik het wist – signalen die in haar verhitte fantasie waren overgegaan in het gevoel dat we echt een verhouding met elkaar hadden? En als dat allemaal zo was, wilde dat dan zeggen dat ik toch wel iets meer dan onverschilligheid voor haar voelde, ja dat ik naar haar verlangde?

Terwijl dat alles door mijn hoofd ging, zette meneer Kurwen zijn eerste televisie aan. Even later hoorde ik de tweede, nog luider dan de eerste. Het volume van dat toestel belaagde me met vernieuwde agressie; er moest wel opzet in het spel zijn. Ik besloot naar boven te gaan om te klagen.

Ditmaal had meneer Kurwen zijn glazen oog eruit. Toen ik de met witte haartjes begroeide ribbel van het ooglid boven de lege kas zag, kon ik geen woord uitbrengen. Vlokjes opgedroogd voedsel hingen om zijn mond, gespietst op zijn witte stoppelharen. Uit de gang achter hem drong een vieze lucht tot me door. Hij bekeek me agressief met zijn goede oog en keek me toen tot mijn verbazing met een zuur glimlachje aan.

'Beter laat dan nooit. Kom binnen,' zei hij met zijn ouderwetse New Yorkse accent. De schoothondjes draaiden keffend om hem heen.

Toen hij me binnenliet, voelde ik dat hij met zijn hand door mijn haar streek. Ik keek verbaasd om.

'Ga verder, ga verder,' zei hij nors, en hij maakte een gebaar in de richting van de huiskamer. Daar lag een goudkleurig kleed en er hingen dikke gebloemde gordijnen. De geur – van mens en hond en ook met een zweem van iets wat helemaal niet van deze wereld was – was zo intens dat ik kokhalsde. Het was ook ondraaglijk heet. En de televisie, die wedijverde met zijn collega in de aangrenzende slaapkamer, vulde de hele kamer met een oorverdovende herrie.

'Maak maar iets te drinken klaar.' Hij wees naar een kast waar een verzameling flessen de wacht hield bij een aantal stoffige glazen van geslepen glas.

Ik schudde mijn hoofd. 'De televisies,' zei ik. 'Zou u die wat zachter kunnen zetten?'

Hij hield zijn hand bij zijn oor.

'De televisies!' bulderde ik.

Hij grijnsde me kwajongensachtig, schuldbewust toe, tastte naar de volumeknop en zette hem lager.

'Ik zet ze alleen maar zo hard om die lul van beneden te pesten,' zei hij, en hij ging naar de slaapkamer om het toestel daar ook zachter te zetten.

Ik voelde me opeens diep gekwetst. Niet dat ik enige reden had om het me aan te trekken wat die oude man van me dacht. Maar het enige echte nieuws dat je over jezelf krijgt, komt onopzettelijk van andere mensen.

Ik was benieuwd wie hij dacht dat ik was, als ik niet de 'lul van beneden' was.

'Hoe dan ook,' zei hij, terugkomend, 'ik denk dat het ergens in de keuken ligt.'

'Wat?'

'Mijn oog. Daar had ik het voor het laatst. Ik kookte het in de pan. Ik moet het ergens hebben neergelegd.'

Ik kreeg het gevoel dat wie ik ook was, het de bedoeling was dat ik naar de keuken ging en naar het verdwenen oog zocht. Ik ging daar naar binnen. Meneer Kurwen bleef in de huiskamer en keek met zijn andere oog naar een televisiespotje voor een laxeermiddel.

De keukenvloer was plakkerig van het vuil; ik voelde me net een vlieg die over vliegenpapier liep. Ik zag het oog meteen. Het keek naar me op van onder een oude kast waarvan de groene verf tot een mozaïek van kleine harde bobbeltjes was vervallen. Het oog was zo groot als een golfbal. Ik raapte het op met de bedoeling het aan meneer Kurwen te geven, maar besloot het toen in mijn zak te steken. Ik had het vage gevoel dat het later misschien nog van pas zou komen als ik mijn eisen inzake de tv's kracht bij wilde zetten.

'Wat is er met die benedenbuurman?' riep ik naar de huiskamer.

'Hij is een lul.'

'Maar in welk opzicht?' Ik ging naar de huiskamer terug en keek meneer Kurwen recht aan.

'Wat bedoel je, in welk opzicht? Hij is een lul! Mimi praatte met zijn vrouw op de dag dat ze van hem wegging. Ze zei tegen me dat die kerel wel een totale lul moest zijn geweest.'

'Wat zei ze precies over hem – die vrouw?'

'Wat is dit, een verhoor? Hoe kan ik nou weten wat ze zei?'

'Ik dacht…'

Maar plotseling kreeg ik genoeg van de misleiding. Ik voelde een sterke aandrang om de oude man te vertellen wie ik was – om onder mijn bureau vandaan te komen, zou je kunnen zeggen.

'Hoor eens,' zei ik tegen hem. 'Ik ben niet degene die u denkt dat ik ben.'

Hij tuurde me aan, begreep het eerst niet, wilde het niet geloven, en werd toen kwaad, waarbij een bleek vlammetje van oudemannenangst boven zijn woede uit trilde.

'Wat is dit?'

'Ik ben de buurman van beneden. De lul van beneden. Ik kwam alleen over het lawaai van uw televisies klagen. U verwachtte zeker iemand anders?'

'Jij bent niet Corven?'

'Nee, ik ben niet Corven.'

Hij keek me wantrouwig aan. 'Ik zie niet zo goed meer,' mompelde hij.

'Dat is jammer.'

'Diabetes.'

'Ah.'

'Niet alleen is mijn vrouw doodgegaan, maar ik heb ook nog diabetes, verdomme.'

'Dat is moeilijk. Ik vind het erg voor u.'

Hij stond daar in de deuropening en het licht glinsterde op de stoppelige contouren van zijn gezicht. Ik liep de hal in, waar geen licht en lucht doordrongen en de stank en hitte een verstikkende intensiteit hadden opgebouwd.

'Dus wilt u ze wat zachter zetten?' Ik draaide me bij de voordeur naar hem om.

Hij trok een grimas. Nu hij zag dat ik wegging zonder hem tot pulp te slaan, kreeg hij zijn arrogante moed terug.

'Ik zal erover nadenken,' zei hij venijnig, maar toen ging hij meteen ook een angstige stap terug.

'Het zou voor mij een hele vooruitgang zijn, meneer Kurwen. Echt waar.'

Zijn gezicht werd plotseling slap. Hij draaide zich om en strompelde zijn woning in, een oude man, zonder iets te zeggen.

Ik ging weg, gedeprimeerd door die man maar tegelijk blij met de onomwonden manier waarop ik me van mijn taak had gekweten. Het gaf me het prettige gevoel dat ik had gezegd waar het op stond.

In mijn eigen appartement terug, las ik nog eens de zin waarop mijn oog was gevallen; *Elaines bleke borsten en dijen...* Ik realiseerde me dat ik me de maîtresse van mijn hoofdpersoon in de meest stereotiepe termen had voorgesteld: als een torso zonder beroep, persoonlijkheid of voorgeschiedenis, niets dan een belichaming van het idee van wellustige ontrouw. Als ik haar nu eens op de echte Elaine entte, vroeg ik me af, zou dat dan mijn doodgeboren poging tot leven kunnen wekken? Maar hoe zou ik de echte Elaine in een verhaal tot leven kunnen wekken – de enorme gewoonheid die ze uitstraalde, zelfs toen ze eerder die dag dat bizarre gedrag vertoonde? En als ik er in slaagde, hoe kon ik dan verklaren dat de man uit mijn verhaal zich tot haar aangetrokken voelde? Nu ik erover nadacht, had hij ook niet veel persoonlijkheid. Hij had niet eens een naam. In de bondige stijl waarvoor ik had gekozen, noemde ik hem alleen 'hij'. Ik besloot op dat moment hem een naam te geven. Ik pakte een pen, streepte het eerste 'hij' door en verving dat met enig genoegen door het woord 'Kadmilos'.

Plotseling was het of er iets in de papieren bewoog; een lichte huivering van leven... Nu Kadmilos/Trumilcik in het spel was, kon de figuur Elaine plotseling de overgang van erotische protectie naar een persoon van vlees en bloed maken. Bovendien kreeg haar gewoonheid, nu ik haar als de echte Elaine zag, maar dan wel door de ogen van Kadmilos, plotseling allure.

Ik dacht aan ons drieën – mijzelf, Trumilcik en Elaine. We waren daar ieder aanwezig via onze min of meer fantasmagorische versies van elkaar, onze moeilijk te doorgronden symbolen van onszelf. En een ogenblik begreep ik bijna waarom het zo pijnlijk, zo verblindend was om een ander mens volledig in je bewustzijn te krijgen: daarom zocht je je hele leven naar manieren om andere mensen te filteren, ze te blokkeren, ingewikkelde gangenstelsels tussen jou en hen te bouwen, hun beelden voor allerlei persoonlijke doeleinden te verkennen, in het algemeen, met alle mogelijke middelen hun problematische, objectieve realiteit op een afstand te houden.

De telefoon ging.

Ik liet het antwoordapparaat opnemen. Elaines stem kwam de kamer in.

'Hallo daar, weer met mij. Ik ben je blijkbaar misgelopen. Ik hoop dat je mijn briefje hebt gekregen. Nou...' Ze klonk alsof ze zich niet goed raad wist, maar toen ging ze met meer beslistheid verder: 'Wil je me bellen, Lawrence, als je thuiskomt? Maakt niet uit hoe laat.' Ze sprak haar nummer in en hing op.

Pas nu dacht ik aan de boodschap die ik de vorige avond had gewist zonder ernaar te luisteren. Waarschijnlijk was dat Elaine geweest. Ik vroeg me af wat ze kon hebben ingesproken, en hoe ik daarop, zonder het te weten, had gereageerd op een manier die door haar helemaal verkeerd was opgevat.

Plotseling herinnerde ik me iets uit haar briefje. Ze had geschreven dat ik *op die manier in mijn overhemd* de kantine binnenkwam. In mijn hoofd begon zich een idee te vormen. Het was absurd, besefte ik, terwijl de contouren scherper werden, en toch zat er een zekere absurde logica in die wel bij de kant van haar persoonlijkheid paste die Elaine die middag had laten zien.

Ze had een of andere wilde liefdesverklaring ingesproken, nam ik aan, gevolgd door een voorstel: als ik haar gevoelens beantwoordde, kon ik dat te kennen geven door in een bepaald overhemd aan haar kantinetafeltje te komen zitten – vermoedelijk precies het overhemd dat ik toevallig aanhad.

Wat een omslachtig gedoe! En toch kon ik me wel voorstellen dat ze dat alles had gedaan. Stel nu eens dat ze zich al een tijdlang tot me aangetrokken had gevoeld, dacht ik. Stel nu eens dat ik, zonder het te weten, aanmoedigende signalen naar haar had uitgezonden; stel nu eens dat haar gevoelens tot zulke hartstochtelijke proporties waren uitgegroeid dat ze ze gewoon aan me voor moest leggen. Stel nu eens dat ze niets anders kon doen om een eind te maken aan het dilemma van wat, vanuit haar standpunt gezien, een folterend traag smeulende flirt was die gevaar liep uit te doven als een van ons niet snel handelde. Omdat ze vermoedelijk niet al te veel vertrouwen in haar eigen aantrekkelijkheid had, had ze enorm veel moed moeten verzamelen om de Rubico van haar natuurlijke remmingen over te steken en haar gevoelens aan mijn antwoordapparaat toe te vertrouwen. Het was ontroerend dat ze ons beiden tegen de pijnlijke situatie van een afwijzing had proberen te beschermen door mij mijn antwoord te laten geven op een zodanige manier dat het misverstand, als het dat was, in de vergetelheid van de geschiedenis zou wegzakken zonder dat er een echo bleef hangen van woorden die de herinnering levend hielden. Ik moest gewoon in een bepaald overhemd in de kantine verschijnen.

Ik stelde me voor hoe ze zich moest hebben gevoeld toen ze daar in de kantine van de faculteit zat, gespannen wachtend, misschien onzeker over haar eigen kleding, haar nieuwe kapsel, nog steeds een beetje verbijsterd door wat ze had gedaan, en toch ook uitbundig, voortgestuwd door de vaart van haar bevrijde hartstocht. Ik stelde me voor hoe ze op haar horloge keek en dacht dat ze in het allerergste geval een verhaal zou hebben om later aan haar kleinkinderen te vertellen, als ze het geluk had – als ze het ongelooflijke geluk had – dat ze die zou krijgen. En toen had ze naar me opgekeken en zag ze, als in een visioen, mij onzeker in mijn blauwe overhemd met zwarte knopen naar haar toe lopen, een blauwe golf van liefde die met de wonderbaarlijke kracht van een verhoord gebed door haar heen ging...

Zulke fantomen creëren wij van elkaar. En hoewel dit fantoom een verbetering was ten opzichte van 'die lul van beneden', gaf het hele idee me hetzelfde gevoel van een verminderde realiteit, alsof er een onvolledige replica van mezelf was gemaakt, veel lichter en nietiger dan ik eigenlijk was. Geen wonder, dacht ik, dat zoveel mensen zich op het eind het menselijk equivalent van een Bulgaars muntje voelen.

4

'Voordat we beginnen, wil ik je iets laten zien.'

Ik voelde dat de lucht achter me bewoog, en toen werd mijn ge-zichtsveld verstoord. Dokter Schrevers hand bewoog zich met een stukje papier over mijn liggende hoofd. Mijn hart maakte een spron-getje, al wist ik niet waarom.

Het stukje papier was een cheque. Ik had hem ondertekend en de vorige dag naar haar opgestuurd.

'Is je iets vreemds aan die cheque opgevallen?' vroeg ze.

Had ik met de naam van iemand anders getekend? Nee, de hand-tekening leek normaal, tenzij ik echt gek aan het worden was. Het was ook het bedrag waarvoor ik altijd een cheque uitschreef. En de da-tum klopte ook.

'Wat is er verkeerd aan?' vroeg ik.

'Je kunt dat niet zien?'

'Nee.'

'Kijk eens aan wie hij is gericht.'

Toen zag ik dat ik de cheque aan dokter *Schroeder* had gericht, in plaats van dokter Schrever. Ik moest hardop om die vergissing lachen.

'Waarom deed ik dat?'

'Waarom denk je dat je het deed?'

'Ik heb geen flauw idee!'

'Ken je iemand die Schroeder heet?'

'Niet dat ik weet.'

'Een student van je, misschien?'

'Nee.'

'Iemand uit Engeland?'

Ik kon me niemand met die naam herinneren.

'Ik vraag me af waarom je moest lachen toen je het zag.'

'Ik vind dat er altijd iets komisch aan die stukjes papier is.'

'Ik vraag me af of je lachte omdat je een zekere vijandigheid ten opzichte van mij herkende, een vijandigheid waar je niet goed voor uit durft te komen.'

Ik zei dat ik niet geloofde dat het zo was; ze ging er niet verder op in. Ik verbeterde de cheque en gaf hem aan haar terug.

Ik was van plan geweest om over Elaine te praten, maar de stroom van mijn gedachten was op iets gestuit en was van richting veranderd. Even later wist ik wat het was.

'Toen u net uw hand over mijn hoofd bewoog, ging er een huivering door me heen. Ik moet een ogenblik hebben gedacht dat u mijn haar in de war zou maken. Mijn stiefvader deed dat altijd. Op die manier liet hij zijn genegenheid blijken...'

Terwijl ik dat vertelde, herinnerde ik me dat meneer Kurwen de vorige avond door mijn haar had gestreken toen ik langs hem zijn huiskamer binnenliep. Het drong tot me door dat ik daarna de hele tijd in mijn achterhoofd aan mijn kinderjaren had gedacht.

Maar in plaats van daarover te blijven praten, onderbrak ik mezelf en vertelde ik dokter Schrever over mijn ontmoeting met meneer Kurwen; dat hij me had aangezien voor iemand die zou komen om hem naar zijn glazen oog te helpen zoeken, dat ik een confrontatie had willen vermijden door het spelletje halfslachtig mee te spelen, maar dat ik hem toen toch op zijn vergissing had gewezen en hem, in mijn hoedanigheid van 'die lul van beneden', had gevraagd zijn televisie zachter te zetten.

Ik vertelde ook nogal uitgebreid hoe opgelucht ik me na die uitbarsting van eerlijkheid had gevoeld.

'Die persoon streek dus door je haar,' zei dokter Schrever na een korte stilte, 'maar deed hij je ook nog op een andere manier aan je stiefvader denken?'

'Ik moet me hebben afgevraagd of hij me voor zijn zoon aanzag. Dat gevoel had ik ook altijd bij mijn stiefvader. Ik wist niet of hij me als een zoon beschouwde, ik wist niet in hoeverre ik zijn zoon wás...'

'Ga verder...'

Ik was me er al een hele tijd van bewust dat dokter Schrever een zachte, professionele druk op me uitoefende om over mijn kindertijd te praten. Ik had daar om twee redenen weerstand aan geboden. Ten eerste had ik geen zin om gepsychoanalyseerd te worden: ik had mijn eigen professionele redenen om naar haar toe te gaan, namelijk mijn plan om een boek te schrijven over sekserelaties in de evolutie van de psychoanalytische praktijk. Mijn bronnen zouden vooral memoires en casestory's zijn, maar ik vond dat enige persoonlijke ervaring ook nut kon hebben. Ik zou een indruk krijgen van de sfeer waarin de sessies plaatsvonden. Om voor de hand liggende redenen had ik dokter Schrever niet verteld wat mijn motief was. En hoewel het voor mijn experiment noodzakelijk was dat ik dokter Schrever bepaalde dingen over mezelf vertelde, zelfs heel persoonlijke dingen, had ik het gevoel dat zij, een Amerikaanse, zich gewoon geen voorstelling zou kunnen maken van de context waarin mijn kinderjaren zich hadden afgespeeld. Sommige concrete dingen zou ik kunnen uitleggen, maar er zouden veel nuances zijn waarvan ik niet eens zou weten dat ik ze moest uitleggen, zodat ze naar alle waarschijnlijkheid allerlei totaal verkeerde conclusies over me zou trekken.

Hoe zou ze bijvoorbeeld kunnen weten dat het geen onnatuurlijke of liefdeloze daad was als een moeder zich diep in de schulden stak om haar enig kind op achtjarige leeftijd naar kostschool te sturen, maar dat het in de context van het deel van de Engelse samenleving waartoe ze wilde behoren juist precies het tegenovergestelde was? Hoe kon dokter Schrever begrijpen (of als ze het begreep, serieus nemen) dat elke kaste van dat overvolle eiland bepaalde taal- en gedragscodes gebruikte om zijn grenzen af te bakenen – bijvoorbeeld dat het enorm kwetsend was geweest dat mijn moeder een servet in het bijzijn van oude schoolvrienden van mijn stiefvader een *serviette* noemde, of dat ze *aangenaam kennis te maken* zei toen ze aan hen werd voorgesteld, of dat ze de klemtoon op de verkeerde lettergreep van *controverse* legde? En als ze die dingen niet kon begrijpen, hoe zou ze dan de intrinsieke spanningen en breuklijnen van ons gezin kunnen begrijpen, de geladen atmosfeer die voortkwam uit de ontstaansgeschiedenis van dat gezin: de beschaafde en epicurische directeur van een onderneming, met een aristocratische vrouw en drie kinderen in het voorouderlijk landhuis, die geleidelijk bedwelmd raakte door de charmes van zijn nieuwe secretaresse, en die schuldbewust de superieure wijn van zijn bestaan uit zijn fles met nobel patina in het dubieuze, met korting gekochte kristal van mijn moeder en mij decanteerde?

Het leek me tijdverspilling om dat onderwerp ter sprake te brengen.

'Wat voel je, Lawrence?' hoorde ik dokter Schrever zeggen.

'Ik heb het gevoel dat ik... dat ik niet goed onder woorden heb gebracht hoe goed ik me voelde toen ik die oude bovenbuurman gewoon had gezegd waar het op stond. Door die eenvoudige manier waarop ik uiteindelijk tegen hem sprak, van man tot man, voelde ik me bijna... Amerikaans.'

'Wat betekent dat voor je, dat je je Amerikaans voelt?'

'Een bevrijding,' zei ik. Terwijl ik uitlegde hoe ik over Amerika dacht, en dat alles in dat land, van zijn architectuur tot zijn manier van spreken, de uiting was van een enkel, eenvoudig gevoel van bevrijding, ging de zoemer en kwam er een eind aan de sessie.

Ik stond van de bank op en liep door het kamertje waar de volgende patiënt zat te wachten. Ik was al bijna buiten toen ik dokter Schrevers stem achter me hoorde.

'Lawrence, wil je nog even terugkomen?'

Ik ging haar kamer weer in. Ze deed de deur dicht.

'Zo te zien heb je iets voor me achtergelaten,' zei ze, wijzend naar de bank.

Op het rode corduroy lag meneer Kurwens glazen oog.

Ik had niet meer aan dat vergrijp gedacht. Het oog moest in mijn zak hebben gezeten vanaf het moment dat ik het de vorige avond van meneer Kurwens keukenvloer had opgeraapt.

Voordat ik er erg in had – zonder zelfs de gebruikelijke voortekenen – begon ik dezelfde kleur te krijgen als dokter Schrevers bank. Ze keek me vragend aan.

'Ik kan het uitleggen…' gooide ik eruit, met een blik op haar noti-tieboek, dat op de plank naast haar stoel lag.

'Misschien de volgende keer?'

Ze pakte het glazen balletje met haar vingertoppen van de bank op en gaf het aan mij terug.

Buiten was het helder en koud. Het zonlicht glinsterde op de verse sneeuw langs de paden die het park in leidden. Het moest warm ge-noeg zijn geweest om de bovenste laag vlokken te laten smelten, want er zat een gladde, metaalachtige korst op het oppervlak. Ik slenterde gedachteloos door een van de kleine ingangen van het park. Tussen de bomen door zag ik een fabelachtige hemel, donker fluorescerend blauw. Ik genoot daar een tijdje van. Toen ik weer naar beneden keek, zag ik de vrouw die ik voor dokter Schrever had aangezien. Ze liep in de richting van de uitgang van het park, over een pad dat het mijne kruiste.

Ik keek nog eens goed om zeker te weten dat zij het was. Tamelijk kort donker haar, olijfbruine huid; die typische uitstraling van non-chalante elegantie… Ze was het absoluut. Ze droeg een lange groene jas met een kraag en manchetten van astrakan, en halfhoge laarsjes die afgezet waren met zwart bont of zwarte wol.

Toen ze op ons kruispunt kwam en het voor mij overstak, voelde ik een plotselinge aandrang om haar achterna te lopen en te benade-ren. Ik versnelde mijn pas. Blijkbaar zag ze me vanuit haar ooghoek. Ze draaide zich om, bleef staan en keek me recht aan. En daar, onder de randen van haar donkere haar, zag ik twee gouden oorhangers. *Aretes!* Ik sprak het woord bijna hardop uit, bij de herinnering aan de vrouw die Trumilcik in de rij voor de fotograaf in het gebouw van de immigratiedienst had ontmoet. Want die had toch hier ergens in de buurt gewoond? Een blok ten noorden van het Dakota Building… Met een brede glimlach liep ik naar haar toe. Meteen drukte ze haar lippen op elkaar en liep weg; ze rende niet, maar het was duidelijk dat ze haast had om van me weg te komen.

Ik bleef meteen staan, want ik besefte waarvoor ze me had aange-zien. Ik had haar alleen maar willen vragen of ze toevallig een vrien-din van Bogomil Trumilcik was, en zo ja, of ze me iets over hem wilde vertellen, maar dat kon zij natuurlijk niet weten.

Evengoed vond ik het schokkend dat mijn uiterlijke verschijning – glimlachend, bij klaarlichte dag, met andere mensen in de buurt –

iemand zo nadrukkelijk kon laten terugdeinzen.

Ik liep door naar de vijver en was erg kwaad op mezelf. Door meneer Kurwens oog op die manier op dokter Schrevers bank achter te laten had ik de indruk gewekt dat ik een leugenaar en een idioot was. Dat was dan mijn 'Amerikaansheid'! En nu leek ik door dit kleine incident net een vieze oude man in een park.

In een nogal kinderlijke vlaag van wrok nam ik meneer Kurwens oog uit mijn zak en slingerde het in het half bevroren meer. In plaats van in het water te plonzen landde het op een drijvend eiland van ijs en bleef daar naar de hemel staren.

Op dat moment wist ik niet dat de vrouw met de gouden oorhangers op het pad boven me stond en zag wat ik deed.

5

Toen onze commissie die maandag bijeenkwam, had ik al besloten wat ik aan Elaine zou doen.

Ik ging een paar minuten te vroeg naar de vergaderkamer, kamer 243, in de hoop dat ik even met haar alleen zou zijn.

Ze was er, maar ze was niet alleen. Zena Sayeed, een Palestijnse wiskundige, was bij haar. Elaine keek me aan en wendde zich zonder een woord te zeggen van me af. Ik was op zoiets voorbereid en had er zelfs aan gedacht hetzelfde overhemd – het blauwe met zwarte knopen – aan te trekken om een signaal uit te zenden, voor het geval we pas later in de gelegenheid zouden zijn om met elkaar te praten. Ze zag eruit alsof ze de afgelopen paar nachten niet had geslapen. Haar ogen waren roodomrand; haar gezicht zag er slap en opgezet uit. Ik sprak mezelf moed in en ging naast haar zitten. Ze bleef me negeren. Even later kwam Roger met het vijfde lid van de commissie binnen.

Kamer 243 was een eenvoudig, vaal gekleurd leslokaal met een schoolbord, bollampen vol verbrande nachtvlinders en een langgerekte tafel van eiken fineer. Aan een kant van die tafel zaten we nu met zijn vijven op een rij.

Zoals gewoonlijk zorgde ik voor de notulen, terwijl Roger, die in het midden zat, ons vertelde welke klacht er tegen Bruno Jackson was ingediend.

Een derdejaars, Kenji Makota, had gemopperd over een laag cijfer dat Bruno hem voor een werkstuk had gegeven. Hij had tegen zijn studieadviseur gezegd dat het cijfer misschien hoger zou zijn uitgevallen als hij 'leuk om te zien, en met borsten' was geweest. De studieadviseur had er bij de student op aangedrongen om precies uit te leggen wat hij bedoelde. Daarna had hij hem overgehaald om zijn visie op Bruno's manier van cijfers toekennen op papier te zetten.

'Weet je,' ging Roger verder, 'als een student denkt dat hij of zij oneerlijk wordt behandeld omdat een docent iets met een ándere student heeft, zijn wij verplicht een procedure wegens seksuele intimidatie in gang te zetten, ook als die andere student geen klacht heeft ingediend. Onder deze omstandigheden – en Elaine wil me wel verbeteren als ik het mis heb – geloof ik niet dat een verplichte beëindiging van het contract aan de orde is, wat wel zo zou zijn als de andere student had geklaagd. Maar we moeten de man op zijn minst aan het denken zetten door hem voor ons te laten verschijnen. Ik denk dat hij zich wel anders zal gaan gedragen als we hem goed duidelijk maken dat hij het risico van een permanente smet op zijn academische blazoen loopt. Dan hebben we, ook als hij iedere omgang met zijn studentes ontkent, wat hij gezien ons vermoeden-van-schuldbeleid waarschijnlijk zal doen, ons werk gedaan: de studenten beschermen zonder iedereen aan de opschudding van een volledig onderzoek te onderwerpen. Akkoord?'

We knikten allemaal, al schraapte ik daarbij mijn keel. Ik had een besluit genomen over iets wat me al dagen bezighield.

'Roger,' zei ik, 'zou je dat vermoeden-van-schuldbeleid willen uitleggen?'

'Het is heel eenvoudig. Als wordt ontdekt dat een docent een verhouding met een student heeft, en er wordt een klacht ingediend, dan wordt er voorshands van uitgegaan dat hij – of zij – zich schuldig maakt aan seksuele intimidatie. De bewijslast drukt dan op de docent: hij moet bewijzen dat hij onschuldig is.'

'Met "ontdekt" bedoel je…'

Zijn blauwe ogen dansten even over mijn gezicht. Ik voelde dat mijn collega's, alert en nieuwsgierig, hun aandacht op me richtten.

'Ofwel het slachtoffer heeft een beschuldiging ingediend, in combinatie met een verklaring van een of meer getuigen, en de commissie acht die beschuldiging geloofwaardig, ofwel...'

'... En als de seksuele intimidatie is gadegeslagen door een geloofwaardige getuige?'

'Je bedoelt, als de beschuldigde op heterdaad betrapt is? Absoluut.'

'Dit is wel een beetje moeilijk voor mij,' zei ik.

Zelfs Elaine keek nu naar mij, haar roodomrande ogen (geschroeid door tranen, dacht ik, en ook verstoken van slaap) wijd open. Ik richtte mijn woorden nadrukkelijk net zo goed tot haar als tot Roger.

'Ik heb Bruno toevallig laat op een avond met een van zijn studenten op het station gezien.'

'Een vrouwelijke student?' vroeg Roger.

'Ja.'

'Viel hij haar lastig?'

'Ik moet zeggen dat hij dat deed, ja.'

Zena Sayeed keek me aan.

'Wat deed hij?' Ze was een vrouw met zware oogleden, moe van de wereld.

'Hij probeerde haar over te halen met hem naar New York terug te gaan. Hij kuste haar.'

'En ze wilde niet met hem mee?' vroeg Zena met, vond ik, een tikje persoonlijke, ironische geamuseerdheid.

'Ik hoorde haar zeggen dat ze niet wilde. En ik had het duidelijke gevoel dat ze het niet prettig vond om gekust te worden. Op een gegeven moment trok ze zich van hem los.'

'Wat was het resultaat van dit alles?' vroeg Roger.

'Dat weet ik niet. Mijn trein kwam.'

'Ah.'

'Hoe kwam het dat je ze zag?' zei Zena. 'Als ik dat mag vragen.'

Ik legde uit dat ik in de wachtkamer was geweest en geen andere keuze had gehad dan getuige te zijn van wat er voorviel.

'Natuurlijk zat het me helemaal niet lekker,' ging ik verder, 'en eerlijk gezegd had ik besloten er niet over te praten. Je wilt nu eenmaal niet graag voor klikspaan spelen. Maar ik ben tot de conclusie gekomen dat het nogal laf zou zijn om niets te zeggen. Als we onze verantwoordelijkheid niet serieus nemen, kunnen we net zo goed naar huis gaan.'

Roger knikte heftig. 'Ik ben dat voor de volle honderd procent met je eens. Dit is moedig van je, Lawrence. De vraag is: wat gebeurt er nu? Elaine, heb jij voorstellen?'

Totdat ik begon te spreken, had ik niet geweten dat ik dit naar buiten zou brengen, maar ik was wel al tot de conclusie gekomen dat het de juiste handelwijze zou zijn. Het deed een beetje aan spioneren en verklikken denken, maar door te vertellen wat ik wist gedroeg ik me in overeenstemming met de open, eerlijke levenshouding die ik nastreefde. En eigenlijk had ik het ook wel een bevrijdend gevoel gevonden om zo openlijk te spreken. Ik voelde me sterk en moedig – moedig genoeg om op dat moment mijn andere grote besluit van die dag te nemen, het besluit over Elaine.

Terwijl ze even nadacht voordat ze Roger antwoord gaf, legde ik onder de tafel mijn hand op haar dij. Dat had een elektrificerend effect. Ze ging met een schok rechtop zitten, alsof ze gebeten was, maar ze camoufleerde dat meteen door een hevige hoestbui te simuleren.

'Neem me niet kwalijk,' kon ze even later uitbrengen, terwijl ze zacht op haar borst klopte.

'Zal ik een glas water voor je halen?' vroeg Roger.

'Nee, nee, laat maar. Sorry.'

Verre van te proberen mijn hand weg te duwen, legde Elaine, zodra ze zich weer onder controle had, heimelijk haar eigen hand over de mijne heen.

'Om je vraag te beantwoorden, Roger,' zei ze. 'Ik denk dat we de mededeling van Lawrence aan de documentatie over Bruno moeten toevoegen. Waarschijnlijk kan Bruno's contract alleen worden beëindigd als de studente in kwestie een klacht indient. Maar zolang dat nog niet het geval is, kan deze verklaring ons helpen hem ervan te doordringen dat hij die studentes met rust moet laten.'

'Je vindt dat we hem moeten vertellen dat we van dat contact op de hoogte zijn?'

Elaine keek me aan. Ze sprak neutraal, maar er lag weer een glans in haar vermoeide ogen.

'Die beslissing is aan Lawrence, vind ik.'

Ik gaf een liefdevol kneepje in haar dij. Haar lip trilde discreet.

'Hij weet dat ik hem heb gezien,' zei ik.

'Nou, dan moet hij ook maar weten dat je het ons hebt verteld,' zei Roger. 'Tenzij jij daar grote bezwaren tegen hebt, Lawrence?'

'Ik ben er niet echt blij mee. Maar als er niet aan te ontkomen valt...'

Roger keek een ogenblik peinzend voor zich uit.

'Misschien kunnen we dit bij nader inzien beter onder ons houden,' zei hij, 'totdat de studente zelf een klacht indient. Je weet toevallig niet wie ze is?'

'Candida en nog wat?'

Zena Sayeed trok haar donkere wenkbrauwen op: 'Candy Johanssen? Mager meisje? Zo'n weggeteerd type als op schilderijen van de prerafaëlieten?'

'Dat zou haar kunnen zijn.'

'Ik ben haar studieadviseur.'

Roger keek haar aan. 'Misschien zou jij dan met haar kunnen praten, Zena.'

Zena maakte een vrijblijvend geluid.

'Heb je daar problemen mee?' vroeg Roger, niet agressief, maar met een verrassende aandrang. Ik besefte weer eens hoe hartstochtelijk hij zich voor deze zaak inzette. Blijkbaar was hij wel bereid mensen enigszins tegen zich in het harnas te jagen om zijn doel te bereiken.

Zena keek hem even aan. Ik kon voelen dat ze zich afvroeg of ze een discussie moest aangaan.

'Nee hoor,' zei ze vriendelijk. 'Ik zal met haar praten.'

Roger zette zijn offensief voort. 'Zo te horen zou er ook sprake kunnen zijn van psychologische bedreiging. Je zei dat ze mager is?'

'Als een lat.'

'Ik vind dat je met haar zou moeten praten, Zena.'

'Ik zei dat ik dat zal doen, en ik doe het.'

Een paar minuten later werd Bruno door een faculteitsmedewerker de kamer binnengeleid.

Je zou hebben verwacht dat hij, bedreigd met het ergste stigma dat je in de academische wereld kon hebben, een nerveuze indruk zou maken, maar het was meteen duidelijk dat hij had besloten een nonchalante houding aan te nemen.

Hij keek ons met een vriendelijke grijns aan en ging zijdelings op zijn stoel zitten, met zijn arm over de rugleuning.

Hij keek mij aan. 'Hallo, Lawrence,' zei hij rustig.

Ik voelde weer de druk van zijn eigenaardige en op niets gebaseerde aandrang om mij tot medeplichtige te maken. Ik knikte hem toe, blij dat ik mijn collega's duidelijk had gemaakt hoe ik over hem dacht, al zat het me niet helemaal lekker dat hij misschien zou suggereren dat ik verraad pleegde.

'Nou. Wat voor gruweldaad heb ik begaan?'

Roger hapte niet in het aas van Bruno's smalende woorden. Hij deelde Bruno mee dat er een klacht over oneerlijke cijfertoekenning was ingediend en dat in dat verband ook de ernstiger beschuldiging van seksuele intimidatie naar voren was gekomen.

'Ik heb in mijn hele leven nog nooit iemand seksueel geïntimideerd,' onderbrak Bruno hem met zijn schorre stem. 'Dat heb ik nog nooit nodig gehad.'

'En we willen erg graag dat je er niet van wordt beschuldigd,' merkte Roger behoedzaam op. 'Daarom hebben we je gevraagd met ons te komen praten.'

'Wie dreigt me daarvan te beschuldigen?'

'Bruno, als je me toestaat… Twee dingen…' Roger sprak met zijn kalme, neutrale stem. 'Ten eerste. Omdat we in tegenstelling tot sommige andere universiteiten niet de regel hebben dat je absoluut geen betrekkingen met studenten mag onderhouden, hebben we de plicht om de beschermende barrière erg hoog te houden. Je kunt het besluit nemen een verhouding met een student te hebben, maar dat doe je dan wel op eigen risico. Bij de minste gefluisterde klacht van de student wordt aangenomen dat je je schuldig hebt gemaakt aan seksuele intimidatie, en dan vlieg je eruit. Punt.'

'Is er zo'n gefluisterde klacht?'

'Nee. Nog niet. Niet van een student. Maar het tweede dat ik wil zeggen, Bruno, is dat je een mooie, succesvolle carrière voor de boeg hebt. Je bent hier hard op weg om een vaste aanstelling te krijgen, je bent duidelijk een begaafd docent – waarom zou je dat verknoeien?'

'Geen gefluisterde klacht van een student, maar wel gefluister van iemand anders?'

'Dat – daar hoef je je voorlopig niet druk om te maken.'

'Waar stuur je dan op aan, Roger?'

'Op dit moment denk ik dat we het voldoende vinden als je ons toezegt dat je niet verder gaat op de weg die je misschien al bent ingeslagen. Ja?' Roger keek ons één voor één aan. We knikten, en hij wendde zich weer tot Bruno.

Bruno beperkte zich tot een minachtende grijns. 'Ik waag het erop, met die fluisteraars,' antwoordde hij arrogant. Ik had het gevoel dat zijn blik op mij gericht was, al hield ik mijn ogen strak op mijn notulen gericht.

'Kan ik nu gaan?' vroeg hij.

Roger zuchtte. 'Ja. Maar alsjeblieft, denk eraan dat deze commissie bepaalde verantwoordelijkheden heeft en dat we die serieus nemen.'

Bruno stond op. 'Ik zal eraan denken.'

Toen de deur achter hem dicht was, bleef het even stil.

'Dat was dan dat,' zei Roger zacht. 'Zena, jij gaat met je studente praten?'

'Ik zal doen wat ik kan, Roger,' antwoordde Zena vermoeid. Zelfs op haar was Bruno's houding blijkbaar verontrustend overgekomen.

Een paar minuten later liep ik met Elaine over de campus. Het was een milde, zonnige middag geworden. Boven het verre bulderen van het verkeer uit hoorde je het sijpelen van smeltsneeuw in de putjes van het riool. Een tijdlang liepen we zwijgend naast elkaar – een stilte waarvan ik voelde dat hij voor haar erg geladen was.

'Ik had je al bijna opgegeven,' zei ze ten slotte met een gesmoorde stem.

'Het spijt me.' Ik probeerde niet uit te leggen waarom ik geen contact met haar had opgenomen.

'O nee. Het spijt míj. Ik was gewoon zo… zo opgewonden, denk ik.'

'Dat is goed. Ik wil ook dat je je opgewonden voelt.'

'O… Dank je voor die woorden.'

'Wat zou je graag willen doen?' vroeg ik.

'Ik zou graag eten voor je willen koken. Dat zou ik graag willen.'

'Ik hoopte al dat je dat zou zeggen.'

'Mijn bloemkoolquiche is beroemd.'

'Het water loopt me al in de mond.'

'Ach, mallerd!' zei ze lachend. Ze schreef op een stukje papier hoe ik bij haar huis kon komen en voordat we uit elkaar gingen, wierpen we een liefdevolle, glanzende blik in elkaars ogen.

Omdat ze bij het volgende station van de lijn woonde, was het voor mij niet de moeite waard om nog voor het eten naar Manhattan terug te gaan. Ik had twee uren stuk te slaan. Ik ging naar mijn kamer en pakte onderweg een dienstenvelop uit mijn postvakje. In de envelop zat het stuk waarvan Amber me had gevraagd of ik het wilde bekijken. Met tegenzin legde ik het op mijn bureau en begon te lezen, maar het bleek algauw dat ik me er niet op kon concentreren. Ik dacht steeds weer aan de auteur van het stuk – dat ze altijd zo levendig op de voorgrond van mijn bewustzijn stond als ik in haar bijzijn was, en de spanningen die dat gevoel altijd opriep.

Plotseling drong vaag iets uit het verre verleden tot me door, een zwakke echo, als de laatste, bijna onhoorbare nagalm van een gong.

Ik heb soms het gevoel dat de geest – in elk geval die van mij – allesbehalve het oneindig grote orgaan is waarvoor wij het graag willen aanzien, maar dat hij nogal primitief is, met maar een erg beperkt aantal categorieën voor de dingen die hij te verwerken krijgt, zodat hij allerlei verschillende verschijnselen op een hoop gooit omdat ze een toevallige gelijkenis met elkaar vertonen. Dat zou verklaren waarom je soms merkt dat je nooit echt onderscheid hebt gemaakt tussen bijvoorbeeld de buurman met hond in je geboorteplaats en de buurman met kat in de plaats waar je later ging wonen. Beiden zijn simpelweg ingedeeld in de categorie 'buurman met huisdier'. Het is altijd nogal een schok als je beseft dat mensen of dingen die je hebt laten samensmelten in werkelijkheid helemaal niets met elkaar te maken hebben.

In het geval van Amber besefte ik dat ik haar beeld had gecombineerd met iemand uit mijn tienerjaren: Emily Lloyd, de dochter van mijn stiefvader.

Niet dat ze op elkaar leken. Emily had grote kastanjebruine krullen; ze was klein en tenger, met een waakzaam, glad en hoekig gezicht, terwijl Amber soepel was, met lange armen en benen, op het slungelige af. Je zou haar enigszins met een giraffeveulen kunnen vergelijken, met haar sproeten en haar rossig goudblonde haar.

Maar beiden wekten hetzelfde gevoel bij me op: zo'n sterk verlangen (ik had moeten erkennen dat Amber dat effect op me had) dat het eerder leek of ik iets dierbaars, iets van vitaal belang, wilde terugwinnen dat van me was afgenomen, dan dat ik iets nieuws in bezit wilde nemen. Daarnaast voelde ik me geconfronteerd met iets wat me zou kunnen vernietigen.

Omdat ik aan geen van beiden wilde denken, zocht ik op de boekenplanken naar iets wat me kon afleiden.

Een kleine Shakespeare-editie trok mijn aandacht. Ik pakte het boek en sloeg het omslag om. In verbleekte groene inkt, en in een handschrift dat zo netjes was als een rij naaldbomen op een bergkam, stond het volgende geschreven:

Voor onze lieve Barbara,

Een geschenk om je eraan te herinneren hoeveel we van je houden, nu je gaat studeren en aan de grote droom van je leven gaat beginnen:

Je ma en pa
8 september 1985

Wijlen Barbara Hellermann, nam ik aan: Trumilciks opvolgster in deze kamer, en mijn eigen onmiddellijke voorgangster; de Barbara die koffie zette voor haar studenten, die dankbriefjes kreeg, die opbeurende citaten verzamelde... als ik kon afgaan op het jaar waarin ze begon te studeren, was ze ook nogal wat jonger geweest dan ik had gedacht. Blijkbaar was ze niet ouder dan midden dertig geweest toen ze stierf: een pijnlijke gedachte, zeker in het licht van de liefdevolle woorden van haar ouders. Met een licht intern geritsel – een kleine innerlijke decorwisseling – werd het beeld van het vriendelijke oude dametje dat ik me van haar had gevormd, aan de kant gezet om plaats te maken voor dat van een tragische jonge vrouw die aan een zeldzame ziekte leed. Dat was schrijnend, maar omdat ik haar niet persoonlijk had gekend, trof het me alleen maar oppervlakkig.

Bladerend door de zijdezachte pagina's van het boek, kwam ik bij *Measure for Measure*. Ik had dat stuk sinds mijn tienerjaren niet meer gezien, maar de tekstregels waren me zo vertrouwd als wanneer ik ze zelf had geschreven. De misdadige geilaard Claudio, dat 'verdorven stuk wildeman', is ter dood veroordeeld voor zijn zonden. Zijn rechter, Angelo, 'die impotente plaatsvervanger', zoals de losbandige spotter Lucio hem noemt, vecht (met ondergewaardeerde oprechtheid, vond ik) tegen zijn onbeheerste aandrang. En Claudio's zuster, de kuise Isabella, staat op het punt om in het klooster te gaan als ze Angelo ontmoet en zijn explosieve lust ontketent. Ik heb een keer haar rol gespeeld in onze jongensklas op de middelbare school, en ik herinnerde me de duizelige opwinding die ik had gevoeld toen ik mocht uitroepen dat ik liever zou sterven dan Angelo's aanbod – mijn broer gespaard als ik met hem slaap – te accepteren. *Was ik ter dood veroordeeld*, riep ik hartstochtelijk uit, *dan nog zou ik de striemen van de zweep als robijnen dragen…*

Ik ging met het boek naar mijn bureau, want ik wilde het stuk nog eens lezen. Maar ik was nog niet ver gekomen toen Emily Lloyd weer door mijn gedachten begon te zweven. Het schoot me te binnen dat ik ongeveer in de tijd dat we dit stuk instudeerden, met haar in contact was gekomen. Ik was vijftien, thuis van de kostschool, waarvoor mijn stiefvader nu het schoolgeld betaalde. Ik herinner me dat hij mijn haar door de war maakte toen ik uit de trein was gestapt op het stationnetje bij het weekendhuis dat hij in Kent voor mijn moeder had gekocht. Ik zette mijn koffers neer en we keken elkaar hulpeloos aan. We waren minder dan niets voor elkaar – een leegte, de vorm van een afwezigheid, in zijn geval de afwezigheid van zijn eigen kinderen, in mijn geval die van mijn vader, die aan een hersentumor was gestorven toen ik vijf was.

Het weekendhuis was erg klein. Meer had Robert – mijn stiefvader – zich niet kunnen veroorloven, want zijn geld zat vast bij zijn ex-vrouw. Het was een landarbeidershuisje geweest, met kleine raampjes. Mijn moeder vulde de kleine kamertjes met rustieke spulletjes, maar het huisje bleef hardnekkig somber, en telkens wanneer we daar met zijn drieën waren en ons best deden om elkaar niet op de zenuwen te werken, ontstond er een subtiele maar krachtige melancholie die ons na een paar uren al in stilte hulde.

'Je ziet een beetje pips, jongen,' zei mijn moeder die avond tegen me.

'Ik voel me prima.'

'Je verveelt je toch niet?'

'Nee.'

'Ik vind het vreselijk jammer dat je niet een van je vrienden hebt gevraagd om mee te komen.'

'Ik red me wel.'

'Je kunt hier zoveel doen. Fietsen, zeilen op het stuwmeer… Ik denk dat ze graag zouden zijn meegekomen.'

'Het is de bedoeling dat ik ga studeren.'

Ik kon haar niet vertellen dat ik nooit een vriend zou kunnen meebrengen. Op dat onderwerp rustte in mijn hoofd een absoluut veto. Het kwam erop neer dat alles wat in ons huishouden gebeurde van de verkeerde geest doortrokken was. Ik wist niet waar dat gevoel vandaan kwam, maar ik wist dat het zo was. Onder ons dak klonk zelfs de simpelste opmerking over het weer al onoprecht of manipulatief. De etentjes die mijn moeder graag mocht geven, hadden iets geladens, iets overdadigs, zodat de gasten naar het moment uitkeken waarop ze naar huis konden gaan. Met de berusting die je leert op het soort scholen waar ik heen ging, accepteerde ik dat alles als mijn levenslot, maar ik had geen zin om het met iemand te delen.

Evengoed had mijn moeder gelijk: ik verveelde me en ik was eenzaam.

'Jammer dat de Bestridges blijkbaar niet met ons willen omgaan,' drong ze aan. 'Ze hebben een jongen van Lawrences leeftijd, nietwaar, Robert?'

'O ja?'

Mijn stiefvader zat met een glas witte port achter zijn krant verstopt. Zijn lange benen, gehuld in een perfect gesneden broek met krijtstreepje, strekten zich met een loomheid die niet bij de rest van zijn houding paste, naar de minuscule haard uit.

'Waarom nodig je ze niet uit voor een paar cocktails?'

Hij liet zijn krant zakken en keek haar over de rand van zijn dubbelfocusglazen aan.

'Dat hebben we al besproken, lieve.'

'O ja? Nou, ik vind het belachelijk dat we ze niet voor een cocktail kunnen uitnodigen, alleen omdat zij nog niet de tijd hebben gehad om ons op hun beurt voor een diner uit te nodigen. Dat is erg bekrompen en ouderwets als je het mij vraagt.'

'Als ze met ons wilden omgaan, hadden ze in de anderhalf jaar sinds wij ze te eten hebben gehad wel tijd gevonden om ons uit te nodigen, denk je niet?'

'Hoe weet ik dat nou? Ik kan niet in hun hoofd kijken. Trouwens, waarom zouden ze niet met ons willen omgaan?'

'Ik zou het niet weten.'

'Ze hebben heus geen reden om zich hoog boven ons verheven te voelen. Jij bent directeur van een onderneming. Lawrence gaat naar een erg goede school. Ik mag dan een nobody zijn, ik ben tenminste geen trut, en dat kun je van Jill Bestridge niet zeggen. Ik zou toch denken dat ze zich het vuur uit de sloffen zouden lopen om met ons bevriend te zijn. Misschien zijn ze verlegen, misschien is dat alles, Robert. Misschien moeten we ze wat meer aanmoedigen. Robert?'

'Misschien.'

'O, aan jou heb ik ook niks!'

'Je kunt mensen niet dwingen je aardig te vinden, Geraldine lief. Dat is in strijd met de natuurwetten.'

Hij sloeg de bladzijde van de krant om en schudde hem met een geoefende ruk precies recht.

Mijn moeder stond op, liep door de kamer en prutste wat aan haar bloemen en siervoorwerpen. Ze was nog niet klaar met dit onderwerp; dat kon ik zien. Als haar rusteloze, gekwetste gemoed eenmaal was ontvlamd, kwam het niet gemakkelijk tot bedaren.

Ik had ook het gevoel dat ze nog niet met haar argument was gekomen, haar échte argument; dat ze daarvoor een atmosfeer moest creëren met nog meer spanning en antagonisme dan er al was.

'Ik begrijp niet hoe je in je leven ooit een doel kunt bereiken als je niet bereid bent een beetje druk uit te oefenen. Je moet druk uitoefenen! Ik heb mijn héle leven druk uitgeoefend op mensen.'

'En dan vraag je je af waarom mensen je bazig vinden.'

'Vinden ze dat?' vroeg mijn moeder. Haar violetblauwe ogen waren plotseling groot en kwetsbaar.

Ik kon zien dat mijn stiefvader spijt had van zijn weerwoord.

'Nee, lieve, ik zeg alleen dat ze dat zouden kúnnen...'

'En daarom willen de Bestridges niet...'

'Begin nou niet weer, Geraldine...'

'Je zult wel denken dat ik jóu ook onder druk heb gezet. Denk je dat?'

'Geraldine...'

'Al die drankjes 's middags in de Portingham Cellars – was ik toen bezig je onder druk te zetten? Die romantische tête-à-têtes in het magazijn in Findley Street – heb ik je toen onder druk gezet? Heb ik dat? Die bazige Geraldine die de arme zwakke Robert Julius Lloyd midden op de ochtend de trap naar het souterrain afduwde, alsof ze geen seconde meer kon wachten op een beetje van je weet wel – denk je er op die manier aan terug, schat?'

Mijn stiefvader zuchtte, vouwde zijn krant op en legde hem weg. Hij had een hekel aan confrontaties en zou bijna alles inwilligen om ze te vermijden. Als hij zelf ontevreden over iets was, verwerkte hij dat in stilte en beraamde hij zijn tactieken tot die volledig tot rijpheid waren gekomen. Wie weet, misschien was hij terwijl hij daar zat en mijn moeder zo vriendelijk aankeek, al plannen aan het maken om geld vrij te maken voor de flat (of 'het liefdesnestje', zoals de kranten het later noemden) waar hij zijn nieuwe maîtresse zou laten wonen, een serveerster in een particulier casino die Brandy Colquhoun heette, iemand van wie we pas een jaar of zo later zouden horen.

'Wat wil je, mijn lief?'

'Wat ik wil? Ik wíl niets. Ik denk graag dat ik een man heb die belang stelt in het welzijn van mijn kind…'

'Geraldine, ik zeg alleen dat ik niet denk dat de Bestridges…'

'O, wat kan ons die Bestridges schelen? Denk je dat ik ook maar een zier om die snobs geef?'

'Nou, wat wil je dat ik doe?'

'Wat heeft het voor zin om erover te praten wat ik wil dat jij doet, als jij toch alles weigert wat ik voorstel?'

'Wat heb ik ooit geweigerd?'

Mijn moeder wendde zich van hem af; ze verschikte een gedroogde roos.

Met een kalme stem zei ze: 'De Royal Aldersbury, bijvoorbeeld.'

Dus dat was het.

'Ah, Geraldine…'

'Wat? Die club is te goed voor Lawrence, alleen omdat je dochter lid is? Dat is nogal beledigend als je het mij vraagt.'

De Royal Aldersbury was een sportclub voor welgestelde families in het graafschap. Roberts dochter Emily was lid en bracht er, voorzover ik kon nagaan, al haar vrije tijd door, een gouden waas van tennistoernooien, roeiwedstrijden en danspartijen.

Het was in de buurt van het huis van de Lloyds, twintig kilometer van ons vandaan, op de oever van een breed stuk van de Medway. Robert dronk daar iedere zondag thee met zijn dochter en zijn twee jonge zoons, een gebeurtenis waarvan hij altijd terneergeslagen terugkeerde, waarop mijn moeder zich dan weer beledigd voelde, zodat ze bij wijze van tegenritueel elke zondagavond na hun terugkeer in Londen in een duur restaurant – de White Castle of de Gay Hussar – dineerden.

Een aantal keren had ze ter sprake gebracht dat Robert mij aan het lidmaatschap van de Royal Aldersbury zou kunnen helpen, zogenaamd opdat ik iets te doen zou hebben als ik naar het weekendhuis kwam, maar hoe meer Robert zich ertegen verzette, des te meer had ze er de nadruk op gelegd dat hieruit bleek hoe veel of hoe weinig achting hij voor haar had. Robert bezat te veel van de typische Engelse terughoudendheid om ronduit te zeggen dat hij bang was dat zijn dochter in verlegenheid zou raken als ze moest omgaan met de zoon van de vrouw voor wie hij zijn gezin had verlaten, maar blijkbaar dacht hij er wel zo over, en mijn moeder vond dat diep kwetsend. Ze nam het standpunt in dat sinds zij en Robert getrouwd waren de hele situatie ten aanzien van beide gezinnen onherroepelijk genormaliseerd en stabiel was, bijna zozeer dat zijn vorige huwelijk met terugwerkende kracht ongedaan was gemaakt. Ze probeerde Robert vaak over te halen zijn kinderen naar ons huis te brengen, en liet zelfs doorschemeren dat het tijd werd dat hij een keer met ons op bezoek ging bij zijn ex-vrouw. Misschien droomde ze ervan om met Selena Lloyd en haar vriendinnen deel te nemen aan dameslunches in Tunbridge Wells.

Evengoed was ze waarschijnlijk net zo verrast als ik toen Robert plotseling opstond en de Royal Aldersbury belde. Hij vroeg naar de secretaris van de club.

Een paar minuten later was ik aspirant-lid.

'Tevreden?' vroeg hij mijn moeder, terwijl hij weer met zijn krant achteroverleunde. Hij deed zich nonchalant voor, maar hij moet hebben geweten welke grote consequenties het had, hoe vernietigend van aard het was. Ik vermoed dat hij het soort man was dat er zelfs een subtiel behagen in schiep om dit soort kleine lawines te ontketenen en op die manier aan zichzelf en de wereld te bewijzen wat voor een bron van chaos hij was.

Mijn moeder was tevreden: diep, fysiek tevreden. Ze kreeg een kleur en haar ogen begonnen te glanzen. Ze bracht de fles witte port naar Robert en schonk zijn glas vol. Ze lieten nooit veel van hun affectie voor elkaar blijken als ik erbij was, maar ze hadden allerlei attente gebaren die inmiddels net zo goed blijk gaven van de stroom van gevoelens tussen hen als de diepste tongzoen ooit zou kunnen.

De volgende morgen bracht mijn stiefvader me naar de Royal Aldersbury. Het was een mooie lentedag: de meimaand bloeide in de heggen en de appelboomgaarden stonden in volle pracht. We reden in stilte. Op de een of andere manier waren we ooit stilzwijgend overeengekomen dat we niet met elkaar spraken als mijn moeder er niet bij was.

Het hoofdgebouw van de club was een imposant bouwwerk met puntgevels en schoorstenen, begroeid met wilde wingerd. Om het gebouw heen lagen tennisbanen, squashbanen, croquetvelden en een badmintonbaan waar dames in plooirokken rondsprongen op stevige benen, en achter dat alles bevond zich, zacht voortglijdend tussen de bloemenweelde op zijn oevers, de rivier.

Robert bracht me naar boven om me aan de penningmeester en de secretaris voor te stellen. Hij gedroeg zich beleefd en afstandelijk tegenover die functionarissen, die hem blijkbaar als een belangrijk personage beschouwden. Er speelde een raadselachtig glimlachje om zijn mondhoeken toen ze met hem praatten en zelf hun vragen beantwoordden als hij niets zei. Hoewel ik niet wist wat hij dacht, had ik het gevoel dat hij zich ten koste van alle anderen amuseerde. Dat vond ik niet erg.

Een vrouw kwam naar de deur en gaf een teken aan de penningmeester. Hij mompelde een verontschuldiging en liep op zijn tenen naar haar toe. Ze stonden in de volgende kamer met gedempte stemmen te praten, en toen kwam de penningmeester op zijn tenen terug. Hij schraapte zijn keel.

'Blijkbaar bevindt mevrouw Lloyd zich in de hal en drinkt ze thee met mejuffrouw Lloyd. Zou u... zou u willen dat we u door de zijdeur begeleiden, meneer Lloyd... eh... op een discrete manier...'

'Nee. Ik hoopte al dat ze er zou zijn. Ik wil Lawrence aan haar voorstellen.'

De penningmeester en secretaris keken hem nerveus aan. Hoewel ze waarschijnlijk niet verwachtten dat zich zoiets vulgairs als een 'scène' zou voordoen, waren ze mensen voor wie zelfs de mogelijkheid van een scène – al stond vast dat die mogelijkheid absoluut de kop zou worden ingedrukt – een bron van grote zorg was.

Nadat ik mijn formulieren had ingevuld en het lidmaatschapsboek had getekend – een oeroud boek met een kolom voor je titel naast die voor je naam en adres – ging ik met Robert de trap af naar de hal, waar nu het gedempte maar doelbewuste geroezemoes te horen was van mensen uit de hogere standen in hun vrije tijd.

Mevrouw Lloyd en haar dochter zaten in een nis die door potpalmen half aan het oog werd onttrokken. Toen we naar hen toe liepen, zag ik meteen dat de dochter mooi was, en dan ook nog volkomen in overeenstemming met het ideaalbeeld van vrouwelijke schoonheid dat ik in die tijd had. Ik realiseerde me ook dat ik moeilijk weerstand zou kunnen bieden aan het gevoel dat ze voor mijn persoonlijke genoegen was geboren en daar in die hal was neergezet. Tot dan toe had ik lang niet zoveel belangstelling voor de club gehad als mijn moeder, maar daar kwam nu abrupt verandering in.

Mevrouw Lloyd, die kleiner, bleker en magerder was dan ik me haar had voorgesteld, schrok even toen ze ons zag, maar herstelde zich snel. Emily keek haar vader ernstig aan, haar kleine mond stijf dicht, alsof ze door een bij was gestoken.

'Ik wil jullie voorstellen aan Lawrence,' zei Robert. Hij had weer datzelfde afstandelijke, raadselachtige glimlachje. Misschien was dat gewoon zijn manier om te laten blijken dat hij zich niet goed raad wist met de situatie, al leek het er nu sterk op dat hij helemaal niet in de situatie aanwezig was, behalve dan in de meest letterlijke zin.

'Geraldines zoon,' voegde hij eraan toe.

Moeder en dochter keken me neutraal aan.

'Aangenaam kennis te maken,' zei ik, en meteen zag ik alle drie de Lloyds een blik wisselen.

'Emily, misschien zou je Lawrence willen rondleiden. Hem aan je vrienden voorstellen. Hij kent hier niemand. Zou je dat willen doen?'

Het meisje keek verbaasd, bijna verbijsterd. Toch zei ze ja. Ze zei dat met een eenvoud en gehoorzaamheid alsof het nooit in haar zou opkomen om zich tegen de wil van haar vader te verzetten.

'Goed. Nou. Dan zie ik je zondag, Emily. Lawrence, ik kom je om zes uur halen.'

Zijn ex-vrouw knikte hij alleen maar toe, en hij kreeg een nauwelijks waarneembaar knikje als antwoord.

Emily deed wat ze beloofde. Toen haar moeder ons alleen had gelaten, wat ze deed zodra het niet meer onbeleefd zou zijn, gaf ze me een rondleiding door het gebouw en over het terrein. Onderweg stelde ze me voor aan allerlei tieners die ze kende. Ze deed geen poging om een conversatie met mij op gang te houden en reageerde nauwelijks op mijn opmerkingen. Evengoed had ik het gevoel dat ik een gunstige indruk op haar maakte. Ik was helemaal weg van haar. De dichte, rossig bruine weelde van haar krullen, haar ogen als agaten, haar scherp afgetekende neus en elfachtige spitse kin, kwamen in hun totaliteit zo dicht bij mijn beeld van die lang gewenste maar tot nu toe volslagen onbereikbare persoon, een *vriendin*, dat ik bijna geen onderscheid kon maken tussen haar en mijn fantasiebeeld. Toen we daar door de club wandelden, begon het feit dat ze zo lang in mijn gezelschap was in mijn gedachten een eigen betekenis te krijgen. Voor mijn gevoel ging het verder dan wat de omstandigheden vereisten. Op een niet te beredeneren manier waren we 'samen' – een gevoel dat sterker werd bij elke keer dat ze me aan iemand voorstelde. Haar stem was zacht en helder, met een lichte, ontluikende ondertoon van gezag. Haar parfum drong snel tot de diepste corticale centra van mijn hersenen door: zelfs nu nog ben ik als ik die geur in een winkel of hal opvang, meteen weer in de ban van haar bekoring.

Toen we klaar waren met de rondleiding, had ik duidelijk het gevoel dat ze bij me hoorde. Ongetwijfeld verwachtte ze nu dat ik mijn eigen weg zou zoeken, maar die gedachte kwam geen moment bij me op en ze was te goed opgevoed om iets te zeggen.

Vrienden van haar kwamen naar ons toe, en toen ik maar niet van haar zijde wilde wijken, stelde ze me aan hen voor. Het bleek het stel te zijn waar ze het meest mee optrok, en in de loop van de volgende drie dagen leerde ik hen goed kennen. Blijkbaar vonden ze het feit dat Emily me aan hen had voorgesteld voldoende reden om me te accepteren. Ze zal vast wel in alle discretie hebben uitgelegd wie ik was, maar daarbij had ze zeker niet laten blijken dat ze een hekel aan me had, want ze betrokken me bij al hun activiteiten alsof het de gewoonste zaak van de wereld was.

Net als zij waren ze erg beleefd en uiterst zelfverzekerd. De jongens stonden de hele tijd op om hun zitplaatsen aan oudere dames aan te bieden. De meisjes – Fiona, Rosamond, Sophia, Lucy – waren wonderen van welgemanierdheid en welsprekendheid, en hadden hun tienerlichaam al volkomen onder controle. Ze konden hun gevoelens met de verfijning van ervaren matrones op hun gezicht tot uiting brengen – kleine nuances van ironie, van gespeelde kribbigheid, waardoor ook hun neutraalste opmerkingen een bijzondere allure kregen. Maar er viel nooit een onvertogen woord. Blijkbaar hadden ze het gevoel dat ze een voorbeeld van gracieus gedrag moesten stellen, of ze nu een gemakkelijke bal over het tennisnet sloegen om een zwakkere speler ook een kans te geven of in de eetkamer de dames met de rabarberpastei complimenteerden.

Onder de jongens trof ik meteen een rivaal aan. Hij heette Justin Brady. Hij zag er goed uit – lang, met een soepele atletische bouw, golvend zwart haar en een opgewekt, levendig gezicht. Er was een zekere verstandhouding tussen hem en Emily. Eerst dacht ik dat hij haar vriendje was, maar ze hielden nooit elkaars hand vast, kusten elkaar nooit, zoals sommige anderen deden, dus dat sloot ik uit. Maar bij ons eerste dubbelspel vond hij het blijkbaar vanzelfsprekend dat hij een team met Emily vormde, en later, toen ze zei dat ze zin had in een zeiltochtje op de rivier, nam hij zonder meer aan dat ze met hem mee zou gaan.

In beide gevallen lukte het me hem met pure wilskracht op een afstand te houden. Ik bleef gewoon aan het eind van de tennisbaan bij haar staan en creëerde daarmee een impasse, totdat Justin met een wellevende grijns naar de andere kant ging. En toen we hadden besloten om met zijn allen te gaan zeilen, was ik hem voor door Emily zonder omhaal te vragen of ze in mijn boot wilde. Ze aarzelde even en keek Justin aan, maar hij had meteen weer die vriendelijke warme glimlach op zijn gezicht en zei dat ze dat gerust kon doen.

Op de rivier zette een lichte bries, geparfumeerd met de geur van de bloemen die op de oevers groeiden, onze zeilen bol. We gleden rustig over het water. Emily zei niets, ze keek me amper aan, maar ik voelde me in het paradijs. Dat ging zo ver dat ik niet eens merkte dat ze zich terughoudend opstelde. Ik dacht dat ze alleen maar verlegen was, en bovendien was ze nooit zo uitbundig. Dit was bijna genoeg, bijna alles wat ik op dat moment van de liefde verlangde: met dit betoverende meisje zacht voortglijden over de rivier. Mijn eigen zeilen stonden bol! Het paasbal was op komst en er was al over partners en feestkleding gesproken. Het leek me onvermijdelijk dat Emily met mij naar het bal zou gaan, dat we de hele avond met elkaar zouden dansen en dat we onze ontluikende romance met een lange, tedere kus op een balkon zouden bezegelen.

Op de tweede dag had ik me half bedwelmd met de gefantaseerde smaak van haar kussen, het gevoel dat ik mijn handen door haar wonderlijke massa krullen zou laten gaan. Ik wachtte die dag op gelegenheden om in haar ogen te kijken. De zeldzame keren dat ze naar me terugkeek, deed ze dat met een vreemde, verdoofde blik, alsof we elkaar in een droom tegenkwamen.

De volgende dag moest haar moeder haar eerder ophalen dan op andere dagen. Op het laatste moment kwam ze met de uitnodiging om thee te komen drinken. Het kwam geen moment bij me op dat ik misschien niet welkom zou zijn in Roberts vroegere huis, en ik rende vlug met de rest mee om mijn spullen te halen. Toen ik bij de landrover verscheen, fronste mevrouw Lloyd enigszins haar wenkbrauwen. Verwachtte Robert niet dat hij me later die middag van de club zou afhalen? vroeg ze. Vriendelijk, met de overdadige beleefdheid die ik van mijn nieuwe vrienden had geleerd, verzekerde ik haar dat ze zich geen zorgen hoefde te maken – ik zou hem vanuit haar huis bellen en dan kon hij me daar afhalen. Omdat ze in haar betrekkingen met mij nooit veel warmte aan de dag legde, trok ik me niet veel aan van het ijzige gezicht waarmee ze die woorden aanhoorde en ging ik naast Emily in de auto zitten.

Ze woonden in een vervallen zestiende-eeuws landhuis. Kleine appelboompjes bloeiden door bemoste oude stronken heen in een tuin die omsloten werd door een afbrokkelende bakstenen muur. In de hoge kamers van het huis hingen geuren zoals alleen een eeuwenlange bewoning aan versleten natuursteen, geboend iepenhout, stof, zilver en oud glas kan onttrekken. Ik liep daar rond met de gedachte dat ik toegang had verkregen tot een binnenruimte van het bestaan, waar alle gevoelens tot een bijna melancholieke zuiverheid waren verfijnd. Het was of mijn geest zich hier helemaal openstelde. Ik had het gevoel dat hier iets in vervulling ging dat diep in mijn eigen lot was vastgelegd, alsof ik al vele jaren naar deze plaats was geleid zonder dat ik het wist en ik nu op een sterke, bijna intieme manier met deze plaats verbonden was.

We dronken thee in de salon. Emily's jongere broers kwamen bij ons zitten. Ze staarden naar mij zonder een woord te zeggen. Ik vond dat niet erg; ik had, dacht ik, alle tijd van de wereld om vriendschap met hen te sluiten. Mevrouw Lloyd kwam steeds weer binnen om koekjes en sandwiches te brengen. Telkens wanneer ze binnenkwam, stonden wij jongens voor haar op en drongen we erop aan dat ze bij ons kwam zitten, maar dat wilde ze niet.

Na de thee gingen we met zijn allen naar Emily's kamer om naar platen op haar nieuwe stereo-installatie te luisteren. Ze had een oud hemelbed met houtsnijwerk. Ik vond dat het een zekere welgezindheid uitstraalde en had het gevoel dat het bed en ik oude vrienden zouden worden.

We zaten op kussens en praatten, lachten en luisterden naar muziek. Ik kon het gevoel niet bedwingen dat dit alles voor mij in het bijzonder was georganiseerd. Ik lachte de anderen beleefd toe en ging zo volledig in mijn dwaze gelukzaligheid op dat ik bijna verwachtte dat ze één voor één weg zouden gaan, opdat Emily en ik eindelijk alleen zouden zijn.

Justin ontfermde zich over de stereo-installatie zonder dat iemand hem daartoe uitnodigde. Ik probeerde mijn uitbundige stemming daar niet door te laten verstoren, maar na een tijdje begon het me dwars te zitten, nog meer namens Emily dan namens mezelf. Ik stond op, en zette vriendelijk maar besluitvaardig een andere plaat op dan de plaat die hij net had opgezet, waarna ik bij het apparaat bleef zitten. Met zijn gebruikelijke wellevendheid trok Justin zich meteen terug. Ik zag dat de anderen blikken met elkaar wisselden, maar ik zag daarin alleen maar een erkenning van de toenemende intimiteit tussen Emily en mij.

Het ritme van de muziek ging door ons heen en verbond ons met elkaar terwijl we daar met de maat mee zaten te knikken of flarden van de melodie meezongen. Ik had het uitbundige geluksgevoel dat je alleen op die leeftijd kunt hebben – de euforie omdat je samen met je vrienden een reis in de toekomst maakt. Je hart stroomt over van liefde; je voelt een bijna religieuze vreugde, alsof er tussen jou en je vrienden een goddelijke afgezant is neergedaald.

Emily was stil, maar de rest van ons was levendig – we praatten over onze levens, onze scholen, onze gezinnen. We kwamen over moeders te spreken. Fiona's moeder zat voor de conservatieven in de gemeenteraad. De moeder van een van de jongens fokte een zeldzaam soort schapen. 'En jouw moeder, Lawrence,' vroeg iemand me, 'wat doet die?' Ik zocht nog naar een goed antwoord, toen Emily sprak. Haar stem was zacht maar klonk helder als een klok boven de muziek uit: 'Ze is een hoger soort prostituee, nietwaar?'

Eerst raakte ik volkomen gedesoriënteerd, alsof zich zojuist een grote natuurramp had voorgedaan. De euforie zat nog in me, golfde nog voort, en in de stilte na Emily's opmerking gooide ik er iets uit dat voor mijn eigen gevoel erg gevat was: 'Nou, eigenlijk is ze een láger soort prostituee,' waarna een vreemde ballonachtige lichtheid me liet opstaan en me zonder dat ik het wilde de kamer uit en naar beneden droeg, waar mevrouw Lloyd me vertelde dat Robert op weg was om me op te halen, en dat ik haar een grote dienst zou bewijzen als ik onmiddellijk wegging en aan het eind van de oprijlaan op hem wachtte, dan hoefde hij niet naar het huis te komen.

Terwijl ik wegstrompelde, drong met kleine, verhelderende schokjes tot me door hoe afschuwelijk het was wat zojuist was gebeurd – wat in de afgelopen drie dagen was gebeurd, begreep ik nu ook. Het was meer dan ik in één keer kon verwerken. Kleine, oogverblindende beelden ervan barstten in me los. Het had een grotendeels fysieke uitwerking. Ik wist niet of ik wilde snikken of overgeven.

Ik heb sindsdien mijn portie kleineringen en beledigingen te verduren gehad, maar niets heeft ooit zo'n beslissend effect op me gehad. Vooral de rol die ik zelf had gespeeld, zat me dwars. Nog jaren daarna kon ik mezelf laten huiveren van ellende bij de gedachte aan mijn aanstootgevende gedrag in die drie dagen. Achteraf kon ik duidelijk de haat zien die in Emily's vrienden werd opgebouwd doordat ik me zo arrogant in hun midden bewoog. Maar wat was ik zeker geweest van hun liefde!

Kon je je echt zo catastrofaal in een situatie vergissen? De ontdekking dat zoiets inderdaad mogelijk was, schokte me diep. Ik heb daarna nooit meer vertrouwen in mijn eigen oordeel gehad. Telkens wanneer ik me niet bij mensen op mijn gemak voel, zie ik onmiddellijk een parallelle versie van mezelf die een grote, heimelijke walging bij hen opwekt. Algauw kan ik dan niet goed meer zien welke versie met de realiteit overeenkomt en neem ik maar het gemiddelde: ik trek me terug in een houding van gereserveerde neutraliteit.

Ik zat daar in kamer 106 aan die dingen terug te denken. Ik had ze in geen jaren meer opgedregd, maar alle details stonden me nog zo helder en levendig voor ogen als ooit tevoren. Een geloofwaardige hel, heb ik vaak gedacht, zou uit zulke incidenten kunnen bestaan die telkens weer tot leven werden gewekt.

Terwijl ik daaraan dacht, had ik mijn stoel omgedraaid en mijn voeten op de plank achter mijn bureau gelegd, zodat ik nu bijna liggend in de stoel zat. Ik nam ongeveer dezelfde positie ten opzichte van Trumilciks schuilplaats in als ten opzichte van de stoel van dokter Schrever wanneer ik in haar spreekkamer op de bank lag. Had ik bij het laten herleven van die ogenblikken in enig opzicht Trumilcik als vervanger van dokter Schrever gebruikt? Misschien dacht ik dat hij als Europeaan de structuur van de remmingen en verborgen hiërarchieën die zo'n gebeurtenis mogelijk maakten beter zou kunnen begrijpen dan zij. Hoe dan ook, toen ik klaar was, kreeg ik het aangenaam kalme, vermoeide gevoel dat ik aan het eind van mijn sessies bij dokter Schrever soms ook had.

Met dat in gedachten haalde ik twee biljetten van twintig dollar uit mijn portefeuille en liet ze bij Ambers papieren op het bureau achter: een gift voor Trumilcik, mocht hij die avond komen. Ik had het idee gekregen dat hij nogal van de hand in de tand leefde, en ik vond dat ik hem iets schuldig was omdat ik zijn geest als surrogaat voor dokter Schrever had gebruikt. Ik wilde hem ook laten zien dat ik van goede wil was, dat ik solidair met hem was omdat ik ook uit de Oude Wereld afkomstig was en mijn stappen in de Nieuwe Wereld probeerde te zetten.

Toen ging ik naar Elaine.

6

Het begon donker te worden. De boomtoppen vormden kartelranden tegen de glazige horizon. Ik verkeerde in een staat van opzettelijke afwachting: ik wachtte met mijn oordeel, ik wachtte met mijn gevoelens. Ik volgde mijn eigen plan, maar dan wel passief, dus terwijl ik bewust wachtte op wat mijn wil me ingaf.

In een dameskledingzaak in Mulberry Street zag ik een grijze wollen trui met een V-hals en manchetten waarop bloemen waren geborduurd. Het was precies het soort kleding dat Carol droeg: sober, met een oogluikend toegestane vrouwelijkheid. Als we nog bij elkaar waren geweest, zou ik hem zonder aarzeling voor haar hebben gekocht. Dat soort dingen deed ik, en ze scheen het op prijs te stellen. Ik begon al met tegenzin door te lopen, maar besloot toen de trui toch te kopen. Hij was duur, maar alleen al het feit dat ik hem in bezit had, leek me een stap dichter bij het hypothetische moment in de toekomst te brengen waarop ik hem aan haar zou kunnen geven.

Op het station vond ik het vreemd om de andere kant op te rijden.

In de schemering trok een rij loodsen aan me voorbij. Zigzaggende witte kerstlichtjes – een nieuw soort lichtjes dat het hele land als oprukkend onkruid had overwoekerd – waren langs de randen van de golfplaten daken aangebracht. Daarachter stond een oude fabriek met daarvoor een rij vrachtwagencabines – alleen de cabines – die langzaam in verval raakten als gigantische schedels op een begraafplaats van dinosaurussen. En daarna was er, nog vreemder in het laatste restje daglicht, een spookachtig kermisterrein dat zo te zien al tientallen jaren geleden verlaten was, de verwaaide omhulsels van een beetje pret uit vervlogen tijden. Een stralenkrans van spaken zonder paarden was het enige dat van de draaimolen was overgebleven. Boven een houten hokje zag ik de hoofdletters *G* en *M* van twee verder onleesbare woorden in verbleekte kermisletters. Wat daarna kwam, zat helemaal onder de struiken en klimplanten, zodat alleen nog donkere silhouetten te zien waren, als ruïnes in een jungle.

Elaines station bestond uit een eenzaam perron op een bijna leeg parkeerterrein. Toen ik in een taxi stapte, merkte ik dat ik het stukje papier met haar instructies had achtergelaten, vermoedelijk in mijn kamer. Vreemd genoeg kon ik me ondanks mijn vergeetachtigheid van de laatste tijd, haar adres moeiteloos herinneren, al had ik het maar één keer gezien, namelijk toen ze het opschreef. Ik vatte dat op als een goed voorteken.

De plaats waar ze woonde, was niet meer dan een serie nieuwbouwprojecten. Elk van die projecten bestond uit twintig of dertig identieke huizen, met identieke bobbels van struiken aan de voorkant en grote TE KOOP-borden van makelaars. Ik heb dat soort plaatsen op zomerdagen gezien. De mensen die ik daar zag lopen, droegen pyjama-achtige kleren, alsof hun ideeën over vrije tijd onlosmakelijk verbonden waren met slapen. Lincoln Court, waar Elaine woonde, was nog niet helemaal afgebouwd. Raamwerken, bedekt met multiplex, staken uit de rauwe aarde omhoog, en tussen sommige huizen lagen overwoekerde stukken akker die nog niet in gemanicuurd gazon waren veranderd. De koude lucht rook naar geïmpregneerd hout. Ik betaalde de taxi en liep over het korte paadje naar Elaines deur.

Haar parfum golfde me tegemoet toen ze opendeed. Daar stond ze dan, haar ogen glanzend van vurige vreugde. Ze droeg een citroenkleurig shirt en een bruine rok die strak om haar heupen zat en tot op haar kuiten hing.

Ik had me al voorgenomen dat ik haar met een lichte kus op haar lippen zou begroeten, maar nu verzette ik me daar even tegen: er ging iets vaag overweldigends van haar uit; haar onopvallende trekken werden op de een of andere manier ontzagwekkend gemaakt door de formele glamour van haar outfit. Maar ik verzamelde mijn moed, stak mijn hoofd in de wolk van parfum en streek met mijn lippen over de hare. Ze werd blijkbaar verrast door dat gebaar, maar ze was niet misnoegd. Ze leidde me naar een kamer met grijze vloerbedekking. Aan de muur hingen platen met half abstracte bloemen en achterin was er een eetgedeelte met plavuizen op de vloer en een glazen tafel die voor twee personen gedekt was.

Het huis voelde gloednieuw aan; nog niet doordrongen van zijn menselijke bewoner.

Ik ging op de met denim beklede bank zitten, die havermoutkleurig was, en Elaine schonk me iets te drinken in. Het schoot me te binnen dat ik iets had kunnen meebrengen – bloemen, of op zijn minst een fles wijn.

Elaine gaf me mijn glas en keek aarzelend naar de ruimte naast me op de bank. Ik klopte erop en ze liet haar geparfumeerde gewicht op het kussen naast me zakken. Ik pakte haar hand vast en gaf er een kneepje in.

'Ik ben zo blij dat je kon komen,' zei ze.

Ik vroeg me al niet meer af wat ik had gezegd of gedaan om deze situatie te laten ontstaan. Ik accepteerde de situatie, hoe vreemd die ook was, en zag er eerder een uitgangspunt dan een resultaat in. Wat ik me nu nog afvroeg, was hoe het verder moest gaan.

Ik had al enige tijd niet met een vrouw geslapen – zo lang dat mijn gedachten en dromen in zoveel erotische fantasieën uiteen begonnen te vallen als ik in geen jaren had meegemaakt. In theorie was het wel aantrekkelijk om het krediet dat ik blijkbaar bij Elaine had in een avontuurtje om te zetten. Tenminste, dat zou het zijn geweest, als ik me in fysiek opzicht ook maar enigszins tot haar aangetrokken voelde, maar dat was nog niet het geval.

Maar die onverschilligheid, die in verband stond met een al even ongekwalificeerde emotionele onverschilligheid, was misschien nog niet het eind van het verhaal. Telkens wanneer ik tegenover dokter Schrever had ontkend dat ik me tot haar aangetrokken voelde, of dat ik haar miste als ik niet bij haar was, of had geprobeerd haar te kwetsen door niet te komen opdagen, had ze me erop gewezen dat ik de realiteit van mijn eigen gevoelens misschien niet kon doorzien. Ik had dat bij mezelf altijd afgedaan als het soort frasen die in haar beroep schering en inslag waren, maar in het licht van sommige dingen die de laatste tijd gebeurd waren, begon ik me af te vragen of er niet werkelijk iets scheef zat tussen de gevoelens die ik had en het beeld dat ik zelf van mijn gevoelens had.

Was het mogelijk, had ik me afgevraagd, dat ik me tot Elaine aangetrokken voelde zonder dat ik het wist? Zoiets leek me erg onwaarschijnlijk, maar toch kon ik het niet zonder meer van de hand wijzen. Het moest toch een betekenis hebben dat ik de maîtresse in *Z van Zalm* onbewust naar Elaine had genoemd? Als ik maar lang genoeg in haar bijzijn was, had ik gedacht, zouden mijn gevoelens misschien duidelijk genoeg worden om zich aan mij kenbaar te maken.

Was ik daarom vanavond hierheen gekomen? Voor een deel. Maar ik was me ook bewust van iets anders, een obscure, troostende boete die ik deed door me te onderwerpen aan het beeld dat iemand anders van de realiteit had – alsof ik er iets wezenlijks bij te winnen had dat ik me opofferde en me uit niets meer dan inschikkelijkheid aan deze vrouw gaf.

Ik keek haar aan. Ze keek afwachtend naar me terug. Ik voelde hoe kwetsbaar ze was, en ik voelde ook haar vreemde nederigheid en daaronder het pulseren van een echte hartstocht: onbegrijpelijk voor mij, maar onmiskenbaar.

'Ik heb iets voor je meegebracht,' hoorde ik mezelf zeggen, en ik stond op.

Met een vaag gevoel van ergernis besefte ik dat ik de draagtas met Carols trui uit mijn aktetas zou halen en aan Elaine zou geven. Ik deed het.

Ze pakte hem uit. 'Je hebt een trui voor me gekocht!' zei ze stralend. 'Dank je, Lawrence. Heel erg bedankt!'

Ze hield hem tegen haar borst.

'Hij is prachtig! Ik voel me zo gevleid! Dat je eraan dacht om zoiets te doen!'

'Waarom pas je hem niet aan?'

'Doe ik. Maar niet hieroverheen. Wacht even.'

Ze ging de kamer uit. Ik hoorde haar de trap opgaan. Even later ging ik zelf ook naar boven.

'Mag ik het hier zien?' riep ik.

'Natuurlijk.'

Er was een kamer met alleen een eenpersoonsbed op een grijze vloerbedekking en met kale muren. Daarnaast was een badkamer met groene tegels en chroom, met donzige groene handdoeken keurig over het rek. Ik klopte op de slaapkamerdeur.

'O... Kom binnen.'

Deze kamer was ook zo neutraal als een hotelkamer; het bed lag onberispelijk strak en glad onder zijn goudbruine sprei. Er was een nachtkastje met daarop een koperen leeslamp, een porseleinen zakdoekjeshouder en een wekkerradio met rode digitale cijfers. Een zwarte tv stond tegenover het bed op een dressoir. Er stond een houten poppenschommelstoel waarin een lappenpop onderuitgezakt zat, maar zelfs die leek tegelijk met het meubilair te zijn bezorgd. Het enige duidelijk persoonlijke voorwerp was een met de hand beschilderd houten kistje op de kaptafel. Afgezien daarvan was blijkbaar uitsluitend naar totale anonimiteit gestreefd.

Elaine kwam achter de geopende kastdeur vandaan en streek de voorkant van de trui glad.

'Wat vind je?'

De trui zat haar strak: ze moest een paar maten groter dan Carol zijn. Maar de aanblik van haar in die trui had een onmiddellijk effect op me. Ik zag dat er in deze situatie mogelijkheden zaten waaraan ik nog niet had gedacht. Niet dat ze op mijn vrouw leek, maar ze deed me aan haar denken, en juist doordat zij en haar huis zo weinig eigenschappen vertoonden, kreeg mijn fantasie het gemakkelijker.

'Je ziet er spectaculair uit,' zei ik tegen haar.

Ze hoestte, kreeg een kleur en klopte op haar borst.

'Dank je!'

Het viel me weer op hoeveel macht haar versie van mij op haar had. Door toe te geven aan haar gevoel van wat er tussen ons bestond, had ik me blijkbaar in een paradoxale machtspositie gebracht.

Ik nam haar handen in de mijne en trok haar glimlachend naar me toe. Ze glimlachte terug. Toen maakte ze met een speels lachje een van haar handen los en legde hem op het beschilderde kistje.

'Raad eens wat ik hierin bewaar.'

'Wat?'

'Raden!'

'Je man?'

Ze liet een schallende lach horen. 'Jij bent zo grappig!'

'Wat dan?'

'Wat zou nou het dierbaarste zijn dat ik in mijn bezit kan hebben, afgezien van jouzelf?'

'Ik kan het me niet voorstellen.'

'O Lawrence! Je brief natuurlijk!'

Ik had haar nooit een brief geschreven. Blijkbaar keek ik een beetje verontrust.

'Heb ik iets verkeerds gezegd?' vroeg ze.

Ik had instinctief het gevoel dat ik mijn verbazing moest proberen te verbergen, in elk geval tot ik wist wat er aan de hand was.

'Helemaal niet,' kon ik uitbrengen. 'Ik... Eh, ik denk dat ik... dat ik gewoon ontroerd ben.'

Er schitterde vreugde in haar ogen.

'Laten we gaan eten.'

Alsof het mysterie van die brief nog niet genoeg was om me de rest van de avond af te leiden, gebeurde er kort daarna iets wat nog verontrustender was. Toen ik op weg naar de eetkamer langs mijn open aktetas liep, ving ik een glimp op van Barbara Hellermanns editie van Shakespeare, die ik had meegenomen om in de trein naar huis te lezen.

'O ja,' zei ik. 'Heb jij Barbara Hellermann gekend?'

Ze keek me een ogenblik nietszeggend aan.

'O, God, je bedoelt die vrouw die vermoord is?'

'Is ze vermoord?'

'Wist je dat niet?'

'Nee.' Met een angstig voorgevoel vroeg ik wat er gebeurd was.

'Een of andere gek viel haar aan in de metro. Ze raakte in coma en overleed na een paar dagen. Ik kende haar goed genoeg om haar te groeten, maar...'

'... Hebben ze die kerel te pakken gekregen?'

'Ik geloof van niet.'

'Hoe heeft hij... hoe heeft hij haar gedood?'

'Hij sloeg haar met een stalen staaf.'

Onder de bloemkoolquiche probeerde ik me als een verliefde bewonderaar voor te doen. Ik vroeg Elaine naar haar leven en knikte geinteresseerd als ze me daarover vertelde, maar mijn gedachten waren ergens anders. Ik vroeg me af hoe gauw ik met goed fatsoen kon vertrekken, en of ik tijd zou hebben om voor de laatste trein naar huis nog even naar mijn kamer op de faculteit te gaan. Als gevolg daarvan ving ik alleen maar flarden op van wat ze tegen me zei. Ik maakte me steeds meer zorgen, en die zorgen hielden de meeste van haar woorden tegen, zoals de bureaus laatst het grootste deel van haar lichaam aan het oog hadden onttrokken. Onze relatie leek een heel apart, sterk ingekort karakter te krijgen.

'Ik ben een rebel,' hoorde ik haar op een gegeven moment zeggen. 'De mensen beseffen het alleen niet.'

Ik knikte en kneep mijn ogen enigszins samen, alsof ik waardering had voor haar subtiele analyse, al had ik geen idee waarom ze dat had gezegd.

'Ja,' zei ik. 'Dat kan ik zien.'

'Zit je ermee?'

'Nee.'

'Dus het was niet verkeerd van me dat ik het deed?'

Ik zocht koortsachtig in mijn hoofd naar een echo, een vage afdruk van wat het ook was waar ze het over had, maar er kwam niets anders in me op dan de woorden die ze een paar minuten eerder had uitgesproken: *hij sloeg haar met een stalen staaf*, de woorden die me in eerste instantie in deze peinzende stemming hadden gebracht. Een stalen staaf... Ik probeerde mezelf uit mijn hoofd te praten dat er verband was tussen die staaf en de staaf die ik onder de bureaus in mijn kamer had gevonden, maar de ene golf van vreemde, opdringerige argwaan na de andere kwam over me heen.

'Helemaal niet,' zei ik lukraak in antwoord op Elaines vraag. 'Ik denk dat het heel goed was dat je het deed.'

Ze knikte. Blijkbaar was ze blij met mijn goedkeuring van iets wat ze had gedaan, maar zo te zien bracht het haar ook in een ander lastig parket.

'Wat moet ik nou tegen ze zeggen?'

'Nou... Wat wil je tegen ze zeggen?'

'Dat weet ik eigenlijk niet. Soms heb ik zin om tegen ze te zeggen dat ze kunnen opvliegen!'

'Dan moet je dat doen!'

En zo ging het verder: Elaine leverde de conversatie en ik kon haar niet volgen, hoe ik ook mijn best deed. Op een gegeven moment zag ik aan haar ogen, en aan een vage, toenemende beklemtoning aan het eind van de laatste zin die ze had uitgesproken (en die net zo onbegrijpelijk was geweest als het zoemen van de koelkast), dat ze me weer een vraag had gesteld.

'Nou?' zei ze na een tamelijk lange stilte.

Ik bedacht dat ik in mijn hoedanigheid van geprojecteerd personage misschien wel boven de triviale conventies van een rationeel en ononderbroken gesprek verheven was. Ik kon zeggen of doen wat ik wilde, en Elaine zou zich soepel aanpassen.

Ik legde mijn hand onder haar kin en trok haar hoofd naar me toe. Ze schrok daar blijkbaar van, maar zoals ik had verwacht, berustte ze in het gebaar. Ik kuste haar op haar lippen en stak toen mijn tong in haar mond. We zaten aan haar zwart gebeitste eettafel, een beetje te ver van elkaar vandaan voor een omhelzing, en onze verenigde hoofden vormden een brug boven de betegelde vloerruimte tussen ons in. Toen we elkaar kusten, gingen er allerlei dingen door mijn hoofd. Ik probeerde me op het in een trui geklede bovenlichaam naast me te concentreren en aan Carol te denken. Een ogenblik verkeerde ik bijna in de fysieke realiteit van wat ik deed, maar toen drongen de dingen die me afleidden weer op: de brief die ik nooit had geschreven, de stalen staaf die ik ten onrechte voor een onschuldig onderdeel van mijn kantoormeubilair had aangezien... Intussen ging de kus maar door. Vroeg of laat, nam ik aan, zou ik eraan toe komen – zou ik ontdekken wat die kus voor me betekende, wat hij teweegbracht, áls hij iets teweegbracht. Op dit moment bestond die kus alleen voor Elaine. Gezien haar heftige reactie genoot ze ervan.

'Dat is je antwoord,' zei ik, en ik trok me los. Ik stond op. 'En nu moet ik gaan.'

Ze knipperde met haar ogen naar me, verbaasd maar niet protesterend.

Terwijl we op mijn taxi wachtten, werd ze stil. Blijkbaar was eindelijk tot haar doorgedrongen hoe grillig ik me gedroeg. Ze kon erg veel verdriet bevatten, dacht ik, en ook veel verdriet doorstaan. Er ging iets zacht monumentaals van haar uit, zoals ze hier in haar eentje woonde, als een pioniersvrouw op de vlakten. Hoewel alles behalve mijn lichaam al halverwege Mulberry Street was, op weg naar de donkere campus, met de sleutel van kamer 106 in mijn hand, bereidden mijn zenuwen zich voor op de schok van een mogelijke ontmoeting met een hevig schrikkende Trumilcik. Ik had genoeg respect voor haar om te proberen op een nette manier afscheid van haar te nemen.

'Ik zou je graag nog eens willen zien,' zei ik.

'O ja?'

Ik sloeg mijn armen om haar heen.

'Zullen we ergens heen gaan? Een weekend?'

Ze knikte.

'Ik zal het regelen,' zei ik.

Ik kuste haar opnieuw. Ditmaal voelde ik een onverwacht hevige golf van verlangen. Ik weet niet waarom. Misschien hadden de gevoelens van schuld en medelijden die ze bij me had opgewekt de component geleverd die nog had ontbroken. Met een bekend kriebelend gevoel verplaatste mijn zwaartepunt zich vanuit mijn hoofd naar beneden. Mijn hoofd en handen lieten zich door nieuwe prioriteiten leiden en kregen nieuwe moed. Ik voelde dat ze over haar borsten en over haar rok naar haar kruis gleden.

Ze merkte dat er iets in me veranderde en trok zich terug.

'Wat doe je?'

'Dit,' zei ik met een glimlach, en ik liet ons beiden op de havermoutkleurige denimbank vallen. Ik verbaasde me altijd weer over de veranderingen die zich op zulke momenten in je bewustzijn voordoen. Ik voelde me volkomen vrij van remmingen.

Ze keek met hulpeloze verbazing naar me op.

'Het is goed,' zei ik.

'O ja?'

'We willen dit toch al een hele tijd?'

Zelfs mijn stem klonk anders; het timbre was opeens speels en schaamteloos, alsof ik in een tomeloze juichstemming was gekomen, een stemming die absoluut moest overslaan op iedereen bij me in de buurt.

'Ik bedoel niet alléén dit,' zei ik, 'maar ook dit…'

Ze keek me aan en zei niets.

Ik kuste haar heel zacht op haar lippen en keel. Ze bleef liggen zonder te reageren en draaide toen haar gezicht onder me vandaan.

'Nee?' vroeg ik grijnzend. 'Nee?'

'Nee!' zei ze met plotselinge beslistheid.

Ik kuste haar opnieuw.

Ze keek me fronsend aan, duwde me van zich af en stond abrupt op. Zo te zien was ze erg van streek.

Een tijdje later liep ik door Mulberry Street, met de sleutel al in mijn hand, zoals ik me had voorgesteld. In gedachten was ik al in mijn kamer. Ik vroeg me af wat ik met Trumilciks staaf zou doen als ik hem onder de bureaus vandaan had gehaald.

Natuurlijk was het mijn eerste gedachte dat ik ermee naar de politie moest gaan en hun moest vertellen wat ik over Trumilcik wist. Maar toen ik me voorstelde hoe mijn relaas van Trumilciks verschijningen op een New Yorkse rechercheur zou overkomen, begon ik te twijfelen. Iemand die de boekenlegger, de telefoonrekening, het muntje en het computerbestand niet had gezien, zou de verdwijning van die dingen misschien niet zo belangwekkend vinden. Misschien zou de politie in de schuilplaats onder de bureaus alleen maar een lege ruimte zien. En iemand zonder de verfijning om een bepaald soort rokkenjagen met de neiging tot moorddadige misogynie in verband te brengen, zou ook niet veel betekenis aan de aanwezigheid van een stalen staaf onder die bureaus toekennen. Al met al leek de kans me groot dat ze me als een krankzinnige zouden beschouwen en me beleefd de deur zouden wijzen.

Daarom besloot ik de staaf zelf te houden en een veiliger bergplaats voor het ding te vinden tot ik iets tastbaarders had dat ik ook kon presenteren.

In zekere zin ontdekte ik dat tastbare voorwerp zodra ik mijn kamer binnenkwam. Jammer genoeg was de tastbaarheid van dat voorwerp zo verschrikkelijk onaangenaam dat ik het nooit aan een ander mens zou kunnen presenteren. Als ooit een boodschap slecht genoeg was om de executie van de boodschapper te rechtvaardigen, dan was het deze. Het lag op het bureau waarop ik mijn gift voor Trumilcik had achtergelaten, omringd door besmeurde, stukgescheurde vellen papier. Het geld was weg. Op de plaats waar het had gelegen, lag nu, alsof het daar door een gruwelijke omgekeerde alchemie in was veranderd, een bruine, piramidevormige hoop, vers en stinkend, het afschuwelijkste geschenk dat iemand een ander mens kan geven, zo smeulend concreet in zijn fysieke realiteit dat het de voorwerpen eromheen – boeken, papieren, telefoon, nietmachine – iets abstracts, iets aarzelends gaf.

Ik was geschokt. Ik liet het licht uit en de deur open en liep naar de opgerolde hoop, die weerzinwekkend in het vage schijnsel van de campuslantaarns glansde.

Hij lag tenminste nog op het vloeiblad, die berg antimaterie, en ik kon hem dus verplaatsen zonder dat ik er direct mee in contact hoefde te komen. De bevuilde stukjes papier die er samengepropt omheen lagen, waren Ambers artikel, of tenminste wat ervan over was. Ik pakte het vloeiblad op en droeg het rustig voor me uit om niet met die onreine verkreukelde papierproppen in aanraking te komen. Toen ik naar de deur en de gang terugliep, zag ik links van me de dicht opeenstaande twee bureaus. Als het waar is dat bepaalde handelingen die in de seculiere wereld worden verricht ergens anders hun ware betekenis hebben, in de wereld van de geesten, dan was dit zo'n handeling. Ik ging naar de herentoiletten en deed mijn best om me zoveel mogelijk af te sluiten van wat ik deed. Het leek me van groot belang om niet toe te staan dat deze gebeurtenis een plaats in mijn psyche veroverde. Het was avond; ik was alleen; straks zouden alle sporen van wat gebeurd was letterlijk worden weggespoeld. Zo goed weggespoeld, zei ik tegen mezelf, alsof er helemaal niets gebeurd was. In de spelonkachtige schemering van de gang, die alleen verlicht werd door ver van elkaar verwijderde nachtlampjes, kon ik bijna geloven dat ik daar niet echt was, dat ik ergens anders was, dat ik het droomde, zoals ik soms van zulke dingen droomde.

Op de herentoiletten kon ik me in de rubberen afvalbak en het toilet van alles ontdoen, ook van het vloeiblad. Ik ging naar mijn kamer terug. Inmiddels was mijn afschuw in een zware vermoeidheid overgegaan. Ik voelde me verscheurd, gedemoraliseerd. Als Trumilcik ergens daarbinnen was, dan moest dat maar zo zijn. Ik deed het licht aan en zette het raam open om de geur die nog in de kamer hing naar buiten te laten. Toen ging ik naar de bureaus, gaf er een waarschuwende klap op en trok ze van elkaar vandaan. Hij was er niet.

En de stalen staaf was er ook niet.

7

De volgende dag ging ik in de lunchpauze naar het faculteitskantoor om mijn post op te halen. Amber was daar ook. Ze was met het kopieerapparaat bezig en ze keek loom naar me op. Haar oogleden leken letterlijk omlaag getrokken te worden door haar dikke, maïspluimkleurige wimpers. Een ogenblik dacht ik dat we misschien niet met elkaar zouden spreken. Maar onder dat lome gezicht van haar kwam een scherpe aandacht naar boven drijven, en ik had meteen weer dat opgewonden gevoel dat ik me nader moest verklaren.

'Zeg, ik…' stamelde ik. 'Ik heb nog niet de kans gehad om… om je artikel te lezen…'

'O, dat geeft niet.' Haar stem leek van ver te komen maar was geruststellend, als een frase van onwezenlijke muziek die op een bries komt aanwaaien. Ze boog zich weer over het kopieerapparaat.

Er lag een briefje in mijn postvak. Het was niet ondertekend en het was in het Latijn: *Atrocissimum est Monoceros.*

Ik wist niet wat dat betekende, maar het was duidelijk vijandig (een opzettelijk troebel vervolg op de primitievere boodschap van de vorige avond). Het was of die vijandigheid als een zweepslag door het donker op me afkwam, en ik voelde me bijna fysiek getroffen. Ik keek naar Amber. Ik wilde iets zeggen, wilde laten horen hoe gekwetst ik was en geruststelling vinden in de meelevende verontwaardiging van een ander. Maar bij nader inzien realiseerde ik me dat Amber niet bepaald de geschikte persoon daarvoor was. Ik bleef zwijgend, verdoofd staan. Een ogenblik vond ik het jammer (al zag ik het belang ervan wel in) dat je verplicht was je altijd onder controle te houden. Ik keek naar haar rug: de keerzijde van de gouden munt die ze was. Het licht glansde op het fijne dons in haar lange nek. Haar schouders zaten slank en recht in het pastelblauwe omhulsel van haar topje, met daarover kriskras de okergele banden van haar tuinbroek van geruwd katoen. Haar soepele figuur vormde nauwelijks curven bij de heupen en leek, bijna net als haar gezicht, de belofte in te houden van dingen die nog niet helemaal tot uiting waren gekomen.

Ze draaide zich om en zag me kijken voordat ik mijn ogen kon afwenden. Ik ergerde me meteen aan mezelf – niet omdat ik geen kans had gezien vlug een andere kant op te kijken, maar omdat ik op die manier naar haar had gekeken. Ik wilde net de kamer uitgaan toen ik haar zachtjes hoorde zeggen: 'Dus je hebt Barbara gekend.'

'Sorry?'

'Je hebt Barbara Hellermann gekend.'

'Nee…'

'Maar je was met haar in Portland.'

Ambers arm met blauwe mouw wees loom naar een poster op het prikbord. Enigszins verontrust liep ik door de kamer. Ik deed dat zo nonchalant mogelijk.

Het was een poster voor een interdisciplinair congres over seksewetenschappen. Het congres werd op Portland State University gehouden en zou een week duren. Tot de ongeveer vijftien sprekers op de lijst behoorden ikzelf en Barbara Hellermann. Toen ik ernaar keek, voelde ik een duidelijk gevaar, al kon ik het niet thuisbrengen. Achteraf denk ik dat het de eerste aanduiding was van de grote antagonismen die ik zonder het te weten had gecreëerd.

'Wat doet dat hier?' zei ik. 'Het is van drie jaar geleden.'

'Ik heb geen idee.'

'Wat vreemd. Nou, misschien heb ik haar wel ontmoet. Ik kan het me niet herinneren.'

'Ze was hier mijn docente toen ik derdejaars was.'

'O.'

Ik stond al op het punt om de poster weg te scheuren, maar bedacht toen dat Amber dat vreemd zou vinden. Daarom haalde ik alleen maar mijn schouders op en verliet de kamer.

Later, toen er niemand was, ging ik terug en haalde ik discreet de poster weg. Ik nam hem mee naar mijn kamer en bekeek hem aandachtig. Hij leek me echt genoeg, al zou ik natuurlijk niet kunnen zien of iemand hem had vervalst.

Misschien, dacht ik, had hij daar al die tijd op het prikbord gezeten en was het alleen maar toeval dat Amber me er vandaag op wees, op de dag nadat ik over de moord op Barbara Hellermann had gehoord – net zo'n toeval als wanneer je een woord leert dat je nooit eerder in je leven bent tegengekomen, om het kort daarop in een heel andere context opnieuw te horen te krijgen. En misschien was Barbara Hellermann ook werkelijk in Portland geweest toen ik daar was en had ik haar gewoon niet opgemerkt. Er was een georganiseerd diner geweest, herinnerde ik me, en een modderige wandeling door een woud van wilde gele frambozen en douglassparren naar een spectaculaire waterval boven de Willamet. Ik had mijn voordracht gehouden – een deel van een minisymposium over 'Het vormen van de nieuwe man'. Afgezien daarvan mochten we zelf weten wat we deden. Ik ging niet veel met de anderen om – het grootste deel van mijn vrije tijd hing ik aan de telefoon om met Carol te bellen (die niet bij me was omdat ze zoveel vliegangst had dat ze nooit ergens heen ging als het niet absoluut noodzakelijk was), want ik miste haar erg en wou dat ik bij haar in New York was. Het was dus mogelijk dat Barbara daar was geweest en dat we elkaar gewoon niet hadden ontmoet. Het was dus ook mogelijk dat de poster echt was en dat hij drie jaar op het prikbord had gezeten zonder dat hij me was opgevallen. Dat was mogelijk.

Evengoed nam ik de poster mee naar huis en gooide ik hem in de vuilverbrander.

Daarna pakte ik mijn oude Latijnse woordenboek, nog uit mijn schooltijd, van zijn plank in de huiskamer en vertaalde het briefje. Onmiddellijk bleek dat mijn onderzoek (want dat was het inmiddels geworden) naar Trumilcik een volkomen onverwachte wending had genomen.

8

Waterige, knipperende ogen in een opgezette huid – te rauw en te kwetsbaar om er lang in te kijken zonder een onbehaaglijk gevoel te krijgen. Een smalle, gebogen neus met neusgaten in de vorm van kromzwaarden. De lippen ouder gewoonte strak op elkaar – van frustratie, teleurstelling, fysieke pijn…

Ontevreden over zijn leven, moest je aannemen; mijn vader.

Hij was een apothekerszoon met intellectuele pretenties geweest. Toen hij één jaar aan de universiteit had gestudeerd, overleed zijn vader en stopte hij met zijn studie om het apothekersdiploma te halen en het familiebedrijf over te nemen.

Mijn moeder stond achter de toonbank. Ze was achttien en had haar persoonlijke aspiraties.

Ze was al zwanger van mij toen mijn vader tot het besef kwam dat hij het verschrikkelijk vond om in een witte jas te staan en geneesmiddelen te verstrekken aan de niezende, winderige, met voetklachten of met strontjes in het oog of met aambeien kampende inwoners van Shepherd's Bush. Mijn moeder drong er bij hem op aan om de apotheek te verkopen – tenminste, dat zei ze. 'Ik wilde dat hij BOAC-piloot werd,' vertelde ze mij, 'maar in plaats daarvan moest hij zichzelf ziek maken met dat idiote boek van hem.'

Kort nadat ik was geboren, was hij begonnen een geschiedenis van de farmacologie te schrijven, een magnum opus dat hem moest bevrijden uit Goldhawk Road, die eindeloze straat met tweedehandsapparatenwinkels en trieste cafés, en hem tot de eeuwenoude zuilengangen van een eerbiedwaardige universiteit moest verheffen. Omdat het hem ontbrak aan wat hij 'formele discipline' noemde (een term die mijn moeder vaak met een niet te imiteren mengeling van ingetogenheid en bijtende ironie herhaalde), was hij algauw in het moeras van zijn eigenlijke onderzoek weggezakt. Maar in plaats van het op te geven had hij zich des te hardnekkiger op de taak gestort. Hij had zich opgezweept tot een dagelijkse koorts van verspilde moeite. Het beeld dat mijn moeder schilderde, was dat van een sisyfustragedie, ondermijnd door een noodlottig pathos – een ambitieuze, ongeschoolde geest die tegen zijn eigen beperkingen aanbeukt alsof het de muur van zijn schedel is – en dat alles in een poging om de stapels boeken en aantekeningen die zich als stalagmieten om hem heen verhieven tot een glanzend monument van eruditie uit te bouwen, zoals het in zijn fantasie zou overkomen op de wetenschappelijke uitgevers die hij in gedachten had. 'In plaats daarvan produceerde hij alleen maar hoofdpijn,' zou mijn moeder droogjes concluderen. 'De arme man.'

Eigenlijk had ze niet helemaal gelijk. Na zijn eerste hersentumor had hij blijkbaar een strategische concessie aan de sterfelijkheid gedaan. Hij had een aantal van zijn notities tot zelfstandige artikelen bewerkt en naar wetenschappelijke tijdschriften gestuurd. Omdat hij niet uit de academische wereld afkomstig was, maalden de molens van die tijdschriften ongetwijfeld nog langzamer dan gewoonlijk, en hij was al dood toen de hoofdredacteuren van een paar van die bladen hem mededeelden dat het hun een genoegen zou zijn om zijn werk in toekomstige nummers te publiceren. Maar op die manier leverden zijn inspanningen, die ongetwijfeld het enige waren waarmee hij in de herinnering wilde voortleven, tenminste resultaten op.

En het was ook door die postuum gepubliceerde artikelen dat hij onverwachts zijn plicht als vader vervulde: hij hielp de zoon die hij nauwelijks had gekend aan een vrouw.

Het eerste dat me op haar bestaan attent maakte, was een brief die ze vanuit Cambridge, Massachusetts, naar de *Manchester Society of Apothecaries' Quarterly Journal* stuurde, die hem doorstuurde naar het vroegere adres van mijn moeder, waarna hij over de Atlantische Oceaan heen in mijn appartement aan Horatio Street terechtkwam. De brief was geadresseerd aan mijn vader. Carol had in het kader van haar eigen onderzoek in Harvard een van zijn artikelen gelezen en vroeg zich af of het boek waaraan hij volgens het bijschrift van het artikel werkte, ooit voltooid was.

Ze schreef de brief met de hand, in blauwe inkt op een roomwitte kaart. Ze had hem met een kroontjespen geschreven, in zo'n precies, stijlvol handschrift dat het wel wat op een verlucht manuscript leek, al was het ook levendig – de letters waren voorzien van zoveel krullen en haaltjes dat het leek of ze in hun eigen lichte bries wapperden.

Ik schreef haar terug dat mijn vader was overleden voordat hij het boek had voltooid en sloot kopieën van zijn andere gepubliceerde artikelen in. Als ze in New York was, mocht ze gerust een keer langskomen om zijn papieren in te zien, voegde ik eraan toe.

Een paar weken later belde ze uit Cambridge om op mijn uitnodiging in te gaan.

Ze kwam op een kille middag in maart naar mijn flatje, gehuld in een lange, koningsblauwe, capeachtige jas met een goudkleurige voering in de capuchon. Ik liet haar de papieren van mijn vader zien en verliet toen de flat. Ik zei tegen haar dat ik haar enkele uren in alle rust zou laten lezen. Ze bedankte me en ging aan het bureau voor het grote stalen raam met uitzicht op de West River zitten.

Toen ik terugkwam, stond de zon laag aan de hemel. Carol zat nog in dezelfde houding als toen ik haar achterliet; blijkbaar was ze helemaal in de papieren verdiept. 'Dit is fascinerend materiaal,' zei ze. 'Uw vader had een oorspronkelijke geest.'

Ik wilde niet toegeven dat ik zijn papieren nooit goed had bekeken en bracht het gesprek dus maar op haar eigen werk.

Ze schreef een dissertatie, vertelde ze, over de ideeën van reinheid en onreinheid in het Europa van de Middeleeuwen en de vroege renaissance. In het kader van dat onderzoek had ze zich verdiept in vergiften en de middelen daartegen, en toen ze zich met de middeleeuwse farmacopee van bezoarstenen, griffioenklauwen, terra sigillata, olie van schorpioenen, smaragdpoeder en dergelijke bezighield, was ze bij toeval op de artikelen van mijn vader gestuit.

Ze interesseerde zich vooral voor bepaalde paradoxen die centraal stonden in het middeleeuwse denken, zoals het geloof in de geneeskracht van zowel extreem zuivere als extreem onzuivere substanties, waarbij men in onzekerheid verkeerde over de categorie waarin een bepaalde substantie thuishoorde.

Ik stond naast haar terwijl ze praatte – er was geen ander meubilair dan het slaapmatje, het bureau en de stoel waarop ze zat. Ik had het flatje met opzet leeg gehouden. Ik hield van die galmende leegte – het gevoel van een belofte die nog niet in vervulling is gegaan – die blijft bestaan als je een nieuwe kamer nog niet met je dingen hebt gekoloniseerd. Tegen de achtergrond van die leegte was Carols aanwezigheid des te levendiger: een gloednieuw, stralend menselijk fenomeen waarmee rekening moest worden gehouden. Ze droeg geen sieraden en had zich niet opgemaakt, zag ik. Haar sluike, bijna zwarte haar viel dicht en glad om haar gezicht heen, glanzend als een helm. Haar mond was klein maar vol, met gebogen schaduwen bij de hoeken, waardoor haar koele, enigszins scherpe gezicht een nauwelijks te verklaren opgewektheid kreeg. Ze flirtte niet maar stelde zich ook niet terughoudend op. Als ik haar aankeek, keek ze gewoon terug, zelfs uitdagend, alsof ze mijn belangstelling, of mijn lef, op de proef wilde stellen. Haar polsen en handen zonder sieraden waren fijn gevormd – lange vingers met smalle, lenige gewrichten die op de een of andere manier een grote intelligentie uitstraalden.

De zon gleed achter de schoorsteenpijpen van Hoboken. Op dat uur lijkt de rivier strak en in zichzelf gekeerd, alsof een handvol water die je eruit zou scheppen niet zou weglopen maar als kwik in je hand zou schommelen en koud op je huid zou branden.

Ik had in die tijd geen partner, en ik was op een leeftijd gekomen dat ik niet zoveel plezier meer beleefde aan de kortstondige relaties en oppervlakkige avontuurtjes waaruit mijn liefdesleven tot dan toe had bestaan. Ik was tot het besef gekomen dat ik geen 'minnares' of 'vriendin' wilde, maar een 'vrouw'. Ik wilde iets duurzaams om me heen – een fort en een heiligdom. Ik wilde een vrouw van wie ik – zoals een personage in een boek dat ik had gelezen, het stelde – 'oprecht, zonder ironie en zonder berusting' kon houden. Ik had, in afwach ting van de juiste vrouw, een celibatair leven geleid, voor een deel om ongebonden te zijn als ik haar ontmoette, en ook, in meer positieve zin, om in mezelf de ontvankelijkheid te creëren die ik noodzakelijk achtte voor een veelbelovende eerste ontmoeting. Ik geloofde dat in menselijke relaties een zeker mysterie kon optreden – dat onder de juiste omstandigheden iets groters dan de som van wat elk individu inbracht, kon ontstaan, waardoor de ontmoeting op een hoger plan werd gebracht en voorgoed tegen de vermorzelende werking van het dagelijks leven werd beschermd. En zo'n mysterie, zo'n liefde als doop, voelde ik in alle hevigheid en heerlijkheid, toen ik die middag naast Carol in mijn kamer stond. Ik wist bijna niets van haar, en toch heb ik nu het gevoel dat ik op dat moment al ongeveer evenveel van haar wist als ik in de daaropvolgende jaren te weten zou komen. De uiterlijke omstandigheden van haar bestaan waren niet van belang voor de intensiteit van wat tussen ons voorviel toen we daar zwijgend naast elkaar stonden, hoog boven de rivier. Misschien was ze in Timboektoe in plaats van Palo Alto opgegroeid; misschien had ze vijf broers in de showbusiness in plaats van twee zusters die medicijnen studeerden; misschien had ze de zomervakantie bij een oom in de Rocky Mountains doorgebracht in plaats van bij een tante in Cape Cod; misschien was ze bang voor spinnen in plaats van bang om te vliegen... Hoewel die details een bijzondere betekenis kregen omdat ze met háár te maken hadden, voegden ze weinig toe aan de essentiële, stralende wederzijdse openbaring die zich op dat moment voordeed.

In stilte keken we naar een binnenvaartschip dat op het goudkleurige en mauve water stroomafwaarts gleed en krullen van schuim liet opkomen van zijn achtersteven.

'Mooi uitzicht heb je,' merkte Carol op, en ze keek me met een glimlach aan.

Toen ze me aankeek, werden de duidelijke contouren van haar mooie gezicht verlicht door de trapezoïde van donkergeel licht die door het raam naar binnen viel.

Ik had het gevoel dat haar blik iets op me schreef, iets in me etste.

De gehavende koffer met de papieren van mijn vader stond nu weer in de gangkast. Hoewel ik de moeite had genomen hem mee te nemen naar Amerika, was er altijd een vreemde, bijna narcotische vermoeidheid over me gekomen bij de gedachte om de inhoud door te nemen. Maar welk persoonlijk taboe die vermoeidheid ook tot uiting bracht, het gevoel dat er een dringende praktische noodzaak was, was sterker.

Wat me bij het openen van de koffer meteen opviel, had niets met mijn vader te maken: uit de stapels papier staken felgekleurde pijlvormige klemmetjes die Carol had gebruikt om passages aan te geven die ze nog eens wilde lezen.

Als ze iets las, gebruikte ze altijd van die pijltjes: ze maakten deel uit van haar permanente gevolg van voorwerpen, zoals ook haar schildpadden kam en haar zilveren kroontjespen daar deel van uitmaakten. Het waren de eerste dingen die ik in maanden van haar zag, de eerste dingen die bewezen dat ze ooit mijn leven in dit appartement had gedeeld, en toen ik ze zag, werd ik diep getroffen. Ze had dus toch nog iets van zichzelf achtergelaten! Rood, groen, geel, blauw… die pijltjes zwermden als glanzende gevleugelde insecten onder mijn ogen. Het verdriet om haar vertrek ging weer als een steek door me heen, en tegelijk voelde ik de hartstochtelijke warmte die zelfs een vluchtige gedachte aan haar altijd bij me had kunnen opwekken. Het zou gemakkelijk zijn geweest om de rest van de avond bij deze stukjes plastic te zitten mijmeren en aan haar te denken, en ik moest bewust mijn aandacht op de enorme stapels vergeelde papieren richten waarop ze waren vastgezet.

Ik liet me bij het bekijken van de papieren door Carols pijltjes leiden en las met aandacht maar ook met afstandelijkheid. Met een voorzichtig genoegen en soms zelfs met wrange herkenning van mezelf zag ik de kronkels in mijn vaders geest, de sterke en zwakke punten van zijn denkprocessen, de zinswendingen waaraan hij de voorkeur gaf. Blijkbaar deinsde hij ervoor terug om een argument naar voren te brengen zonder eerst een regiment autoriteiten aan te halen die er ook zo over dachten, en het vervolgens te versterken met een arsenaal van obscure technische termen en buitenlandse zinnen – tekenen van onzekerheid die ik ook in mijn eigen werk had gesignaleerd. En net als ik prefereerde hij een laterale, associatieve beweging boven de naar voren gerichte opmars van een consecutieve verhaaltrant – dat was ongetwijfeld een van de redenen waarom hij zijn werk nooit had voltooid. Fragmenten van hoofdstukken vertakten zich tot talloze uitweidingen waaraan weer voetnoten waren verbonden die, als cellen van regenererende lichaamsdelen, op wonderbaarlijke wijze zelf ook weer tot hoofdstukken uitgroeiden.

Op een gegeven moment zaten Carols pijltjes opeens veel dichter bij elkaar. Mijn eigen belangstelling werd tegelijk ook groter. Het was een passage over de vele vergiftigingen aan de hoven van de Borgia's en de Bourgondiërs. Er volgde een lang vertoog over de destijds alom gehuldigde overtuiging dat hoorns van dieren als tegengif en preventiemiddel konden fungeren. Hertshoorns, ramshoorns, uitgehold als bekers, als schaafsel, als poeder, opgelost in water of wijn, gedragen als amulet; hoorns van de antilope, de rinoceros, de *pyrassouppi* uit de Río de la Plata, werden opgesomd en besproken, inclusief hun folklore en toepassingen, en dat alles in een stroom van eerbiedige verwijzingen naar Lucretius, Odell Shepard, de *Pharmacopoeia medico-chymica*, terwijl de scherpe pijltjes van Carols aandacht op bijna elke regel neerregenden.

Van alle hoorns, las ik, werd de alicorn algemeen als de krachtigste beschouwd. De alicorn? Ah, de hoorn van de eenhoorn.

Ik wist dat Carol een paar jaar nadat ze het manuscript voor het eerst gelezen had deze papieren weer ter hand had genomen. Dat was in de tijd dat ze aan haar boek over de middeleeuwse verering van de Maagd Maria begon. Ze had willen kijken wat mijn vader over de mythe van de eenhoornjacht te zeggen had, het verhaal waarin de eenhoorn door een maagd in gevangenschap wordt gelokt voordat hij wordt gedood.

'Het dier heeft nooit bestaan,' schreef mijn vader in een uitgebreide voetnoot, 'maar er is een overvloed aan bewijzen voor zijn bestaan aangehaald, en gedurende een aantal eeuwen geloofden de vooraanstaande geesten van hun tijd erin. Cuvier en Livingstone wilden nog in de negentiende eeuw rekening houden met de mogelijkheid dat er een dier met één hoorn op zijn voorhoofd bestond. De ware hoorn van de eenhoorn (*verum cornu monocerotis*), had niet alleen de macht om vervuild water te reinigen maar zou volgens de verhalen ook in de nabijheid van gif gaan zweten. Om die reden was de hoorn tienmaal zijn gewicht in goud waard…'

Ik had nu het gevoel dat ik iets ontdekte over de bron van het anonieme briefje. En zonder te weten waarom was ik me er ook van bewust dat dit alles me beslist niet geruststelde maar juist een erg onbehaaglijk gevoel gaf.

'Er bestaan,' ging de voetnoot verder, 'twee verklaringen voor de medicinale werking van de hoorn. Deze verklaringen staan lijnrecht tegenover elkaar en raken de kern van niet alleen de voornaamste paradox in de vroege theorieën over geneeswijzen, maar ook de ambivalentie omtrent de aard van de eenhoorn zelf. Men geloofde dat tanden, hoeven en vooral hoorns de essentie bevatten van de wezens waaruit ze afkomstig waren. In het geval van de ene hoorn van een eenhoorn zou dat concentraat natuurlijk twee keer zo sterk zijn als in bijvoorbeeld het gewei van een hert.

Afhankelijk van de goedaardige of kwaadaardige werking die de autoriteiten uit die eeuwen aan de essentie van een eenhoorn toeschreven, verklaarden ze die werking hetzij met de doctrine van de allopathie, waarbij wordt aangenomen dat een heilzame substantie de strijd met een giftige substantie aanbindt, hetzij met de doctrine van de homeopathie, waarbij wordt aangenomen dat "het gelijke wordt genezen door het gelijkende" (*Similia similibus curantur*) en dat een gif alleen kan worden opgespoord of ontwapend door het in de verdunde context te brengen van iets wat nog giftiger is dan het gif zelf.

Allegoristen die de eenhoorn als symbool van Christus wensten te zien, hingen uiteraard de allopathische doctrine aan, die inhield dat de hoorn de ultieme zuivere substantie was. Het middeleeuwse Grieks Bestiarium bijvoorbeeld geeft een expliciet religieuze versie van het reinigen van de wateren, zoals geïllustreerd op het tweede van de eenhoornwandtapijten in het Cloisters Museum in New York: het dier maakt met zijn hoorn het teken van het kruis over het water alvorens die hoorn in het water te steken.

Homeopaten daarentegen zien de hoorn als de ultieme giftige substantie en geloven dat hij zweet in het bijzijn van andere giften, omdat hij zich met zijn eigen soort wil vermengen. De farmaceut Laurent Catelan, die constateerde dat gehoornde dieren graag allerlei giftige substanties eten, leidde daaruit af dat een krachtig giftig restant van die substanties in hun hoorns moest zijn opgeslagen.

De eenhoorn van deze school staat ver van Christus af en is een agressief, uiterst eenzelvig monster. Op afbeeldingen van de Ark van Noach of van Adam die de dieren namen geeft, onderscheidt de eenhoorn zich vaak doordat hij het enige wezen zonder partner is. Aelianus is van de gezaghebbende auteurs de enige die gewag maakt van vrouwelijke eenhoorns. "De mannetjes vechten niet alleen onder elkaar," schrijft hij, "maar ze leveren ook strijd tegen de wijfjes, vaak zelfs een strijd op leven en dood. Woest geworden door de enorme pijn die de geconcentreerde vergiften in zijn hoorn veroorzaken, vecht de eenhoorn – 'deze zeer wrede bestië', om met Johannes van Trevisa te spreken – 'dikwijls met de olifant en verwondt en steekt hij hem in de schoot'. *Atrocissimum est Monoceros*, zo begint Julius Solinus' beschrijving, vertaald door Arthur Golding: 'Maar de wreedste is de eenhoorn, een monster dat gruwelijk buldert…'"'

Monoceros: een eenhoorn. Ik keek weer naar het briefje dat ik in mijn postvak had gevonden: *Atrocissimum est monoceros.*

Ik had dit al half verwacht, maar nu ik de zin tot zijn bron had herleid, bleek ik nog geen oplossing te hebben, of als ik die had, kwamen er alleen maar nieuwe vragen uit voort die nog veel raadselachtiger waren. Hoe kon die zin vanuit de papieren van mijn vader in mijn postvak op de faculteit zijn terechtgekomen? Tot dan toe was Carol de enige levende persoon die het manuscript had gelezen, maar het was ondenkbaar dat Carol zich zou verlagen tot zoiets kinderachtigs als het deponeren van cryptische, anonieme briefjes. En het was al even ondenkbaar dat zij en die Trumilcik op de een of andere manier met elkaar in contact stonden, laat staan dat ze onder één hoedje speelden. Carol in haar wereld van musea, wetenschappelijke congressen, beschaafde conversaties; Trumilcik, die je je alleen nog maar kon voorstellen als een sluipende maniak, een straatgriezel, verdoold in een persoonlijk labyrint van paranoia en razernij… Dat was niet mogelijk! Ik had blijkbaar te maken met iets wat ondoordringbaar mysterieus was. Mijn vader… Carol… Trumilcik… Het was of ik in alle richtingen flarden van woorden en namen uitstraalde. Elaine… Barbara Hellermann… Ketenen met ontbrekende schakels… Mijn hoofd duizelde ervan!

Ik schonk me iets te drinken in en probeerde tot rust te komen. Ik had werkstukken te beoordelen, nieuwe publicaties die ik moest lezen. Ik probeerde een uurtje of twee te werken voordat ik ging eten, maar ik was te onrustig om me te kunnen concentreren. Ik ging naar de keuken, pakte de koude restjes van een Chinese afhaalmaaltijd uit de koelkast en zette de radio aan. Een commentator sprak over de mogelijke afzetting van de president. Om voor de hand liggende redenen was dat een onderwerp dat me erg interesseerde, en ik deed mijn best om aandachtig te luisteren. Maar voordat ik zelfs maar wist aan welke kant de commentator stond, kwam er een naam in me op. Die naam verscheen met zo'n felle schittering dat ik hem hardop uitsprak:

Blumfeld!

Even later haalde ik het hele appartement overhoop. Ik maakte laden leeg, keek onder de bank, trok de nieuwe stapels rommel uit elkaar die zich als molshopen op de vloer hadden opgebouwd sinds ik voor het laatst had opgeruimd.

Als de Blumfeld-actrice (ik wist haar naam niet) inderdaad de actrice was die met Carols collega was komen dineren op de avond van dat desastreuze uitstapje naar de Plymouth Rock, leidde er van Carol naar Trumilcik, via haar collega en die actrice, een van die wichelroedelijnen van menselijk contact, en afhankelijk van je standpunt kon zo'n lijn net zo veelbetekenend of onbeduidend zijn als zijn geografische tegenhanger. Hoewel ik sceptisch tegenover zulke dingen stond, verlangde ik inmiddels zozeer naar antwoorden dat ik het als mijn plicht zag om zelfs de onwaarschijnlijkste mogelijkheid van een verklaring na te trekken.

Na een uitputtende zoekactie had ik nog steeds niet gevonden wat ik zocht. Maar ik vond wel iets anders. Het leek erop dat mijn neiging tot versprekingen en geheugenfoutjes, mijn gave op het gebied van de parapraxie, soms ook in mijn voordeel kon werken: in plaats van de faculteitstelefoonrekening met het nachtelijke gesprek weg te gooien, zoals ik had gedacht dat ik had gedaan, had ik hem blijkbaar mee naar huis genomen en zorgvuldig voor mezelf verborgen op een kastje naast mijn bureau, onder een doos met floppy's. Daar lag hij dan, alsof hij zich al die tijd in stilte had geamuseerd, wachtend tot ik hem zou ontdekken. Daar stond het nummer, en daar stond de precieze tijd waarop het was gebeld: 02:14 uur. Het telefoongesprek had nog geen minuut geduurd.

Ik draaide het nummer en er werd opgenomen door een antwoordapparaat. Er kwam geen stem, alleen een pieptoon. Ik hing op.

Ik verliet het appartement. Eerst ging ik naar het cybercafé, in de hoop de poster met de naam van de actrice nog aan de muur te zien hangen. Hij was weg. In het licht van alle verdwijningen van de laatste tijd had ik geen reden gehad om iets anders te verwachten. Ik ging weg en liep in noordoostelijke richting naar de nog niet opgeknapte blokken langs de FDR Driveway. De straten waren daar een lappendeken van keistenen en asfalt en gebarsten trottoirs die scheef stonden door vorstschade. Op een vreemde manier was dat alles wel geruststellend, alsof het in harmonie was met je eigen naderende teloorgang.

Ik had dat ook moeten verwachten: de synagogeramen, die de vorige keer alleen maar gebroken waren, waren nu dichtgetimmerd. Op de voordeur zat een zware ketting met hangslot. Ik ging de trap af naar de geblutste metalen deur van het theater in het souterrain. Er zat geen ketting op, maar de deur zat blijkbaar stevig op slot. Ik gaf er een schop tegen, meer omdat ik het gevoel had dat zo'n geblutste deur zoiets verwachtte dan om een andere reden. Tot mijn verbazing ging hij open.

Binnen was het pikdonker. Het licht van de straatlantaarns drong hierbeneden nauwelijks door. Ik bleef in de deuropening staan wachten tot mijn ogen gewend waren aan het kleine beetje licht dat nog wel binnenkwam. Links van me zag ik een zilverige penseelstreek: de kruk van de dubbele deur naar de theaterzaal. Rechts moest een rechthoek die absoluut zwarter was dan de achtergrond de tafel zijn. Ik ging een stap in die richting.

Onmiddellijk rook ik een bekende geur: de scherpe mannelijke ranzigheid die ik in Trumilciks schuilplaats had geroken. Mijn huid prikte van schrik. Ik zou me hebben teruggetrokken als ik op weg naar de tafel niet een onregelmatigheid in de rechthoekige zwartheid daarvan had gezien, precies op de plaats waar de vorige keer de stapel programma's had gelegen. Met drie snelle stappen was ik er en pakte ik iets wat inderdaad aanvoelde als het glanzende, opgevouwen papier waarnaar ik in mijn appartement had gezocht. Toen ik me omdraaide om weg te gaan, voelde ik een razende woede die vanuit de duisternis op me afkwam. Ik was me daar op een zuiver dierlijke manier van bewust, al voordat ik zag of zelfs hoorde dat de kolossale, bebaarde gestalte door de deuropening in mijn richting gestrompeld kwam. Het was de enige keer dat ik hem zag. Hij was bleek en haveloos en stonk naar verwaarlozing. Zijn grijze haar hing dicht om hem heen en zijn baard, groot als die van een rabbijn, was aangekoekt met viezigheid. Ik rende naar de deur. Toen ik dat deed, kwam iets zo hard als steen van hem vandaan gevlogen en sloeg tegen mijn gezicht. In mijn herinnering lijkt het een weloverwogen, nadrukkelijk gebaar dat een verklaring voor veel dingen geeft, samengebald in één priesterlijke beweging. Bij het verlaten van het souterrain klapte ik in mijn haast tegen de deur. Het lukte me de treden naar het trottoir op te strompelen en door te lopen tot ik besefte dat ik niet werd achtervolgd. Op dat moment zakte ik in het portiek van een appartementengebouw in elkaar, bloedend en bevend.

Ik had het papier nog in mijn hand. Het was het programma; dat had ik tenminste te pakken gekregen. *Blumfeld, een oude vrijgezel,* voor het toneel bewerkt door Bogomil Trumilcik. Met M.K. Schroeder als Blumfeld.

Schroeder... Dókter Schroeder, dacht ik, glimlachend bij de gedachte aan de cheque die ik dokter Schrever had gestuurd, maar meteen ook huiverend, want die glimlach deed mijn gezicht pijn.

Thuis vond ik haar in het telefoonboek: M.K. Schroeder, 156 Washington Avenue. Opnieuw kreeg ik een antwoordapparaat aan de lijn, al was er deze keer wel een stem te horen: *Laat na de pieptoon een boodschap voor Melody achter.* Melody... Hoe kon ik zo'n naam zijn vergeten? Melody Schroeder. Ik sprak mijn eigen naam en nummer in en vroeg haar me te bellen.

Voor de goede orde probeerde ik het andere nummer opnieuw – opnieuw tevergeefs.

De hele linkerkant van mijn gezicht was blauw. De kneuzing was gezwollen en enorm gevoelig.

9

Ik had Elaine niet meer gezien sinds de avond die we samen bij haar thuis hadden doorgebracht. Ik was haar niet uit de weg gegaan, maar ik had haar ook niet opgezocht, en ik vermoedde dat zij dezelfde houding ten opzichte van mij had ingenomen. De dingen waren een beetje moeilijk geëindigd, en we hadden allebei tijd nodig om de balans op te maken van wat er tussen ons was gebeurd.

Ik voor mij wist niet of ik dat plotselinge verlangen dat zich van me meester had gemaakt aan echte gevoelens voor Elaine moest toeschrijven, zoals ik indertijd had gedaan, of aan een meer beperkte, opportunistische vleselijke impuls.

Als ik indertijd had gedacht dat het laatste het geval was, zou ik vast niet hebben geprobeerd om de avond te beëindigen zoals ik deed, met al dat tasten en graaien. Ik deed wat ik deed omdat ik oprecht geloofde dat ik eindelijk gevoelens in mezelf had losgemaakt die Elaines gevoelens beantwoordden, en dat niets voor ons zo natuurlijk was als dat we de liefde zouden bedrijven.

Het was duidelijk dat ik me had vergist, en ik wilde de volle schuld daarvoor op me nemen, al was ik te goeder trouw geweest toen ik de fout beging. Als het om zulke dingen gaat, verkeer je altijd enigszins in onzekerheid, niet alleen over de gevoelens van de ander maar ook over die van jezelf, en tot op zekere hoogte is het altijd een kwestie van vallen en opstaan. Ik was er zeker van dat Elaine dat zou begrijpen als ze enige tijd had gehad om erover na te denken, en ik bleef optimistisch over de mogelijkheden van onze relatie.

Op de donderdag van de week daarop riep Roger onze commissie voor weer een spoedvergadering bijeen. Zena Sayeed had met Candida Johanssen gesproken, en het meisje was bereid een formele aanklacht wegens seksuele intimidatie tegen Bruno in te dienen.

Ik verwachtte Elaine daar tegen te komen, en toen ik erheen ging, was ik vastbesloten haar met een vriendelijk gezicht – zo vriendelijk als mijn gekneusde gezicht toestond – te begroeten en haar voor te stellen om na afloop te gaan lunchen, als de gelegenheid zich voordeed.

Ik was dan ook verbaasd toen ze aan het begin van de bijeenkomst nog steeds niet was komen opdagen.

Ik stond op het punt om te vragen waar ze was, maar deed dat niet. Inmiddels had ik een instinctieve voorzichtigheid ontwikkeld en pleegde ik censuur op zelfs de onschuldigst lijkende opmerking die ik wilde maken. Bovendien wilde ik, nu de linkerkant van mijn gezicht eruitzag als een plak rauwe ossenlever, geen onnodige aandacht op mezelf vestigen.

Maar de vraag werd voor me gesteld door het vijfde lid van onze commissie, een zachtmoedige bioloog die Tony Ardito heette.

'Heb je het niet gehoord?' antwoordde Roger hem. 'Haar broer belde vorige week namens haar. Ze ging hem opzoeken in Iowa en kreeg in Sioux City een auto-ongeluk. Ze ligt met hoofdletsel in het ziekenhuis.'

'O mijn god!'

'Ja. Ze is voor onbepaalde tijd met verlof.'

'Allemachtig!'

Er volgde een stilte waarin we blijkbaar stilzwijgend overeenkwamen dat het ongepast zou zijn om nog langer over ons afwezige medecommissielid te spreken, en Roger begon over de zaak waarvoor we bijeengekomen waren.

Voor de tweede keer in een week bevond ik me in een positie waarin ik me steeds minder kon concentreren op wat er aan de hand was. Het nieuws van het ongeluk, om nog maar te zwijgen van Elaines reis naar Iowa, was een schok, maar ik wist dat onder mijn eenvoudige reactie van verbazing een rusteloos, opgewonden gevoel schuilging, alsof er iets aan die informatie was waardoor ik het niet rustig in me kon opnemen. Ik voelde me net een kind dat zijn uiterste best doet om iets te geloven dat gewoon niet binnen de grenzen past van wat het geloofwaardig acht.

Eerder die week had ik iets gedaan wat ik nooit gedaan zou hebben in de tijd voordat de naam Trumilcik in mijn bewustzijn binnenkwam: ik had in de Gouden Gids bij de privé-detectives gekeken die me misschien aan een naam en een adres bij het vanuit mijn kamer gebelde nummer konden helpen. Alleen al die lijst van namen: de Schildwachten en Strijders, de Bureaus, Ondernemingen, Netwerken en Vennootschappen, met de kernachtige beschrijvingen van hun diensten – *Digitale leugendetectie, Bewapende agenten (mannen en vrouwen), Huwelijksvooronderzoek, Onderzoek naar kindermeisjes* – had me het gevoel gegeven dat ik in een wereld terechtkwam waar alles uit een horrorfilm afkomstig leek te zijn, net als de oude, verwaarloosde gebouwen waarin ik werkte. Een ogenblik geloofde ik dat ik er uiteindelijk toch beter aan zou doen Trumilcik en al zijn manoeuvres te negeren, al zijn briefjes en geschenken, zijn kinderachtige, wraakzuchtige bemoeienissen, dus dat ik gewoon door moest gaan met leven alsof hij niet bestond. Niets windt een bullebak meer op dan tekenen van onderwerping bij zijn slachtoffer, en als ik mijn leven door Trumilciks daden liet bepalen, was dat onderwerping. Ik wilde net het telefoonboek wegleggen, toen ik mijn gekneusde gezicht in de spiegel zag, en opeens was het of al het latente geweld dat als een donkere mist om Trumilciks manifestaties leek te hangen zich in één dreigende wolk van kwade bedoelingen had samengepakt, en ik besefte dat ik er in dat stadium wel degelijk goed aan zou doen om zoveel mogelijk initiatieven te ontplooien.

De man die bij Crane, Coleman Associates – een naam die ik koos omdat hij relatief neutraal was – had opgenomen, had geruststellend zakelijk geklonken. Het was niet moeilijk om een naam en adres bij een telefoonnummer te vinden, en hij noemde een redelijk klinkende prijs.

Ik gaf hem het nummer en de gegevens van mijn creditcard. Even later belde hij terug en zei dat het een geheim nummer was en dat de klus daardoor duurder was. Hij noemde een prijs die vier keer zo hoog was als de eerste prijs. Met tegenzin, en met het gevoel dat ik misschien werd beetgenomen, zei ik dat hij verder kon gaan. De volgende morgen belde hij om te zeggen dat hij het adres had gevonden. Zijn stem had een vreemde, zalvende klank die ik nog niet eerder had gehoord. Met het oog op de aard van het adres, had hij gezegd, moest hij zijn honorarium met nog eens tweehonderd dollar verhogen.

Ik zei tegen hem dat ik het niet begreep.

'Laten we zeggen dat u betaalt voor het risico dat wij hier met onze vergunning lopen, meneer Miller, en, eh, u zult zelf ook een zekere mate van vertrouwelijkheid moeten garanderen.'

'Ik begrijp het nog steeds niet.'

'Het is een opvangtehuis, meneer Miller,' zei hij, 'voor slachtoffers van huiselijk geweld. Zulke tehuizen proberen hun adres angstvallig geheim te houden.'

Ik had wat tijd nodig gehad om te begrijpen dat ik werd gechanteerd. Bijna slaakte ik een kreet van woede en verontwaardiging, maar opnieuw had mijn nieuwe instinct voor voorzichtigheid, als een onzichtbare muilkorf, me mijn mond laten houden. Ik kon altijd nog een klacht indienen. Ik kon een brief schrijven aan een of ander orgaan dat toezicht hield op die detectivebureaus, wanneer deze hele onaangename kwestie voorbij was en niemand mijn belangstelling voor het adres van zo'n opvangtehuis aan verkeerde bedoelingen kon toeschrijven.

'Goed,' snauwde ik. 'Ik betaal dat extra bedrag.'

Hij gaf me het adres. Ik keek op een kaart en zag dat de plaats waar het zich bevond – een plaats die Corinth heette – meer dan tweehonderd kilometer van New York vandaan lag. Maar nu ik zoveel moeite had gedaan en al dat geld had uitgegeven om daarachter te komen, was ik in een vreemd soort inertie vervallen, alsof ik geen belang meer bij mijn eigen zelfbehoud had, en ik had niets met de informatie gedaan.

Maar nu ik hier op deze bijeenkomst was en het nieuws van Elaines verdwijning door mijn hoofd spookte, vond ik het weer vreemd van mezelf dat ik niet ieder spoor volgde dat me meer informatie over Trumilcik zou kunnen opleveren. Om redenen die ik nog niet helemaal onder woorden kon brengen kwamen die twee ontdekkingen – Elaines ongeluk (haar verméénde ongeluk, noemde ik het al) en Trumilciks connectie met een opvangtehuis voor slachtoffers van huiselijk geweld – in mijn hoofd samen en joegen me daar een angst aan die me tot actie aanspoorde. Het leek me nu een goed idee om een bezoek aan dat opvangtehuis te brengen. Minder duidelijk was hoe ik daar binnen kon komen en wat ik zou doen als me dat lukte.

De commissiebijeenkomst – in feite een ontslagprocedure – ging als een gedempte droom aan me voorbij, zozeer werd ik door mijn gedachten in beslag genomen. De aantekeningen die ik maakte, waren ongetwijfeld nauwgezet als altijd, maar ik was me nauwelijks bewust van wat ik op papier zette. Van de confrontatie met Bruno herinner ik me weinig meer dan dat hij hooghartig weigerde zich tegen Candida Johanssens beschuldigingen te verdedigen. Verder liet het hem blijkbaar koud dat er een eind aan zijn carrière dreigde te komen (er zat een zekere Britse zelfbewustheid in zijn laconieke houding, had ik nog gedacht, alsof hij zich Raleigh in de Tower voelde, of sir Thomas More die op het schavot onverstoorbaar zijn eigen blinddoek vastmaakte: *zorg dat ik veilig naar boven ga, en laat me, als ik naar beneden kom, zelf bepalen wat ik doe…*).

Maar ik kan me zijn fysieke aanwezigheid in die kamer nog wel levendig voor de geest halen. Hij droeg zijn dikke zwarte jas, die met de split aan de achterkant, en hij weigerde die jas uit te trekken. Zijn lange benen – achterbenen, noemde ik ze onwillekeurig – waren gehuld in nauwsluitende zwarte broekspijpen, die hem zo nauw omsloten als een zestiende-eeuws wambuis met pofbroek. Het ontbrak hem alleen nog aan een broekklep. Het viel me op dat er zelfs iets onfatsoenlijks aan zijn gezicht was. Hoe knap het ook was, juist die aantrekkelijkheid maakte dat je je ogen wilde afwenden, alsof je nadat je eerst door zijn knappe trekken was aangelokt, plotseling besefte dat je naar een lichaamsdeel keek dat afgedekt had moeten worden. Ik dacht aan de vorige bijeenkomst, hoe ik toen met mijn ene hand aantekeningen had gemaakt en met mijn andere hand zachtjes Elaines dij had gekneed onder de tafel, en ik vond het ironisch dat ik aan de ene kant van deze tafel had gezeten en me door fatsoensnormen gedwongen had gezien een volkomen legitieme, met wederzijds goedvinden voltrokken handeling verborgen te houden, terwijl Bruno aan de andere kant zat en openlijk die naakte bundeling van zintuiglijke organen had mogen vertonen die als je er langer dan een ogenblik naar keek, de belichaming van een obsceen voorstel bleek te zijn. Nu ik aan hem terugdenk, heb ik meer dan ooit het gevoel dat het goed was dat we op grote schaal de typische mannelijkheid hebben verworpen, een ontwikkeling die veel mensen in de academische wereld als de grootste bijdrage van de humaniora in onze tijd beschouwen. Mannelijkheid in zijn oude, woeste, kwaadaardige gedaante, bedoel ik dan; onaangepaste mannelijkheid die niets meer dan zijn eigen onvermijdelijke ondergang waardig is. Ik kon bijna een harige staart uit de split tussen Bruno's jaspanden zien zwaaien toen hij de kamer uitliep...

In de deuropening draaide hij zich naar mij om.

'Hoe ben je aan dat blauwe oog gekomen, Lawrence? Ben je door iemand aangevallen?'

'Ik ben uitgegleden op ijs,' mompelde ik in antwoord op het eerste deel van zijn vraag. Het tweede deel begreep ik niet.

Verrassend genoeg hielpen Bruno's woorden me een heel eind verder. Door me aan mijn uiterlijk te herinneren terwijl ik door al mijn andere gedachten in beslag werd genomen, brachten ze me op een idee dat anders misschien niet in me opgekomen zou zijn.

Toen ik na de bijeenkomst naar mijn kamer terugging, deed ik de deur achter me op slot en maakte ik de kast open. Daar, aan het haakje, hingen Barbara Hellermanns kastanjebruine baret en haar stomerijgoed.

Ik pakte de baret en zette hem op mijn hoofd.

Hoe eenvoudig dat gebaar ook was, het gaf me een vreemd opgewonden gevoel, alsof een kleine bijstelling van een telescopisch instrument opeens een compleet nieuw melkwegstelsel van mogelijkheden in beeld had laten komen.

De baret paste me goed. Hij voelde warm en erg comfortabel aan. Ik zag in de spiegel dat hij goed op mijn sluike blonde haar bleef zitten en er nauwelijks vreemd uitzag. Met mijn hoge jukbeenderen en gladde kin zag ik eruit als een filmactrice uit de jaren veertig, en mijn gekneusde gezicht en blauwe oog deden eigenlijk helemaal geen afbreuk aan dat effect. Ik zou voor een vrouwelijk lid van het Franse verzet kunnen doorgaan, dacht ik, iemand die heroïsch standhoudt als ze door de Duitsers is geslagen.

Of ik kon voor een moderner soort heldin doorgaan: een mishandelde vrouw bijvoorbeeld, die eindelijk de moed had verzameld om haar agressieve man te ontvluchten.

Ik ging naar de kast terug om haar stomerijgoed te pakken. Onder de hoes zag ik een geelbruin wambuisachtig jasje met een gewatteerde voering, en een bruine rok van dikke wol.

Toen ik die kledingstukken in mijn aktetas deed, samen met de kastanjebruine baret, kwam er een krachtige, bijna uitbundige doelbewustheid over me. Ik had het gevoel dat ik eindelijk in de aanval ging.

Thuis draaide ik het nummer van het opvangtehuis. Net als de vorige keren nam het antwoordapparaat op.

Ditmaal sprak ik een boodschap in.

10

Het had 's nachts gesneeuwd, maar nu regende het. Het verkeer dat massaal van de Port Authority kwam, siste door het slik langs de West River, die nagenoeg verstopt zat met zijn eigen verkeer van modderkleurige brokken ijs ter grootte van auto's.

Ik zat in een Trailways-bus en was op weg naar Corinth.

Ik droeg Barbara's kleren, samen met een polotrui, een paar damesschoenen en een wollen maillot die ik had gekocht om de outfit compleet te maken. In mijn eerste opwinding over dit plan had ik aangenomen dat het iets was wat ik, uitgerekend ik, moest kunnen uitvoeren zonder dat het ten koste van mijn geestelijke gezondheid ging, ja zelfs met een zeker professioneel enthousiasme. Ik had tegen mezelf gezegd dat een reis in vrouwenkleren een leerzame – een enorm stimulerende – ervaring was. Misschien zou ik zelfs mijn mannelijke studenten voorstellen het als oefening te doen. Ik herinnerde me gelezen te hebben dat Siberische sjamanen op hun reis naar het geestenrijk soms een symbolische verandering tot vrouw ondergaan. Misschien zou ik net als zij met genezende of profetische visioenen terugkomen, of als Teiresias met een volledig begrip van wat het was om menselijk te zijn.

Ik was voorbijgegaan aan de ontzaglijke weerstand van onze eigen onbewuste vooroordelen – onze sekseziel, als ik het zo mag noemen – tegen een dergelijke verstoring. Toen ik in die kleren de straat opging, had ik plotseling het gevoel dat ik van binnen als een kaartenhuis in elkaar stortte. Het was bijna een gevoel van schaamte, alsof ik gedwongen werd deze lange bruine rok en deze pumps met chromen gespen te dragen, alsof het een straf was voor een misdrijf dat ik zonder het te weten had begaan.

Toen ik Avenue A was ingelopen, had ik meneer Kurwen met een zwart lapje over zijn ontbrekende oog naar me toe zien komen. Zodra ik hem zag, was het of al mijn overgebleven kracht uit me wegtrok. Ik vond het erg belangrijk om niet door hem herkend te worden. Hoewel ik wist dat het rationeel en noodzakelijk was wat ik deed, voelde ik me niet opgewassen tegen de woeste hilariteit die mijn gedaanteverandering bij zo'n man zou opwekken. Zijn goede oog keek me indringend aan toen we elkaar naderden. Ik weet niet of hij me herkende, maar een ogenblik voelde ik me in een hoek gedreven en volslagen weerloos.

Bij de Port Authority was ik onwillekeurig de herentoiletten binnengegaan om te pissen. Een man in een pak, die zijn gulp nog aan het sluiten was toen hij zich van het urinoir afwendde, had me geschrokken aangekeken. Toen ik mezelf in de spiegel zag, besefte ik dat hij naar een vrouw met een kastanjebruine baret keek die blijkbaar op het punt stond naar de urinoirs te lopen, en ik trok me vlug in de damestoiletten terug. Ik voelde me hevig ontdaan en opnieuw op een vreemde manier ook vernederd. In de damestoiletten had een oude dame met wit haar meelevend in de spiegel naar me gekeken. 'Vriendje?' had ze gemompeld, wijzend naar mijn blauwe plekken. Ik aarzelde even en knikte toen. Ze zuchtte en schudde haar hoofd.

Daarna voelde ik me nog beroerder. Los van het feit dat ik misbruik had gemaakt van het medegevoel van die vrouw, had ik het gevoel dat ik me het leed van vrouwen als het ware had toegeëigend, en dat maakte de realiteit van wat ik deed alleen maar intenser. Aan mijn algehele somberheid was nog een nieuw, erg specifiek soort demoralisering toegevoegd: ik was zojuist het personage geworden dat ik speelde. Ik was een mishandelde vrouw.

Over de brug en het hele eind over de Palisades liet de regen het verkeer in hetzelfde trage begrafenistempo rijden. We denderden de Thruway op. Er verschenen bergen. Op die bergen was alleen de eindeloos voortrollende rook van winterbomen te zien, nauwelijks te onderscheiden van de wolken erboven of de grijze explosies van regen ertussenin.

De uitgestrektheid van Amerika, de enorme ruimten waarin je bestaan geen enkele betekenis voor iets of iemand lijkt te hebben, is op zulke momenten bijna niet te bevatten. Als je alleen bent, voel je je eenzaamheid als een bijna fysieke last. Een acuut heimwee krijgt je te pakken, ook als je, zoals ik, zonder de ballast van een echte plaats van herkomst door het leven gaat. Toen ik daar door de regen reisde, gekleed als vrouw, met een gehavend gezicht, van een plaats waar ik bijna geen menselijke contacten meer over had naar een plaats waar ik helemaal geen contacten had, leek het me allemaal zo erbarmelijk. Er was een zekere marge van tolerantie, dacht ik, een elastische limiet die zich vanuit het warme centrum van de menselijke samenleving uitrekt en op een gegeven moment niet verder kan. Ging je eroverheen, dan kon je er niet op rekenen dat je terug kon. En het hoefde niet de samenleving te zijn die je dan buitensloot. Het kon ook iets in jezelf zijn, een niet te assimileren nieuwe eigenheid die je, in je eigen ogen, ongeschikt maakte voor het gezelschap van je medemensen.

Toen de bus een rustpauze hield op Route 9 – bij een tempel van commercie die de zintuigen belaagde, met op de achtergrond een woud dat uit de oertijd leek te stammen – zat ik met een kop galkleurige koffie door de verregende ruit te kijken. Ik dacht dat ik uit mijn leven kon stappen zonder dat er zelfs maar een rimpeling te zien was; ik kon gewoon opstaan en dat bos van druipende eiken en dennen inlopen, en verdwijnen… Dat idee was aanlokkelijk, bijna geruststellend. Ik zag al voor me dat ik me daar ergens schuilhield, in een vochtige grot of zelfgebouwde hut ineengedoken boven een rokende hoop dode bladeren…

Die mijmering stond blijkbaar in verband met een diepe wens of fantasie. Ik ging er zo in op dat de stem die ik naast me hoorde pas na enkele pogingen tot me doordrong.

'Mevrouw, we kunnen weer vertrekken. Mevrouw?'

Ik draaide me om en zag dat het de stem van de buschauffeur was, en dat ze tegen mij sprak.

'Sorry,' mompelde ik.

'O, dat geeft niet.' Ze glimlachte naar me. Haar blik bleef even op mijn gekneusde wang rusten.

Ik volgde haar naar de bus terug. Toen ik door de regen over het parkeerterrein liep, keek ik of mijn rok wel goed hing.

Twee uur later kwamen we bij een kleine stad op een vlakte, met grillige heuvels op de achtergrond. Een watertoren in de vorm van een gigantische omgekeerde traan had het opschrift 'CORINTH'.

Op het busstation bleef een kleine, dikke man met een snor bij mijn plaats staan toen ik naar mijn koffer reikte.

'Zal ik u helpen, mevrouw?'

Ik dacht dat ik minder zou opvallen wanneer ik zijn aanbod accepteerde dan wanneer ik weigerde.

'O... Dank u.'

Hij tilde de koffer uit het rek en stond erop hem voor me de bus uit te dragen.

'Waar gaat u heen?'

Ik maakte mijn paraplu open en vroeg me daarbij af of er een speciale manier was waarop vrouwen dat deden.

'Naar het huis van mijn vriendin,' zei ik.

'Welk deel van de stad? Ik kan u een lift geven.'

'Nee, dank u, dat hoeft niet.'

'Echt waar – dat wil ik best doen.'

'Nee, dank u, echt niet. Ik neem een taxi.' Ik wendde me van hem af.

'Hé, wacht...'

Hij bewoog zijn vinger voor me heen en weer. Zijn kleine oogjes twinkelden ondeugend. Ik dacht dat hij mijn vermomming had doorzien en dat ik nu publiekelijk zou moeten bewijzen dat ik een vrouw was.

Maar het enige dat hij zei, was: 'U bent een Engelse, nietwaar?'

Opgelucht bekende ik dat ik dat was.

'Ik heb een neef in Dorsetshire.'

'O.'

'Kent u die omgeving?'

'Een beetje.'

'Hij is monteur. Russell Thorpe. Russ Thorpe?'

'Ik… Ik ken hem niet.'

'Jammer. Ik denk dat u hem aardig zou vinden. Zeg, zullen we iets gaan drinken? Gewoon, u weet wel, ergens in een bar, een paar cocktails?'

Hij was heel vriendelijk, zelfs vrolijk. Blijkbaar was hij zich, zoals veel dikke mannen, zeer bewust van zijn enigszins komische wanstaltigheid. Maar ik had verrassend veel moeite met zijn veronderstelling dat hij zomaar tegen me kon praten, dat hij me kon voorstellen wat ik moest doen.

'O… Nee… Ik moet naar het huis van mijn vriendin.'

Ik lachte hem vriendelijk toe en liep vlug weg.

'Wat is er, vind je me te mager?' hoorde ik hem grinnikend roepen toen ik op zoek ging naar een taxi.

Het opvangtehuis lag in een stille straat met vervallen oude herenhuizen. Het verkeerde in een betere staat van onderhoud dan de meeste andere huizen, met warme, mosterdgele overnaadse planken en een rood dak dat er nieuw uitzag. Aan weerskanten stond een hoge schutting die een achtertuin omgaf vanwaar ik de stemmen hoorde van kinderen die in de motregen speelden. Je kon nergens aan zien dat het een opvangtehuis was, totdat je de treden naar de voordeur beklom en een bewakingscamera in een stalen kooi naar je zag staren.

Ik drukte op de zoemer en liet mijn gezicht aan de camera zien. De zware deur ging met een klik open en ik droeg mijn koffer een warme hal met veel licht in. Het rook daar naar boenwas en schoon wasgoed.

Wandelwagens en stevige schoenen stonden netjes in een rij langs de muur, en boven de trap hing een kindercollage van een regenboog waaraan in letters van aluminiumfolie het woord WELKOM bungelde.

Een vrouw stond boven aan de trap en lachte me toe.

'Marlene?'

Ik knikte. In het korte gesprek dat ik de vorige dag had gevoerd met de vrouw die mijn telefoontje had beantwoord, had ik gezegd dat ik Marlene Winters was.

'Kom boven. We verwachtten je al. Ik ben Josephine.'

Ik ging de trap op en Josephine omarmde me vluchtig en keek

naar mijn gekneusde gezicht. Er ging een huivering van medeleven door haar heen, maar meteen daarop glimlachte ze weer.

'Wil je daar iets voor hebben, meid? Een ijszak misschien? Weet je dat zeker? Ik wil er best een voor je maken…'

Ze leidde me een kantoor in, waar ik valse informatie op een formulier invulde en ervoor tekende dat ik het adres van het opvangtehuis nooit aan iemand zou doorgeven.

'We hebben allerlei vormen van therapie en juridisch advies voor je als je eraan toe bent,' zei Josephine, 'maar ik denk dat je op dit moment waarschijnlijk vooral eens goed wilt uitrusten. Heb ik gelijk of niet?'

Ik knikte. Hoewel ik had geoefend om met een hogere stem dan normaal te praten, leek het me verstandig om zo min mogelijk te zeggen.

'Ik zal je je kamer laten zien.'

Ze leidde me door een gemeenschappelijke ruimte waar een stuk of zes gekneusde en gehavende gezichten naar me opkeken. Op dat moment verloor ik bijna de moed. De reden van mijn komst dreigde bijna onder te gaan in de overstelpende realiteit van het tehuis zelf. Ik hield mijn hoofd gebogen en verschrompelde als het ware in mezelf, alsof ik me onzichtbaar kon maken.

We gingen nog een trap op en liepen door een gang.

'Hier slapen de bewoners zonder kinderen. We noemen het de vredeszone. Het andere gedeelte noemen we de gevechtszone. Dan weet je wat mensen bedoelen als je die woorden hoort!'

Ze opende de deur van een kleine kamer met een smal bed en een raam dat uitkeek op de achtertuin. In de tuin zag ik de kinderen die ik al had gehoord. Ze speelden op een paar schommels.

'Het stelt niet veel voor, maar…'

'Het is perfect,' zei ik.

'Zuster Cathy komt later. Ze is de directeur. Vanavond is het groepsavond. We eten allemaal met elkaar, en dan… Nou, je zult het wel zien. Het is bijzonder.'

Ze liet me de badkamer zien die ik met de andere kinderloze vrouwen moest delen.

'Roep me gerust als je nog iets anders nodig hebt,' zei ze toen ze met een vriendelijk glimlachje wegging. Ze was een jaar of vijftig, een moederlijke vrouw met een houding alsof ze bewust had besloten om onder de vlag van absoluut vertrouwen door het leven te gaan. Al was ik daar met baardstoppels en haar uit mijn oren en neusgaten komen aanzetten, dan nog zou ze me met diezelfde argeloze warmte hebben ontvangen.

Eenmaal alleen, besefte ik dat ik doodmoe was. Ik ging op het bed liggen en deed mijn ogen dicht, maar mijn hart begon meteen te bonken en ik wist dat ik niet zou kunnen slapen.

Op een plank bij het bed lag een aantal pamfletten. Ik pakte ze op en keek ze door. Er was informatie over de procedure om een straatverbod afgekondigd te krijgen. Er was een *Handboek huiselijk geweld* met een 'geweldswiel' dat de acht stadia van emotionele mishandeling tot fysiek geweld liet zien. Er was een vragenlijst van de politie: Brengt uw partner u in verlegenheid in het bijzijn van andere mensen? Kleineert uw partner uw prestaties? Spreekt hij zichzelf voortdurend tegen om u in verwarring te brengen? Gebruikt hij geld als middel om macht over u uit te oefenen? Houdt hij u na een woordenwisseling vast om te beletten dat u weggaat? Dwingt hij u met fysiek geweld om te doen wat u niet wilt doen? Er was een boekje met de titel *Je bent niet alleen*, met verhalen van mensen die huiselijk geweld hadden ondergaan. Melinda was bewusteloos geslagen toen haar man vuile borden in de gootsteen zag liggen. Janice was in haar buik geschopt nadat een vriendje van vroeger op bezoek was geweest. Meekahs arm was gebroken toen zij en haar verloofde ruzie kregen over hun trouwplannen.

Ik legde de pamfletten op de tafel terug. Ik voelde me beroerd. Plotseling was ik me ervan bewust dat ik hier een indringer was. Mijn plan, dat me geheel en al redelijk had geleken, kwam nu als pure dwaasheid op me over. Zo begon het me te dagen dat ik er niet zomaar achter zou komen met welke van de hier aanwezige vrouwen Trumilcik had gebeld, laat staan dat ik haar vertrouwen kon winnen en meer over hem aan de weet kon komen. Daar zou heel wat meer voor nodig zijn dan de paar slimme, terloopse opmerkingen waarvan ik in mijn optimisme had gedacht dat ze genoeg zouden zijn.

Ik begon me af te vragen of deze trip wel echt demonstreerde dat ik het initiatief kon nemen tegen Trumilcik. Misschien bewees ik hiermee alleen maar dat ik volledig in zijn macht was geraakt. Dat zou in ieder geval het vreemde gevoel verklaren dat ik had gehad sinds ik op weg was gegaan, het gevoel dat ik onder grote druk stond en me aan een vreemde rituele vernedering overgaf.

Ik ging op het bed zitten en keek door het raam naar de kinderen die in de tuin speelden, dik ingepakt in hun kleine verbleekte parka's en wanten. Twee jongens zwaaiden verwoed heen en weer op de schommels, terwijl een peuter van de een naar de ander rende, zwaaiend met een plastic schop en jengelend om aan de beurt te komen. Een klein meisje ging de glijbaan af en rende naar de trap terug om weer naar boven te klimmen en opnieuw naar beneden te glijden. Ze deed dat keer op keer, met een grimmige vastbeslotenheid. Ze rende van de onderkant van de glijbaan naar de trap terug zonder daarbij te lachen en zonder even stil te staan om van het plezier van de afdaling te genieten. Een vrouw in een suède jas stond naar haar te kijken en nam met dezelfde intense, vreugdeloze begeerte trekjes van een sigaret. De peuter begon in zijn ergernis met zijn schop naar een van de jongens op de schommels te slaan. De jongen schopte hem achteloos in zijn gezicht, zodat hij languit in de modder viel en verdwaasd om zich heen begon te kijken.

Ik ging weer op het bed liggen. Ik keek naar het plafond en luister-de naar het tikken van de buizen in de muur, totdat Josephine op de deur klopte. We gingen naar beneden voor het eten.

We aten aan twee grote tafels, moeders, kinderen en alleenstaan-den allemaal door elkaar. Het eten was eenvoudig en voedzaam, en een aantal minuten bestond de conversatie uitsluitend uit waarderende opmerkingen aan het adres van de twee vrouwen die het hadden klaargemaakt. Toen een van hen de lofprijzingen probeerde af te weren door te zeggen dat de macaroni te droog was geworden, wees zuster Cathy, de directeur van het opvangtehuis, haar op milde wijze terecht: 'Chantal, vind je echt dat de macaroni te droog is?'

De vrouw keek haar een ogenblik onzeker aan en begon toen te grijnzen.

'Nee. Je hebt gelijk, zuster Cathy. De macaroni is perfect en ik ben er trots op. Dus willen jullie nu allemaal je kop houden en eten!'

Iedereen lachte, en de kamer vulde zich met de stemmen van vrouwen en kleine kinderen. Ik zat stilletjes te glimlachen en te knik-ken en at mijn eten met, naar ik hoopte, een geloofwaardige vrouwe-lijke gratie. Mijn buurvrouwen waren vriendelijk zonder bemoeie-rig of bazig te zijn. Het was hier blijkbaar de regel dat als je wilde praten, je iets over jezelf vertelde, maar geen vragen stelde of met iets anders dan een bevestigend woord of een hoofdknikje reageerde.

Zuster Cathy zat aan het hoofd van mijn tafel, een eind van me vandaan. Ze was een fors gebouwde vrouw van in de dertig en droeg een golvende rode jurk. Hoewel ze niet direct aantrekkelijk was, tenminste niet in conventionele zin, had ze het soort uiterlijk dat je automatisch in haar richting liet kijken. Haar ogen waren blauw en indringend. Haar donkere haar glansde in dichte weelderige golven in het elektrische licht. Haar mond was stevig maar niet stijf, met volle lippen die op een ontwikkelde, beteugelde sensualiteit wezen. Ik lette erop dat ik niet vaker in haar richting keek dan natuurlijk zou lijken.

Na het eten bracht Josephine de kinderen naar boven. De rest van ons ging naar de huiskamer, waar we met koppen kruidenthee op de banken en stoelen zaten. Zuster Cathy deed de gordijnen dicht en stak kaarsen en wierook aan. Ik keek naar haar terwijl ze door de kamer liep en het warme gele licht van kaars tot kaars verspreidde. Haar schouders en taille waren nogal vlezig, maar ze had een waardige, bijna vorstelijke houding en wekte de indruk dat het juist koninklijk was om met een zekere overtollige lichaamsmassa door het leven te gaan.

Toen ze ging zitten, pakten we allemaal elkaars hand vast en zaten we een tijdlang zwijgend bij elkaar.

Ik zat op een bank naast een jonge vrouw in een spijkerjasje in jaren zeventig-stijl, met brede revers van fleece. Ze had een ketting om haar hals heen laten tatoeëren. Ze keek me met een vriendelijk glimlachje aan en fluisterde dat ze Trixie heette. In de stoel aan de andere kant van mij gaf een grote, vermoeid uitziende vrouw een sombere baby de borst. Boven de hand die ze naar me uitstak, zat een spalk over de hele lengte van haar onderarm. Ik kneep zo zacht mogelijk in de hand.

Ik herinner me de hyperalerte staat waarin ik verkeerde toen ik besefte dat de vrouwen verhalen over zichzelf gingen vertellen: ik had plotseling het gevoel dat mij een onverwachte buitenkans werd geboden en dat ik aandachtig moest luisteren. Ik herinner me de magnetische, statige zuster Cathy op haar houten stoel, haar jurk die in plooien over haar knieën hing, haar brede gezicht dat een gouden glans leek te hebben in het licht van de bevende kaarsvlammen. En ik herinner me de vrouwen. Het kunnen er niet meer dan een stuk of tien zijn geweest, maar achteraf lijkt het of die kamer, met de geur van wierook, veel groter was, en overvol, alsof hij bevolkt werd door de gewonde zielen van half de vrouwelijke mensheid. Ze spraken om beurten, sommigen in tranen, anderen afstandelijk en met droge ogen. Sommigen vertelden alleen over episoden uit hun leven, anderen vertelden tot in details over een relatie. Er waren gedichten, verhalen, anekdotes, abstracte overpeinzingen. Als een vrouw had gesproken, was er gelegenheid om te discussiëren, opmerkingen te maken of, in veel gevallen, de vrouw alleen maar meelevend te omhelzen.

Hoe moeilijk het ook was om niet overstelpt te worden door al het verdriet daar in die kamer, ik probeerde toch goed op te letten en me te concentreren op dingen die misschien iets te maken hadden met degene om wie het me begonnen was.

Ik ving een zweem van hem op bij de eerste die sprak, een magere vrouw met een wandelstok, die een nogal wrang verhaal vertelde over een ex-man die geen alimentatie betaalde, een huwelijksaanzoek dat een buitenlander haar had gedaan om aan een verblijfsvergunning te komen, een financiële regeling die 'wazig aan de randen was geworden', een poging om 'me terug te trekken', een uitbarsting van absurde jaloezie en bezitsdrang, geweldpleging, en ten slotte een dramatische ontsnapping door het raam van een appartement in Brooklyn toen de man de deur had ingetrapt. *Trumilcik*, had ik gedacht, en ik stelde me voor dat de maniakale figuur die ik in het souterraintheater had gezien de deur van die vrouw had ingetrapt. Maar even later meende ik een al even geloofwaardig verhaal over mijn tegenspeler te horen, ditmaal in zijn hoedanigheid van schuinsmarcheerder: een vrouw las een komisch rijmpje over een 'man van liegen en bedriegen' voor, wiens opvatting van het huwelijk inhield dat hij zijn vrouw er als schoonmaakster op uitstuurde, terwijl hij haar loon besteedde aan vrouwen die hij in clubs en bars had opgepikt.

Op een dag waagde ze het om te klagen
En toen heeft hij haar neus aan barrels geslagen...

'Dat is een duidelijke manier om onze woede onder controle te krijgen, nietwaar?' zei zuster Cathy. 'Door er iets lachwekkends van te maken.'

Maar zodra ik had besloten om na afloop van deze bijeenkomst een gesprek met die vrouw te beginnen, was al een andere bewoonster, tenger en met grote, waterig blauwe ogen, uit haar stoel gekomen om aan een opsomming te beginnen die ze de titel 'De wapens noemen' had gegeven. Met een bevende, monotone stem somde ze de geweldsuitbarstingen van haar vriend op, waarbij ze ook het wapen noemde dat hij bij elke aanval had gebruikt. *In de ochtend, oktober*, begon een van de punten op haar lijst, *nadat ik heb gebeld met mijn zuster Jean in Poughkeepsie, van wie hij weet dat ze mij probeert over te halen om bij hem weg te gaan. Het wapen: een metalen staaf.* En onmiddellijk leek het weer of ik een glimp van Trumilcik opving...

Te veel aanwijzingen... Dat was wel het laatste dat ik had verwacht! Het was nog verbijsterender dan wanneer ik helemaal geen aanwijzingen zou hebben. Het was of de verschillende aspecten van het beeld dat ik me van Trumilcik had gevormd gelijkelijk over de aanwezigen in die kamer waren verdeeld. Een bekende sfeer van verwaarlozing klonk door in het nogal onsamenhangende verhaal van een vrouw met een rood gezicht, een voormalige dakloze, die belaagd was door een dakloze man die ze in een gemengd opvangcentrum in Rockland County had ontmoet... Toen sprak een ontwikkelde Aziatische vrouw met een timide stem over haar rampzalige relatie met een man die haar het toonbeeld van goedheid en beschaving had geleken, nog wel een hoogleraar aan de universiteit, totdat hij zijn baan verloor, begon te drinken en haar op een avond ook begon te schoppen en te stompen, waarna ze op een gegeven moment met drie gebroken ribben en een bekkenfractuur in het ziekenhuis terechtkwam. Opnieuw dacht ik onwillekeurig: *Trumilcik*...

'En jij, Marlene?' vroeg zuster Cathy aan mij, toen het mijn beurt was. 'Is er iets wat je ons zou willen vertellen?'

Ik herinnerde me het gevoel dat ik had gehad toen ik meneer Kurwen zei waar het op stond, en een ogenblik stelde ik me voor dat ik gewoon zou opstaan, er rond voor uit zou komen dat ik een man was, me verontschuldigde omdat ik op die manier bij hen was binnengedrongen, en zonder omhaal vroeg of iemand van hen een zekere Bogomil Trumilcik kende.

Maar opnieuw kreeg mijn voorzichtigheid de overhand.

'Ik ben nog... Ik ben nog een beetje beduusd van alles,' zei ik zwakjes.

'Natuurlijk.'

Trixie, het meisje naast me, pakte mijn hand vast. 'Arm ding,' fluisterde ze. Ze schoof wat dichter naar me toe en gaf een kneepje in mijn hand. Ze rook naar kauwgom en patchoeli. Het was een vreemd, pijnlijk genoegen om een vrouwenlichaam tegen me aan te voelen. Ik lette erop dat ik mijn handen aan weerskanten van me op de bank hield. Toen ze me had losgelaten, zag ik dat zuster Cathy nog naar me keek. Haar ogen waren lang en smal en zaten met curven als wilgenbladeren boven de hoge, bijna horizontale vlakken van haar jukbeenderen. Het was of er een felle, sensuele warmte van uitging. Toen ze bleef kijken, realiseerde ik me tot mijn schrik dat ik ging blozen. Ik leunde op de bank achterover en begon ijverig van mijn thee te drinken, in de hoop dat ik het rode vuur kon verbergen dat over mijn gezicht omhoogrende. Maar ik was lichtgevend geworden: ik voelde het. Mijn hele hoofd pulseerde als een lichtbaken.

Kort daarna was de bijeenkomst afgelopen. Ik ging regelrecht naar mijn kamer, te zeer van streek om die avond nog aan het doel van mijn bezoek te werken.

Na een paar minuten werd er op de deur geklopt. Ik deed open en zag zuster Cathy staan.

'Mag ik binnenkomen?'

Ze deed de deur achter zich dicht, ging bij me staan en keek me zwijgend aan. Ik keek terug en wist niet wat ik moest zeggen. Ik had alleen het gevoel dat ik de dingen zo langzamerhand niet meer onder controle had.

Na een tijdje zei ze: 'Ken je de wetenschappelijke verklaring van blozen?'

Ik schudde mijn hoofd.

'Het is een evolutionaire anomalie. Het wordt beheerst door een deel van de geest dat eerder op de belangen van de sociale groep reageert dan op die van de eigen persoon. Het waarschuwt mensen voor het feit dat zich iets verborgens in hun midden voltrekt.'

Al haar gelaatstrekken, zag ik, waren een beetje te groot – haar lange ogen en volle lippen, de hoge, gladde vlakken van haar wangen. Ze was net een beeld dat was gemaakt om van veraf te worden gezien. Van zo dichtbij ging er iets overweldigends van haar uit.

'Verberg je iets, Marlene?'

'Ik dacht dat het met seks te maken had – blozen,' zei ik, een poging om mijn nervositeit achter een losse opmerking te verbergen.

Er kwam een cynisch glimlachje op haar lippen.

'Je voelt je tot mij aangetrokken?'

Ik haalde mijn schouders op. 'Misschien...'

De glimlach bleef.

'Nou, ik ben een non,' zei ze. 'Ik heb een kuisheidsgelofte afgelegd.'

Ik zei niets.

'Ik ben ook heteroseksueel,' voegde ze eraan toe.

'Ja.'

'Maar misschien is dat de reden.'

'Waarom ik bloosde?'

'Nee. Waarom je je tot me aangetrokken voelde.'

Ik wist niet goed wat ze bedoelde. Ik zei niets. Ze stak haar hand uit naar mijn wang en trok toen mijn hoofd naar zich toe. Haar andere hand gleed omlaag over mijn borst, onder de revers van Barbara Hellermans gevoerde jasje. Gedurende een fractie van een seconde dacht ik dat ik in een uiterst pijnlijke situatie terecht zou komen, maar toen stootte ze met haar knie in mijn kruis en viel ik kronkelend op de vloer.

'Ik weet wie je bent,' hoorde ik haar zeggen voordat ze de kamer uitging. 'Ze is hier niet. Dus pak je spullen bij elkaar en rot op.'

11

Melody was degene die had voorgesteld om naar de Plymouth Rock te gaan: Melody Schroeder, de actrice die met Carols collega bevriend was. Blumfeld.

Dat herinnerde ik me toen ik aan een gelukskoekje knabbelde in een Chinees restaurant in het centrum van Corinth. Ik had mijn eigen kleren weer aan, en ik voelde me moe maar vreemd genoeg ook voldaan, alsof ik toch nog iets had bereikt, al wist ik wel beter.

Toen ik terugdacht aan het moment waarop Melody de club voor het eerst ter sprake had gebracht, meende ik me te herinneren dat ik haar om ons over te halen, had horen vertellen dat een kennis van haar, een kleurrijk type, ook vaak in die club kwam en dat we hem daar misschien wel zouden tegenkomen als we geluk hadden. En door de mist van de vervlogen tijd kwam plotseling een zin opzetten: *een Europese man, erg bizar...*

Ik kon Melody dat nog duidelijk horen zeggen. Haar hese stem was op een prettige manier in strijd met haar frisse, meisjesachtige uitstraling, en ik dacht die avond (met maar een klein beetje afkeuring) dat ze zich heel goed van de aantrekkelijkheid van dat contrast bewust was.

Een Europese man, erg bizar... Die beschrijving had me toen natuurlijk niets gezegd. Maar nu de implicaties van zuster Cathy's laatste opmerking tot me door begonnen te dringen en ik weer aan de omstandigheden dacht waaronder ik uit het opvangtehuis was gezet, dacht ik ook aan de pelgrimstocht die ik die avond naar de Plymouth Rock had ondernomen, toen ik ook gebruik had gemaakt van een andere identiteit en op ongeveer dezelfde manier buiten de deur was gezet. Het schoot me te binnen dat haar opmerking misschien wel een betekenis had.

Was het mogelijk, vroeg ik me af, dat ik in beide gevallen voor dezelfde man was aangezien?

De omgekeerde stoelen naderden als een kudde nieuwsgierige koeien. Ik betaalde en ging weg. Eenmaal buiten, dwaalde ik in de vochtige lucht door de stad. Langs de straten stonden mooie oude bakstenen huizen met fraaie versieringen op de bovengevels. Er waren overal kerken; schitterende gebouwen uit de vorige eeuw – houten speelgoeddozen met witte torenspitsen, natuurstenen minikathedralen met sierlijke pinakels en bladornamenten. Blijkbaar had Corinth ooit een tijd van bloei gekend, had de stad een reden gehad om hier op deze saaie vlakte te ontstaan, maar wat het ook was geweest, er was niet veel van over. Ik vond een café in een zijstraat en zat daar een paar uur om op een rijtje te zetten wat toen gebeurd was.

Toen onze gasten die avond waren vertrokken en Carol hadden meegenomen naar de club, had ik me gekwetst en ook nogal verontwaardigd gevoeld. Hoewel ik alleen maar had geprobeerd Carol erop te wijzen dat ze altijd een gezonde scepsis had gehad ten opzichte van het soort dingen dat ze nu blijkbaar ging doen, had ze daar zo heftig en met zo'n uitdagende scherpte op gereageerd dat het leek of ik – uitgerekend ik! – een volkomen achterhaalde mannelijke zeggenschap over het doen en laten van mijn echtgenote probeerde uit te oefenen.

Zodra ik in het appartement alleen was, had ik de tafel afgeruimd en mijn best gedaan om niet allerlei betekenissen aan Carols afwijkende gedrag toe te kennen. We hadden een gelukkige, solide relatie: daar was ik zeker van. We zouden niet zo snel zijn getrouwd als dat niet nodig was geweest voor de verlenging van mijn verblijfsvergunning, maar dat had niet tot spanningen geleid. We hadden de plechtigheid op het gemeentehuis gehad en waren daarna met vrienden uit eten gegaan. Het was allemaal erg eenvoudig geweest, en we hadden niet geprobeerd het meer te laten lijken dan het was. Evengoed geloof ik dat ik niet de enige was die in de daaropvolgende dagen verrassend nieuwe en diepe emoties in mezelf aantrof. Ik beschouwde het als een onverdiend geluk dat ik iemand had gevonden van wie alle eigenaardigheden, van haar telefoontjes naar ons congreslid als er een belangrijk wetsvoorstel zat aan te komen, tot en met de manier waarop haar vingers bewogen als ze 's avonds haar tanden floste, verschillende nuances van genegenheid bij me opwekten, alsof in mijn hart een schitterend, stralend mozaïek van liefde stukje voor stukje tot stand kwam.

Voor dat etentje had ik nooit gemerkt dat Carol anders over de dingen dacht dan ik. Ik zei tegen mezelf dat ik niet te veel betekenis aan deze episode moest toekennen. Het was een eenmalige gebeurtenis, dacht ik, een incident zonder gevolgen. Misschien had ze bepaalde oeroude, diepgewortelde erotische fantasieën die in verband stonden met het soort rollenspelactiviteiten waarop Melody had gezinspeeld. In dat geval schaamde ze zich misschien een beetje omdat die gevoelens nu naar buiten waren gekomen en had ze zich agressief opgesteld om haar schaamte te camoufleren. Dat was alles, verzekerde ik mezelf. Het was alleen maar een ondoordachte uitbarsting van haar geweest dat ze in het bijzijn van haar vrienden tegen me had gezegd *laat me verdomme nou eens mijn gang gaan*. Daarmee had ze niet willen zeggen dat ik haar in het verleden had verhinderd haar gang te gaan, dus dat er eerder iets was voorgevallen in een drama waarvan ik niet wist dat ik er een rol in speelde.

En dus was ik naar bed gegaan. Ik moest de volgende morgen vroeg op, want ik had een afspraak bij de immigratiedienst. Carol zou vroeg thuis zijn, nam ik aan: enkele ogenblikken in die club zouden genoeg zijn om haar eraan te herinneren dat de onlichamelijke wereld van persoonlijke erotische fantasieën heel iets anders was dan de grove, vlees-en-bloedwereld van echte mensen, hoe die zich ook gedroegen. Haar oude, stabiliserende afkeer van extravagante manifestaties van menselijke dwaasheid zou zich doen gelden, en dan ging ze daar meteen weg.

Maar om twee uur 's nachts was ze nog steeds niet thuis.

Ik was klaarwakker. Oude twijfels, onzekerheden die als bij tover-slag door de huwelijksvoltrekking waren verdreven, kropen uit hun graf. Ik vroeg me af of ik opnieuw een situatie catastrofaal verkeerd had ingeschat, of ik me opnieuw met een Emily Lloyd had ingelaten. Vergiste ik me in ons geluk? Had ik Carols kalmte voor tevredenheid aangezien, terwijl zich in die stilte alleen maar een sterk antagonisme had opgebouwd? Het rationele deel van mij wees die gedachte van de hand (per slot van rekening was ze uit vrije wil met me getrouwd!), maar angst heeft, net als opwinding, een eigen geest, en om half drie was die geest koortsachtig aan het werk.

Ik had plotseling het gevoel dat ik mijn eigen vrouw niet kende, dat ik niet wist wat ze deed of waartoe ze in staat was. Ik bedacht dat het misschien geen toeval was dat ze zich juist op deze avond op deze manier had gedragen – de avond voor mijn grote dag bij de immigra-tiedienst, de dag waarop zo ongeveer beslist zou worden waar en hoe ik zou kunnen leven. Probeerde ze mijn leven in Amerika te saboteren? Probeerde ze de grote, onpersoonlijke hendels en raderen van de immigratievoorschriften te gebruiken om iets te doen waartoe ze op eigen kracht misschien niet in staat was: ons van elkaar te schei-den? Zat er misschien zelfs een element van zuivere rancune in? Het was of de grond onder mijn voeten vandaan zakte. De hele grondslag van mijn bestaan leek plotseling onzeker. Ergens in die wervelende mist verzon mijn fantasie een scène waarin een immigratieambte-naar bij ons thuis kwam om de authenticiteit van ons huwelijk na te gaan, om vervolgens helemaal geen tekenen van een Amerikaanse echtgenote te vinden. Zou Carol op zoiets aansturen? vroeg ik me af. Zou ze al die tijd bewust of onbewust een haat hebben gekoesterd, een haat die groot genoeg was om zoiets te doen?

Toen ik daar over die mogelijkheden lag te piekeren, herinnerde ik me opeens een gebeurtenis uit het echte verleden, een gebeurtenis die ik indertijd als onbelangrijk had afgedaan, misschien zelfs als ir-ritant, maar die wellicht toch meer betekenis had gehad dan ik had willen denken.

Het ging om een bezoek dat ze kort geleden aan haar ouders in Palo Alto had gebracht. Haar vliegangst was zo groot dat ze, de en-kele keer dat ze zo'n reis maakte, altijd vroeg of ik mee wilde. Als ik niet kon, reisde ze per trein. Maar toen bij die gelegenheid bleek dat ik niet kon, had ze besloten in haar eentje te gaan vliegen. Het werd tijd dat ze over die belachelijke, irrationele fobie heen kwam, had ze gezegd, of op zijn minst leerde die angsten te negeren. Ik probeerde haar niet op andere gedachten te brengen, al zat het me niet lekker: ik maakte me zorgen om haar, maar ik was ook een beetje verdrietig om mezelf. Op een vreemde manier was haar fobie een van de dingen geworden die mij in onze relatie het dierbaarst waren. Niet alleen maakte het onze gezamenlijke reizen tot intermezzo's van extreme intimiteit, waarin ze zo weerloos was dat ik bijna het gevoel had dat een ontzaglijk kwetsbaar kind aan me was toevertrouwd, maar ik was de fobie – nadat ik er nogal een studie van had gemaakt – ook gaan zien als iets wat haar van anderen onderscheidde.

Om het in het kort te beschrijven: die fobie was chronisch, buitensporig in zijn werking, maar stond op zichzelf. Carol dacht er bijna nooit aan als ze niet ging vliegen, en voordat ze mij ontmoette, had ze het alleen maar als een afwijking in een verder evenwichtige persoonlijkheid beschouwd; lastig maar niet van grote betekenis.

Maar voor mij vormden de opeenvolgende angsten die ze voelde vanaf het moment dat ze wakker werd op de dag van een luchtreis, een soort spirituele eremedaille, iets wat haar onderscheidde van de grote massa mensen die – zoals een filosoof het stelde – in 'de kelder van hun bestaan' leefden. Er was iets onwezenlijks aan haar gevoelens, bijna iets religieus, als de toevallen van de Sibillen in de oudheid. Ik moedigde haar altijd aan om zich er volledig aan over te geven, zozeer zelfs dat ze me een keer speels het verwijt maakte dat ik een persoonlijke cultus van haar angst maakte, en het was waar dat ik net zo goed door alle details van haar trauma werd gefascineerd als dat ik haar wilde steunen.

De hele vliegreis werd een ritueel, zoiets als een heilige processie, met zijn staties en voortgang, zijn eigen exacte gradaties van plechtigheid – zo bewogen we ons door de steeds kleinere ruimten van het vliegveld. Bij de check-in trokken de vormeloze angsten van de dag zich in een eerste duidelijke manifestatie samen: een opgewekte, ongewone spraakzaamheid. Carol probeerde met elke voorbijkomende stewardess een ogenschijnlijk nonchalant gesprek aan te knopen over dingen als de mogelijkheid van onverwachte stormen of het veiligheidsbeleid van hun luchtvaartmaatschappij. Daarna passeerden we de röntgenpoortjes om in de meer doelgerichte atmosfeer van de vertrekhal te komen. Daar begon Carols angst aan kracht en heftigheid te winnen. Ze verzon smoezen om naar huis te gaan, elke smoes onbenulliger dan de vorige: ze had het gas aan laten staan en de deur niet op slot gedaan; er was een televisieprogramma dat ze moest zien... En als ik die dingen geduldig uit haar hoofd had gepraat, richtte ze haar aandacht op de monitoren met informatie over vluchten. Ze keek welke vluchten vertraagd waren, welke waren afgelast, en bouwde uit die kleine stukjes informatie een compleet onheilspellend luchtruim op. 'O, Lawrence, laten we een andere dag gaan vliegen,' smeekte ze me dan, en ze had het gevoel dat niets eenvoudiger en vanzelfsprekender kon zijn dan dat we naar huis gingen en het op een andere dag opnieuw probeerden. Was onze eigen vlucht toevallig ook vertraagd, dan pakte ze haar spullen bij elkaar en stond ze triomfantelijk tegenover me, ervan overtuigd dat zo'n onweerlegbaar voorteken van een ramp haar het recht gaf om de reis op te geven. Als ik dan zei dat we toch moesten gaan, keek ze me verbijsterd en doodsbang aan. Met het steeds sterkere gevoel dat ons een catastrofe te wachten stond volgde ze me dan door de gedempte gangen naar de met glas afgezette ruimte die specifiek voor onze vlucht was gereserveerd – de instapgate – waar een soort trance van angst over haar neerdaalde. Warme, smeltende golven van angst bewogen zich door haar buik; haar spieren werden slap, haar ingewanden kwamen los. Ze ging vijf of zes keer naar het toilet en had het gevoel – vertelde ze me – dat ze door een medium waadde dat dichter was dan lucht en dat haar hart met knerpende slagen op en neer liet gaan. En nadat ze het tot het laatst mogelijke moment had uitgesteld, liet ze zich door mij naar de lage, overwelfde opening van de dikke vliegtuigdeur leiden. Ze bleef er eerst even voor staan, zoals je doet voor de geladen duisternis van een offerkapel, en tuurde door de opening in het gordijn naar de immense, groen verlichte dierenriem van het instrumentenpaneel in de cockpit. Het hele toestel gonsde alsof het van duivelse krachten bezeten was. En als we begonnen te taxiën, zwol het gonzen aan tot bulderen. De logge vaart, die ze ondraaglijk vond maar haar tegelijk onvoldoende leek om ons te laten opstijgen, bracht ons van de grond en tilde ons naar de wolken. De wielen werden kloppend en gierend ingetrokken, en andere mysterieuze geluiden trokken door de romp van het vliegtuig – gebonk en gerommel, plotselinge salvo's van schelle geluiden. Zo langzamerhand werd ze helemaal verteerd door doodsangst. Ze leunde in haar stoel achterover en voelde nu eens een duizelige zwakte, alsof het leven al uit haar wegtrok, en dan weer een plotselinge, ondraaglijke intensiteit, alsof alles wat de dood haar aanstonds zou ontnemen zich had samengebald in het moment van nu en ieder moment tot een uitbarsting kon komen, als lucht die in een ballon wordt gepompt.

Al die tijd zat ik ernstig naast haar en hield ik haar bezwete handen vast; meelevend, nieuwsgierig, aanbiddend. Als we huiverend in een turbulentie terechtkwamen, of abrupt omhooggingen om onweerswolken te vermijden, en ze het gevoel kreeg dat ze in een nog afgrijselijker wereld van angst terechtkwam, vroeg ik haar naar de exacte aard van wat ze onderging, en als ze te bang was om te kunnen spreken, vertelde ik haar mijn eigen theorieën – 'wat jij ondergaat, is een openbaring van de volledige realiteit van de dood... Zo is het om op ieder niveau van je bestaan te leven. Je bent een huis waarvan alle lichten aan zijn... Je staat in naakt contact met de echte substantie van je leven. Je ziet het leven in zijn volle, angstaanjagende pracht. De meesten van ons krijgen daar nooit iets van te zien. Het is een gave, als handoplegging of helderziendheid...'

Het was dan ook verrassend geweest, of zeg maar gerust verbijsterend, dat ze toen ik haar in Palo Alto belde om te vragen hoe de vlucht was verlopen, op een vreemde luchtige manier tegen me zei dat alles goed was verlopen, om meteen daarna van onderwerp te veranderen, alsof ze zelfs nauwelijks wilde erkennen dat ze ooit problemen met vliegen had gehad. En na haar terugkeer in New York leek het bijna of ze zich ergerde aan mijn bezorgdheid. Opnieuw zei ze heel rustig dat alles prima was verlopen.

Toen ze die avond haar bagage had uitgepakt, zag ik haar een klein flesje achter in de la van haar nachtkastje zetten.

'Wat was dat?' had ik haar gevraagd.

Ze had zich omgedraaid en verrast gekeken – blijkbaar had ze niet gemerkt dat ik de kamer was binnengekomen.

'Dat? O. Halcyon. Ik nam het in voor de vliegreis. Dokter Elearis heeft het me voorgeschreven. Blijkbaar werkte het.'

'Het moet wel erg krachtig zijn.'

'Dat denk ik ook.' Ze keek me met een opgewekte glimlach aan en ging verder met uitpakken. Ik wist niet goed wat ik moest doen.

Even later keek ze me weer aan.

'Ik dacht dat je het misschien zou afkeuren,' had ze kalm gezegd. 'Daarom vertelde ik het je niet.'

Dat was alles. Maar toen ik twee weken later, in de nacht van haar expeditie naar de Plymouth Rock, in bed lag en mijn eigen voorgevoelens van een naderende catastrofe op een afstand probeerde te houden, merkte ik dat ik opnieuw dat gekwetste gevoel had dat ik ook bij die vorige gelegenheid had gehad. En ditmaal deed ik dat gevoel niet met een inwendig schouderophalen af maar liet ik het tot volle ontwikkeling komen. Het clandestiene karakter van dat alles – het geheime bezoek aan de dokter, de stiekeme aankoop van de tabletten, het verzwijgen van die tabletten toen ze over Palo Alto sprak, de klaarblijkelijke poging om ze na haar thuiskomst te verbergen – dat alles kon ik haar vergeven, want ik kende Carol goed genoeg om te weten dat ze die dingen meer deed om mij te ontzien dan om me te 'bedriegen'. Wat me trof, was de daad zelf. Die staat van meer dan menselijke kwetsbaarheid, van absolute weerloosheid tegen de duistere aspecten van het bestaan, was een van haar glorieuze eigenschappen, net als haar mooie haar of de delicate lijnen van haar handen. Ze wist dat ik er zo over dacht. Daarom had ze sabotage gepleegd toen ze haar angst met een verdovend middel de kop indrukte. Dat was een daad van zelfverminking geweest die, zo dacht ik in die nacht, tegen mij gericht was, een specifieke, provocerende daad, gericht tegen mij, de grootste kenner en enige bewonderaar van haar angst. Ik stelde me voor dat ze die pil inslikte (ze hadden me violet en erg klein geleken), stelde me voor hoe die pil in haar oploste en zijn kunstmatige kalmte in vlagen als grote wapperende lakens uitwierp, die zich één voor één over de verstoring in haar neerlegden en alle onrust in duisternis hulden. Ik had het gevoel dat ze door die angst weg te nemen ook mijn eigen aanwezigheid in haar wegnam, en dat dit, of het nu haar oorspronkelijke bedoeling was geweest of niet, een onverwachte bevrijding bleek te zijn.

Vervolgens had ik (om de bittere beker tot op het bezinksel leeg te drinken) geprobeerd me een beeld te vormen van haar nieuwe, angstvrije gemoedstoestand. Ik merkte dat ik me een soort verhoogde ontvankelijkheid voorstelde: een gebrek aan verzet tegen andere mensen – vreemd misschien, maar ongetwijfeld ook erg aangenaam. En als dat het geval was, zou ze het misschien niet opnieuw willen ondergaan, of ze nu een vliegreis voor de boeg had of niet... Ik trok de la van haar nachtkastje open. De tabletten waren er nog, maar hoewel ik ze niet precies had geteld toen ik het flesje de vorige keer had geopend, had ik het duidelijke gevoel dat het er nu minder waren. Het idee dat ze in die gemoedstoestand – verdoofd, vrij van angst – in Melody's club terecht was gekomen, kwam in me op, en meteen trok alles in mij zich samen van schrik. En hoewel ik wist dat zoiets – stoned van een zwaar verdovend middel naar een seksclub gaan – voor Carol een afwijking zou zijn die gelijkstond aan een totale metamorfose, was dat beeld erg krachtig.

Ik vertel deze dingen met al hun ongetwijfeld nogal triviale details om te bewijzen dat ik best wel wil toegeven hoezeer ik van streek was toen ik het appartement uitstormde en een taxi aanhield om naar de Plymouth Rock aan Eleventh Avenue te gaan. Ja, ik was van streek. Ik was gekwetst, zelfs woedend, maar ik was alleen van plan om Carol te vragen naar huis te komen, en om uit te zoeken wat er aan de hand was – wat er werkelijk in haar omging. Geen moment dacht ik aan geweld. Daar denk ik nooit aan. Ik ben juist nogal teergevoelig als het op geweld aankomt. Alleen al het idee maakt me misselijk. Ik walg ervan! Het gedrag waarvan ik later zou worden beschuldigd, past zo slecht bij mij dat ik zou lachen als die episode niet nog steeds in staat was me te laten huilen.

Het café hier in Corinth ging dicht om ongeveer de tijd dat ik die nacht in New York mijn appartement verliet. Ik ging op weg naar het busstation en liep door een lange brede straat met kleine houten huizen, waar de winterse draden van kornoelje en magnolia als spookwezens in de voortuinen zweefden. Verdoofd door de alcohol als ik was, voelde ik de kou niet, en evenmin mijn vermoeidheid. Ik had het gevoel dat ik altijd zou kunnen doorlopen. De huizen hielden op en de kleine winkelcentra begonnen: lichtgevende benzinestations en winkels; de groen betonnen kubussen van Walmart en K-Mart, die stonden te wachten tot de archeologen van een postcataclysmische toekomst ze ten onrechte zouden aanzien voor de tomben van keizers, begraven met alle vreemde totemvoorwerpen van onze tijd – elektronische apparaten, pluizige speelgoedbeesten. Dat alles herhaalde zich eindeloos, als Chinese paarden, en gaf daarmee blijk van ons ondoorgrondelijk streven naar eeuwigheid. En dan de fastfoodketens – schrijnen van een verloren gegane religie, tempels voor kippengoden en kreeftengoden…

Ik kwam bij een cocktailbar – een vierkant roze gebouw met een neonpalm die in een donker raam knipperde. Buiten stonden een paar auto's die met hun metalen avondglans een geharde eenzaamheid uitstraalden. Ik ging naar binnen: mahoniehouten licht, bijna zwart, met gedempte roze schijnsels van kleine tl-armaturen in de vorm van tropische bloemen.

Een serveerster met een stompe neus, koraalroze lipstick en een ontbloot middenrif leidde me naar een nis.

'Ik ben Terri,' zei ze. 'Als je gezelschap zoekt, wil ik graag bij je komen zitten.'

Ik had nog niet op de andere nissen gelet. Mannen in pakken zaten achter grote glazen – eigenlijk vazen – met wat eruitzag als verf of antivries, één man per kleine, gecapitonneerde, kunstlederen nis, de meeste met een half ontblote serveerster als Terri naast zich.

Achteraf wou ik dat ik Terri's aanbod had aangenomen: als iemand in Corinth die me welgezind was had onthouden dat ik daar was geweest en daarover een getuigenverklaring had willen afleggen, zou ik daar erg door geholpen zijn. Maar natuurlijk was het onmogelijk. Ik had niet eens in mijn eentje in zo'n gelegenheid moeten zitten, al geloof ik dat het me onder de omstandigheden niet kan worden aangerekend dat ik niet onmiddellijk wegging.

'Dat hoeft niet,' zei ik.

Terri glimlachte poeslief.

'Als je iemand anders ziet die je aanstaat, laat je het me maar weten, dan stuur ik haar.'

Ik bedankte haar mompelend en besefte hoe moeilijk en tegelijk zinloos het was om te proberen in zo'n gelegenheid je gedragscode uiteen te zetten. Ik moest denken aan Gladstone, die midden in de nacht de straat op ging om een preek af te steken tegen de hoeren van het Victoriaanse Londen. Uit het schemerduister kwam stemmingmuziek met zware bassen. Er was iets fantasmagorisch Zuid-Amerikaans aan dat alles: de zwoele tropen zoals het winterse Corinth het zich voorstelde... Wat een dag, wat een vreemde dag!

Nadat Terri was weggegaan, herinnerde ik me weer hoe afstotelijk ik eruitzag. Ik vond het ontroerend dat niets in haar houding daarop gezinspeeld had. Nee, dan de norsheid waarmee ik in die club aan Eleventh Avenue was ontvangen. De man in rubber die daar bij de deur stond, had zich van me afgewend toen ik eraankwam. Hij had het zelfs nog beneden zijn waardigheid gevonden me te vertellen dat hij me de toegang weigerde. Ik wachtte lang genoeg om een echtpaar naar binnen te zien banjeren – een jonge vrouw die een oudere man aan een hondenriem meevoerde. Toen ging ik, met de energie van mijn ergernis, naar het appartement terug, greep uit Carols kast wat ik nodig had en verpatste opnieuw tien dollar die ik slecht kon missen aan weer een taxi naar de club. Hoe primitief het als kostuum ook was, het gangsterachtige foetus-op-sterk-watereffect van de nylonkous over mijn hoofd bleek goed genoeg te zijn. Of misschien kwam het doordat het al half vier in de nacht was en het binnen waarschijnlijk al tot zulke verregaande uitspattingen was gekomen dat een enkele vreemde eend in de bijt niet meer werd opgemerkt. Hoe dan ook, de amfibie bij de deur verwaardigde zich om mijn vijftig dollar in ontvangst te nemen en me binnen te laten.

'Het is niet echt, hè?'

Niet echt. Maar het bloed dat over het geschokte, vertrouwde gezicht liep waarvan ik een glimp opving door de nooduitgang die achter me dichtviel toen ik nog eens twintig minuten later naar buiten werd gegooid, had echt genoeg geleken. En de rijzweep waarmee een van mijn potige begeleiders naar me uithaalde voordat hij hem achter me aan gooide, blijkbaar in de veronderstelling dat het ding van mij was, was ook echt genoeg. Ik wist waar ik die zweep had gezien: een dikke man in een leren broek zonder zitvlak had hem aangeboden aan iedereen die hem wilde hebben. Ik was een eind van hem vandaan gebleven, zoals ook – voorzover dat mogelijk was in die benauwend drukke kamers – van ieder ander. *Noli me tangere…* Achteraf lijkt die gelegenheid me van zuiver zoölogisch belang. Ik denk aan *De natuurfilosofie van de liefde* van Rémy de Gourmont, een boek dat ik mijn studenten laat lezen omdat het een geïnspireerde analyse geeft van de biologische grondslagen van seksueel gedrag. De ene na de andere kamer aan de gangen die van de dansvloer vandaan leiden, leek een levende illustratie uit dat boek – orgieën als mierenhopen waarin de minnaars als gouden cascades over elkaar vielen, kikvorsen extatisch schuimend in het slijm, bizarre buikpotigen die hermafrodiete guirlandes vormden…

Was hij daar? vroeg ik me af toen Terri me mijn bier bracht, dat in een vreemdsoortige kroes zat, met een klepje dat je telkens moest openmaken wanneer je wilde drinken. Had hij me in die eerste, donkere, stampende ruimte met zijn massa pulserende lichamen zien binnenkomen, hopeloos uitkijkend naar Carol bij elke nieuwe flits van de blauwe bliksem? Vond hij – kocht hij, leende hij – een kous die hij over zíjn hoofd kon trekken om te doen alsof hij mij was? Kon hij toen al aan zijn vendetta zijn begonnen? Al voordat ik zijn kamer in het Arthur Clay had gekregen?

En zo ja, waarom?

Waarom?

12

Ik nam die ochtend de eerste bus uit Corinth en ging slapen zodra ik thuis was. Laat op die avond werd ik wakker van meneer Kurwens televisie. Ik wankelde versuft naar de keuken en ging op zoek naar iets om te eten. Er lagen een paar eieren in de koelkast, en in de brood-trommel zat een muf half brood. Ik herinnerde me een gerecht dat mijn moeder vaak voor me klaarmaakte toen ik een kind was, een primitieve Franse toast die ze 'eierbrood' noemde. Ze maakte het door plakken brood in geklutst ei te dopen en vervolgens het geheel in bo-ter te bakken. Dat was goed genoeg, dacht ik. Het was beter dan wan-neer ik naar een hip restaurantje in de East Village zou gaan om daar in mijn eentje tussen de groepen jonge eters te zitten en mijn best te doen om eruit te zien als de eregast op een exclusief feest van één persoon.

Onder het bakken zette ik de radio aan. Er was nieuws over de Ira-kezen, die de *no-fly*-zone schonden. Een woordvoerder van het Pen-tagon zei dat de Verenigde Staten zouden reageren wanneer en hoe het hun goeddunkte. 'Wij zijn niet van plan die man te laten bepalen wat we doen,' verklaarde hij, en dat leek me precies de juiste houding die je moest innemen. Daarna was er een kort bericht over het lichaam van een vrouw dat in Central Park gevonden was. Afgezien van de lichte schrik die je automatisch voelt wanneer je zoiets hoort, schonk ik er niet veel aandacht aan. Het eierbrood was klaar; het gespikkelde gele en witte glazuur op beide kanten begon net bruin te worden. Ik legde de twee plakken op een bord, schonk een glas water in en ging aan de keukentafel zitten. Er schoot me een grapje te binnen: als Carol en ik nog op tijd weer bij elkaar kwamen om deze zomer naar het huis van haar tante in Cape Cod te gaan, zoals we van plan waren geweest, zou ik de met horgaas afgeschermde veranda waar we onze maaltijden aten de '*no-fly*-zone' noemen. Dat zou ze grappig vinden – vast en zeker. Alleen al bij de gedachte dat ik dat zou zeggen zag ik haar gezicht met die smetteloze huid al stralen van pret. Ze zou haar hoge, uiterst muzikale lachje laten horen, en voortaan zou iedereen – haar tante en alle andere gasten – de met horgaas afgeschermde veranda de *no-fly*-zone noemen, en ik zou me geweldig goed voelen omdat ik een bijdrage aan de algehele hilariteit had geleverd. Onwillekeurig wou ik dat ik Elaine niet de trui had gegeven die ik voor Carol had gekocht. In zekere zin wou ik dat ik niet eens bij Elaine was gaan eten, dat ik niet alleen de trui had gehouden maar ook mijn emoties zuiver en intact had gehouden voor het moment waarop Carol en ik eraan toe waren al die onzin achter ons te laten en opnieuw te beginnen. Toen ik zover met mijn gedachten was gekomen, en ook het onvermijdelijk zelfbeklag had overwonnen dat op zoiets volgde, en mijn bord had weggezet, was er een ander nieuwsbericht op de radio begonnen. Ditmaal waren er meer gegevens over het lichaam in Central Park. Het was het lichaam van een Ecuadoriaanse vrouw, Rosa Vásquez, die kort geleden in New York was komen wonen. Ze was in de loop van de afgelopen nacht om het leven gebracht door een slag tegen haar hoofd. De reden van de aanval was niet bekend.

Ik zette de radio uit: er was een irrationele angst in me opgekomen en ik was niet van plan mezelf te kwellen door die angst doelbewust te koesteren. Ik las een paar uur en beoordeelde werkstukken tot ik moe genoeg was om weer naar bed te gaan.

In de *New York Times* van de volgende morgen stond een foto van de vrouw met de gouden oorhangers. Niet dat je op die wazige foto die oorhangers zelf kon zien, maar ze was het zonder enige twijfel. Het leek een foto die voor een identiteitspapier was gemaakt, en het zou heel goed een vergroting kunnen zijn van de pasfoto waarvan Trumilcik beschreef dat hij in het gebouw van de immigratiedienst werd gemaakt, die foto waarvoor de vrouw glimlachend haar kapsel had bijgewerkt om de oorhangers te laten zien, om vervolgens van de norse fotograaf te horen te krijgen – *Aretes!* – dat ze ze moest afdoen, met als gevolg de nogal sombere uitdrukking op het gezicht dat nu boven de woorden *Vrouw doodgeslagen in Central Park* naar me opkeek. In het artikel stond dat ze in nijverheidsproducten uit de regenwouden handelde.

Ik schijn er goed in te zijn om de komst van slechte tijdingen op zijn minst tijdelijk te verhinderen. Zoals ik mijn echte reactie op Carols Halcyon had achtergehouden, die keer dat ze zo zorgeloos van Palo Alto was komen vliegen (om een paar weken later de echte schok te krijgen, die misschien des te heviger was omdat hij was uitgesteld), zo had ik nu het gevoel dat ik inwendig flauwviel of me terugtrok, het gevoel dat ik met iets was geconfronteerd dat me diep zou kunnen treffen en dat ik die klap had ontweken.

Die hele ochtend verkeerde ik in een stemming van gespannen neutraliteit. Ik was op een gegeven moment klaar met het beoordelen van de werkstukken en begon me zelfs op mijn college van de volgende dag voor te bereiden. Maar toen ik 's middags naar mijn afspraak met dokter Schrever ging, voelde ik al dat die glanzende rust aan de randen begon te verkleuren. Als een sterk bijtende stof begonnen de implicaties van Trumilciks laatste manoeuvre (ik kon alleen maar veronderstellen dat het dat was) zich in al hun duisterheid door mijn geest te verspreiden. De dingen die tegen mij werden ondernomen, begonnen steeds duidelijker contouren te krijgen, al was het me nog een volslagen raadsel hoe ik me zo'n absurde, gecompliceerde wraakactie op de hals had gehaald, en hoe of waarom zo'n ingewikkelde, vernietigende machinerie ooit in mijn leven verzeild was geraakt.

Ik lag zwijgend op dokter Schrevers rode bank, en ik kon nog steeds aan niets anders dan Trumilcik denken. Ik had haar al die tijd nooit over hem verteld, want naarmate ik meer het gevoel kreeg dat hij een gevaar vormde, had ik ook steeds sterker het gevoel gekregen dat ik over hem moest zwijgen. En hoe graag ik alles er nu ook uitgegooid zou hebben, ik geloofde meer dan ooit dat het onverstandig zou zijn om die duidelijk gestoorde figuur toe te voegen aan het portret van mijn psyche dat dokter Schrever in haar notitieboek aan het samenstellen was.

'Is er iets waarover je niet wilt praten?' vroeg ze nadat er enkele minuten in totale stilte waren voorbijgegaan. Ik was vergeten dat ze soms een subtiele humor gebruikte.

Ik probeerde iets onschuldigs te bedenken om haar tevreden te stellen, maar mijn gedachten bleven zich koppig op Trumilcik richten.

'Je bent er vandaag niet helemaal bij, Lawrence.'

'O nee? Sorry.'

'Is er iets?'

'U bedoelt iets anders dan dat mijn vrouw me heeft verlaten?' Dat had luchtig en sarcastisch moeten overkomen, maar het klonk overdreven, als de woorden van een querulant. De heftige woorden galmden door de stille kamer.

'Ben je boos op mij?' vroeg dokter Schrever.

'Nee. Waarom zou ik boos op u zijn?'

'Misschien dacht je dat ik het verdriet kon wegnemen dat je hebt omdat je vrouw je heeft verlaten. Of dat ik je kon helpen haar terug te krijgen. Ik neem aan dat je daarvoor naar me toe bent gekomen.'

Het scheelde niet veel of ik haalde smalend naar haar uit. Ik had zin om haar de echte reden te vertellen waarom ik daar was, maar omdat ik voorzichtig was, omdat ik niemand van me wilde vervreemden die ik misschien tot mijn bondgenoten kon rekenen als bleek dat ik hulp nodig had, mompelde ik alleen iets vrijblijvends.

Zo sukkelde de sessie nog een halfuur door, en toen besloot dokter Schrever blijkbaar de rest van de tijd in ononderbroken stilte voorbij te laten gaan.

Toen ik daar op die bank lag, besefte ik dat ik al niets meer zou hebben aan de hulp die zij me eventueel zou kunnen bieden, ook niet als ik naar haar toe zou zijn gekomen omdat ik die hulp echt nodig had. Misschien kon ze me wel iets over mijn relatie met Carol vertellen, dacht ik, maar wat kon ze doen aan de verdwijning van een stalen staaf waarop mijn vingerafdrukken zaten?

Toen ik de volgende dag door Mulberry Street liep, zag ik een groep studenten bij de ingang van de campus staan. Sommigen hadden protestborden.

Een demonstratie! Ik was bijna blij toen ik het zag. Het was zo ongewoon in deze apolitieke tijden.

Toen ik de naam *Bruno Jackson* kon lezen, voelde ik me nog blijer. Blijkbaar was het nieuws over onze bijeenkomst van de vorige week uitgelekt. Ik nam aan dat deze studenten duidelijk wilden maken hoe kwaad ze zich om Bruno's gedrag maakten, voor het geval dat de rector-magnificus zich nog afvroeg of hij onze aanbeveling om hem te ontslaan wel moest opvolgen.

Hoewel ik geen persoonlijk plezier aan Bruno's ondergang beleefde, had ik wel het gevoel dat we de wereld een beetje veiliger voor de studenten hadden gemaakt. Dat was voor een deel mijn werk geweest en daar wilde ik best een beetje eer voor hebben.

Het was een venijnig koude ochtend: de hopen bij elkaar geschoven sneeuw op het trottoir waren beregend en daarna bevroren en glansden nu als ijsbergen. De dunne vingers van ijs knapten onder je voeten, een bevredigend geluid.

Ik hoorde de studenten scanderen. '*Geen intimidatie, geen vrijheidsinbreuken,*' gevolgd door iets wat ik niet kon verstaan maar waarvan de strekking me duidelijk genoeg leek.

Er ging een onoverwinnelijke aantrekkingskracht van studenten uit, vond ik: hoe irritant of onbeholpen ze soms ook waren, ze voelden in elke situatie feilloos aan wat moreel juist was. Met hen aan mijn kant kon ik het opnemen tegen alle vijandelijkheden uit de buitenwereld, en toen ik naar hen toe liep, bereidde ik me voor op een moment van warmte. Ik had me misschien wat te afstandelijk tegen hen opgesteld. Om voor de hand liggende redenen had ik liever afstand bewaard dan dat ik hun nabijheid had opgezocht. Nu wisten ze tenminste hoe hun welzijn mij ter harte ging. In wat voor mij een donkere periode was geworden had het moment van erkenning dat me nu te wachten stond (misschien stelde ik me voor dat ze zouden applaudisseren als ik eraankwam) een krachtig effect op me. Hoe belachelijk het ook mag klinken, ik was bijna tot tranen geroerd.

Er viel een stilte toen ik de demonstranten naderde. Ik glimlachte en knikte naar hen. Onder hen zag ik enkele van de jonge mannen en vrouwen met wie ik naar New York was gereisd toen Bruno met hen naar Trumilciks toneelstuk ging. Het meisje met de Peruviaanse hoed droeg een van de protestborden die ik had gezien, met Bruno's naam erop. Ik keek er nog eens naar en realiseerde me tot mijn schrik

dat ik me faliekant in de aard van de demonstratie had vergist. 'BRU-
NO JACKSON MOET VRIJ', stond erop. Blijkbaar waren de reactionaire krachten die in de buitenwereld tegenwoordig hoogtij vierden, nu
ook tot deze tot dan toe zo idealistische jongeren doorgedrongen.

Ik probeerde me te troosten met de wetenschap dat we in hun belang hadden gehandeld, of ze dat nu begrepen of niet, maar toch zou
ik in die donkere tijd erg graag hun steun hebben gehad.

Het scanderen begon weer, en het was nu goed te horen. Het was
banaal en grof en deprimerend stijlloos door de goedkope ironie:

> Geen intimidatie! Geen vrijheidsinbreuken!
> Wij maken zelf wel uit met wie we neuken!

Toen ik daar liep, daalde er een immense vermoeidheid over me neer.
Ik voelde me alsof ik bijna niet meer kon lopen. Het leek wel of de
campus zijn voetpaden tot een eindeloze lengte had uitgerekt. Weer
een beeld van de eeuwigheid, dacht ik: eeuwig tussen het Mulberry
Street-hek van het Arthur Clay en kamer 106 blijven lopen. De par-
keerterreinen, de zwart uitgeslagen gebouwen, de ijzergroene Canadese dennen, de studentengebouwen met hun grijze overnaadse
planken – bij elke stap die je zette, strekte dat alles zich een stap verder
in de koude nevel uit...

Er lag een sleutel in mijn postvakje: klein en zilverig. Geen enkele
aanduiding van waar hij bij hoorde. Ik dacht aan de woorden van de
Pentagon-woordvoerder die ik op de radio had gehoord: *wij zijn niet
van plan die man te laten bepalen wat we doen*. Toch stak ik, met het
gevoel dat ik tegen deze specifieke opponent met iets verfijnders dan
louter hardnekkigheid moest komen, de sleutel in mijn zak. Dat zou
je een capitulatie kunnen noemen, maar dat compenseerde ik door
mezelf te verbieden om me ook maar een moment af te vragen voor
welk slot of voor welke deur die sleutel bestemd was.

Ik gaf mijn college, at mijn lunch en ging in mijn kamer zitten, dat
alles min of meer als een slaapwandelaar. 's Middags verliet ik het gebouw door een zijdeur naar de campus en liep ik naar het station om
naar huis te gaan. *1-800 ONGEMAK?* vroeg de chiropodist. *1-800 WEG
PIJN*. Inmiddels was het veel warmer geworden. De greep van de
winter was blijkbaar aan het verslappen: het was een zachte middag
met een witte hemel. De lucht was vochtig, met een zweem van aarde

erin. Bijna zonder me bewust te zijn van wat ik deed, liep ik naar het andere perron en nam de trein die van New York vandaan ging.

Daar waren de verweerde oude loodsen weer, met hun van Kerstmis overgebleven lichtjes die als verwelkte bloesems aan de verbleekte daken hingen. Daar waren de roestende vrachtwagencabines; daar was het verlaten kermisterrein. Toen dat voorbijgleed, trok iets mijn aandacht: op het houten hokje waar ik de vorige keer alleen de hoofdletters *G* en *M* had gezien, kon ik nu duidelijk de woorden lezen waarvan ze het begin waren: *Gehoornde Man.*

Misschien kwam het alleen maar doordat het nu eerder op de dag was en er dus meer licht was, maar ik had de indruk dat de woorden nog maar pas waren opgeschilderd. Er ging iets onweerstaanbaar feestelijks van uit. Ik zag opeens levendig voor me hoe uitbundige menigten uit een relatief onschuldige tijd met hun dubbeltjes in de rij stonden, half gelovig, half sceptisch, popelend om te zien hoe de kermisexploitant dit nu weer had klaargespeeld. En door me aan die vrolijke beelden vast te klampen kon ik een tijdlang voorbijgaan aan het eigenaardige gekwetste gevoel – alsof een vreemde me had uitgelachen – dat die woorden bij me hadden opgeroepen. *Eén-achthonderd ongemak?* dacht ik. *Eén-achthonderd weg pijn…*

Vanaf het station in zijn meer van grijs asfalt liep ik de kleine twee kilometer naar Lincoln Court.

Bij daglicht heerste hier nog meer stilte en verlatenheid dan bij avond. De blauwe brievenbus op de hoek had iets vreemds, gespannens, alsof hij zichzelf wilde dwingen tot leven te komen en er op zijn kleine pootjes vandoor te gaan. Een geparkeerde auto leek op het punt te staan om in klam zweet uit te barsten. Ik liep door het langgerekte hoefijzer van voltooide en onvoltooide huizen: geen sterveling te bekennen. Achter de huizen stond gelig riet, dof en vlezig van de winter, met daar weer achter een rij bomen. Het was allemaal erg stil, alsof het waakzaam was. Ik herinnerde me een beschrijving die ik eens had gelezen van de manier waarop mensen die onder bepaalde soorten druk staan de materiële wereld zien, vormen en structuren die zich met onnatuurlijke kracht aan je opdringen, die als het ware over zichzelf heen morsen. *Hypercathexis*, geloof ik dat het woord was. Een concentratie van te veel mentale energie.

Het huis leek in diepe slaap verzonken te zijn – gordijnen dicht, garagedeur dicht. Ik vroeg me af of er een trucje was waarmee je kon nagaan of er een auto in een garage stond, zoals je een ei kunt laten ronddraaien om te zien of het gekookt is. Maar ook als de auto er nog stond, besefte ik, bewees dat nog niet dat Elaine niet weg was gegaan. En tegelijk probeerde ik nog een verklaring te vinden voor mijn gevoel dat ze níet weg was gegaan, voor mijn gevoel dat die broer in Iowa helemaal niet had gebeld, zoals Roger Freeman had gezegd. Ik geloofde Roger zelf wel, maar misschien had iemand anders zich als die broer voorgedaan (hoe zou Roger het verschil kunnen weten?), of misschien bestond die broer niet eens. Misschien was er geen auto-ongeluk geweest, misschien... Ja, wat dan? Hoe ik ook speculeerde, als ik licht probeerde te werpen voorbij dat woud van twijfels en tegentwijfels, stierf dat licht weg, als het schijnsel van een zaklantaarn in absolute duisternis.

Het gaf me een onbehaaglijk gevoel om op die manier bij dat huis rond te hangen: ik vroeg me plotseling af of ik werd gadegeslagen, en meteen vóélde ik me ook gadegeslagen. Terwijl ik mijn best deed om niet de indruk te wekken dat ik niet gezien wilde worden, liep ik naar de voordeur en drukte op de bel: geen antwoord. De deur zat op slot, maar in het midden van de knop zat een sleutelgat, zoals in de deurknoppen van hotelkamers. Ik kreeg een ingeving, en met tegenzin haalde ik de sleutel die ik in mijn postvakje had gevonden uit mijn zak. Werd verwacht, vroeg ik me af, dat ik hierheen zou komen? Maar ik zag meteen dat de sleutel niet zou passen, en omdat je het nu eenmaal niet prettig vindt als iemand anders jouw spontane beslissingen heeft voorzien, was dat een opluchting. Maar tegelijk besefte ik dat ik ergens in mijn hoofd had overwogen het huis binnen te gaan en de brief weg te halen die ik aan Elaine geschreven zou hebben, en dat ik misschien al die tijd half bewust had gehoopt met behulp van die sleutel het huis binnen te komen, ja dat het mijn voornaamste reden was om hierheen te komen. Nu pas – nu ik daarin gedwarsboomd werd – was ik me ten volle bewust van het gevaar dat die brief daar in Elaines slaapkamer voor me vormde.

Ik had nauwelijks meer over die brief nagedacht sinds Elaine er die avond in haar slaapkamer voor het eerst over had gesproken. Wat ze over die brief zei, was zo abrupt in de schaduw gesteld door haar onthulling over Barbara Hellermanns dood, en de gebeurtenissen hadden daarna zo'n tomeloze vaart genomen, dat ik niet in de gelegenheid was geweest om over de brief na te denken, zelfs niet om me af te vragen of ik me ermee bezig moest houden. Maar nu ik voor Elaines huis stond, besefte ik dat ik die brief bijna onbewust had ingedeeld bij het briefje op mijn bureau, de sleutel, de poster en alle andere min of meer storende verschijnselen van de afgelopen weken. Ik was de brief gaan zien als een van de dingen waarmee Trumilcik liet blijken dat hij me kwaad gezind was. En wat het uiteindelijke doel van al die streken van hem ook mocht zijn geweest, ik kon me gemakkelijk voorstellen dat een brief die een onbetwistbare schakel tussen Elaine en mij vormde van groot belang voor zijn plannen zou zijn.

Zo nonchalant als ik me kon voordoen slenterde ik naar de achterkant van het huis en probeerde het slot van de achterdeur: ook zonder succes. Toen ik doorliep, zag ik dat de luxaflex van een van de keukenramen half open was. Ik gluurde tussen de scheefhangende stroken naar binnen, en meteen vlamde er een wilde paniek in me op, al bevestigde wat ik zag alleen maar wat ik al had vermoed. Daar op het aanrecht stonden de resten van de maaltijd die Elaine en ik bijna een week geleden hadden gedeeld. Het was er allemaal nog: de vuile borden met het bestek, de vuile wijnglazen, de verkreukelde servetjes. Ik liet mijn hoofd zakken en zag door de kieren tussen de metalen stroken een stuk van de betegelde vloer. Zo te zien waren daar de resten van Elaines quiche op de vloer gekletterd. Kleine insecten kropen over de bleke stronkjes en de grijze, gebroken, hersenachtige roosjes van de bloemkool.

Voorzover ik nog van plan was om in het huis binnen te dringen, zag ik daar nu van af. Ik wendde me van het raam af en strompelde weg, bijna met het gevoel dat ik was weggejaagd. Het was meer wankelen dan lopen wat ik deed. Toen ik Lincoln Court verliet, herinnerde ik me iets wat op het moment zelf onbeduidend had geleken: op de avond van mijn diner met Elaine had ik het stukje papier met haar adres erop in mijn kamer achtergelaten. Het zou wel uit mijn portefeuille zijn gevallen toen ik daar de briefjes van twintig voor Trumilcik uithaalde. Het was in zijn bezit geweest. Elaines adres was in Trumilciks handen geweest! Hij had geweten waar ik heen ging, had geweten waar Elaine woonde. De implicaties daarvan zakten zwaar door me heen en verspreidden een diep afgrijzen door mijn hele lichaam. Aan het beeld van mijzelf en Elaine in haar huis die avond moest ik nu de figuur van Trumilcik toevoegen, die door het raam naar binnen gluurde, zijn stalen staaf in de hand.

13

Toen ik de volgende dag de metro naar dokter Schrevers praktijk nam, dacht ik aan haar notitieboek. Dat was, net als Trumilciks staaf en de brief in Elaines beschilderde kistje, ook een soort ongeautoriseerde representatie van mezelf geworden. Het bevond zich in de buitenwereld en het vertegenwoordigde mij op een manier die me op zijn minst in verlegenheid zou kunnen brengen. Ik zou het graag in mijn bezit hebben gehad, maar tenzij ik het uit dokter Schrevers handen rukte en ermee naar buiten rende – iets wat ik mezelf niet zag doen – was daar erg weinig kans op.

Het schoot me wel te binnen dat het bestaan van dat notitieboek ook voordelen voor mij zou kunnen hebben.

Het woord 'alibi' leek bijna absurd voor iemand met mijn saaie leven, zoals 'privé-detective' een week eerder ook absurd had geleken, maar toch bedacht ik dat mijn reis naar Corinth (iets waarover ik natuurlijk niet met dokter Schrever wilde spreken) een nieuwe betekenis had gekregen. Die reis was mijn alibi, in ieder geval wat Rosa Vásquez betrof. Plotseling leek het me veel belangrijker om duidelijk te maken dat ik op de avond van de moord in Corinth was dan om zo min mogelijk informatie prijs te geven. En dokter Schrevers notitieboek was daarvoor heel goed te gebruiken.

Daarom liet ik de voorzichtigheid die me eerder die week bij haar op de bank had laten zwijgen nu varen. Ik besloot dokter Schrever toch over Trumilcik te vertellen. Ik zou het haar uit de doeken doen: dat ik ging vermoeden dat hij in mijn kamer kwam, dat ik zijn verhaal had gevonden en daarna zijn schuilplaats had ontdekt. Ik zou haar over het laken en de staaf vertellen, en over het smerige souvenir dat hij in ruil voor mijn veertig dollar had achtergelaten, het anonieme briefje, de Portland-poster, de sleutel… Ik zou vertellen (ik voelde nu al de enorme opluchting omdat ik dat zou kunnen doen) dat ik hem steeds meer van betrokkenheid bij de dood van Barbara Hellermann was gaan verdenken, en ik zou haar ook over de vreemde reis naar Corinth vertellen die ik vorige week, op zoek naar hem, had gemaakt.

Zonder er te veel nadruk op te leggen zou ik de tijdstippen van mijn reis en terugkeer erg precies vermelden. Ik zou een uiterst nauwkeurig verslag van de reis uitbrengen. Ik zou de bustocht erheen beschrijven, het wegrestaurant, de plaats Corinth, het opvangtehuis – dat alles met zoveel details dat de werkelijkheid voelbaar werd. Ik zou de mensen die ik had ontmoet zo zorgvuldig portretteren dat niemand nog aan die ontmoetingen zou twijfelen, zelfs niet als die mensen zelf zouden vergeten of ontkennen dat ze me ooit hadden ontmoet. Bovenal zou ik genadeloos eerlijk zijn als het om mijn eigen gedrag en gevoelens ging: zo openhartig dat ik mezelf beschuldigde. Op die manier – dus schuldig aan bedrog en algehele leugenachtigheid – zou ik immuun zijn voor de beschuldiging dat ik een veel ernstiger misdrijf zou hebben gepleegd.

Jammer genoeg kreeg ik niet de kans om dit plan uit te voeren. Voordat ik bij dokter Schrevers huis aankwam, had ook dat een soort beschermend krachtveld gekregen. Het leek wel of ik fysiek werd opgetild en teruggedreven. Zo snel als ik kon lopen ging ik terug in de richting vanwaar ik gekomen was.

Toen ik uit de metro kwam, had ik de *Daily News* gekocht, en die las ik terwijl ik door het park liep. Er had die ochtend niets nieuws over Rosa Vásquez in de *New York Times* gestaan, maar de *Daily News* had een ontwikkeling te melden, en toen ik daarover las, had ik het gevoel dat ik werd omgedraaid en naar de Village werd teruggedreven, vervuld van een vreemde, ziekelijke, gruwelijke ironie waarvan dit hele fiasco doortrokken leek te zijn.

Ze had een stalker gehad, die vrouw. Zodra ik dat las, drong met pijnlijke helderheid tot me door waarom ze die middag in het park op die manier op mij had gereageerd. Zij had ook gedacht dat ik Trumilcik was! En het was allemaal zo'n wanhopige klucht geworden doordat ze nadat ze me iets in het meer had zien gooien, de politie in kennis had gesteld, en die had meneer Kurwens glazen oog van de ijsschots gehaald waarop het was terechtgekomen. Er was nu dus een mogelijk verband tussen de moordenaar van de vrouw en die absurde, bolvormige prothese. Het was net een raadsel: wat hebben een glazen oog en een moord zonder motief met elkaar gemeen? Het antwoord – niet het echte antwoord, maar het enige antwoord – was misschien af te leiden uit de aantekeningen in dokter Schrevers notitieboek. Misschien was dat al gebeurd en was haar praktijk daarom zo radicaal ontoegankelijk geworden.

Mijn appartement voelde leger en stiller aan dan ooit. Ik liep erdoorheen en probeerde helder na te denken over wat ik moest doen. Moest ik me bij de politie aangeven met een wild, niet te controleren verhaal over een complot om mij op een seriemoordenaar te laten lijken? Moest ik proberen Trumilcik weg te lokken uit de plaats waar hij zich nu schuilhield? (Maar wat dan? Moest ik hem beleefd vragen alsjeblieft een eind te maken aan zijn hinderlijke gedrag?) Of moest ik ergens heen gaan, vluchten, een trein of een vliegtuig nemen tot de dingen, zoals ze dat zeiden, 'tot rust gekomen' waren?

Ik kon het niet meer aan. Ik was zo gestrest dat mijn geest gewoon vastliep, als een motor. In een vage, tranceachtige staat pakte ik een paar dingen bij elkaar – warme kleren, paspoort en verblijfsvergunning, allerlei papieren – en stopte ze in mijn aktetas, al wist ik absoluut niet wat ik ermee wilde doen. Toen ik dat had gedaan, verviel ik onmiddellijk in een doffe, vertrouwde inertie. Ik staarde uit het raam zonder te bewegen. Ik zat zo te staren dat ik het flikkerende zilverige licht dat ik vanuit mijn ooghoek kon zien eerst voor een spiegeling op de draaiende ventilator aan de overkant van de binnenplaats aanzag. Zelfs toen ik me uit mijn verdoving wakker had geschud en naar de keuken was gegaan om de weinige beetjes vers voedsel die ik nog had te voorschijn te halen, duurde het even voor ik besefte dat het flikkerende vlekje met me mee naar de keuken was gegaan en een beetje groter was geworden, en dat het dus niets met de ventilator te maken had maar een afgezant uit de wereld van de pijn was die me weer in zijn vertrouwde metaalachtige tenue met een bezoek kwam vereren.

Toen het groeide en zich als een grote, zonovergoten school ma-krelen door mijn gezichtsveld verspreidde, kwam er een hevig, kin-derlijk zelfbeklag in me opzetten. Ik dacht aan mijn moeder, verlang-de als een kind naar de troost die ze me had gegeven wanneer ik als jongen een aanval van migraine had. Ze wist zo diep in mijn pijn door te dringen dat het leek of ze een deel van de last zou kunnen overnemen, of me zelfs helemaal zou kunnen bevrijden. En toen de conventionele geneeskunde me niet had kunnen helpen, was ze met me naar die homeopaat gegaan, die oude Fin met zijn kleine, myste-rieuze pilletjes... Ik vroeg me weer af wat dat waren, ik wou dat ik mijn moeder kon bellen om erachter te komen, en toen de zilverige barrière verdween en de eerste golf van pijn in mijn hoofd neerden-derde, had ik opeens een enorm verdriet om wat er tussen mij en mijn moeder was gebeurd. In de loop van de jaren had ik het contact met haar verloren, en ik had ook geen adres of telefoonnummer meer van haar. Ik had altijd al geweten dat zoiets geen natuurlijke gang van zaken is, maar nu realiseerde ik me voor het eerst hoe ver-schrikkelijk, schokkend vreemd het was. En het was bijna nog erger dat ik geen idee had hoe het zo was gekomen! Het was of er een kloof of breuklijn in mijn psyche lag, een verborgen kerker in mijn bewust-zijn, waarin gebeurtenissen – zelfs gewichtige gebeurtenissen als de-ze – zonder een geluid te maken konden neervallen.

De pijn stampte door mijn hoofd, hamerde tegen de binnenkant van mijn schedel. Toen ik mezelf hardop hoorde schreeuwen van pijn, pakte ik mijn jas en aktetas en rende de trap af naar buiten. Nu had ik tenminste een duidelijk doel. Ik wist precies waar ik heen ging: 156 Washington Avenue. Ik had het adres de afgelopen week vaak ge-noeg in het telefoonboek gelezen. Ik had het steeds weer opgezocht in mijn poging het mysterie van een kennelijke connectie tussen Tru-milcik en mijn vrouw op te lossen, al was dat specifieke raadsel op dit moment zo ongeveer het laatste dat ik in mijn hoofd had, want dat hoofd werd helemaal in beslag genomen door het immense, fysieke ongemak van de migraine – en ook door de licht troostende herinnering van een paar witte, koele handen die tegen mijn slapen en voorhoofd drukten.

Het was een oud gebouw van bruinrode zandsteen met afgeschilferde zwarte leeuwen bij de voordeur. De naam waarnaar ik zocht, stond bij een bel met het opschrift *App 4*. Tot mijn verbazing ging de zoemer van de deur al voordat ik iets in het microfoontje hoefde te zeggen. Ik sjokte de kale houten trap naar de vierde verdieping op en zag dat de deur van het appartement openstond. Ik hoorde stemmen en zachte muziek en kwam in een klein halletje met een staande kapstok waaraan winterjassen hingen.

Bijna onmiddellijk – enkele seconden voordat ik me bewust werd van waar ik naar keek – had ik weer dat gevoel dat ik werd weggeduwd, zoals ik dat eerder die middag ook bij dokter Schrevers huis had gehad en de dag daarvoor bij Elaines huis: een onzichtbare peristaltiek van ruimte, licht en lucht die me – zo leek het – uit het bestaan zelf probeerde te verdrijven.

Ik draaide me om en wist nog steeds niet wat ik had gezien, toen een stem me groette.

Ik draaide me weer om en daar stond Melody Schroeder. Ze had een glas rode wijn in haar hand. Haar wangen waren roze en zagen er zacht uit, en haar haar was kort, bijna geschoren, al leek het toch eerder zacht dan hard. Ze keek me met haar vreemde, ondeugende, veelbetekenende glimlachje aan. Een heerlijke etenslucht was met haar meegekomen.

'Ik ben Lawrence Miller,' zei ik. 'Je hebt een keer…'

'Ik weet wie je bent.'

'Nou, ik vroeg me af…'

'Ja, maar ik kan je niet helpen.'

Ik zweeg en knipperde met mijn ogen. Zelfs de geringste poging om na te denken leek de pijn in mijn hoofd nog heviger te maken.

'O, je bedoelt – nee, nee, het gaat niet om Carol. Het is… Ik heb…' Ik raakte mijn hoofd aan.

Ze keek me afstandelijk maar toch ook nieuwsgierig in de ogen.

'Je hebt het weer, hè?'

'Dat was jij toch? Blumfeld?'

Ze glimlachte. Alleen zie ik nu de wreedheid van die glimlach:

dezelfde lome, begrijpende uitdrukking die ik me achteraf ook herinner van het diner bij ons thuis, maanden eerder, toen ze, haar hese stem een en al potsierlijke onschuld, had voorgesteld om naar de Plymouth Rock te gaan.

'Hier,' zei ze. Ze bracht haar hand naar mijn voorhoofd – één hand maar, want in haar andere had ze dat wijnglas. Ze droeg een duimring: van goud en erg dik. Ik zag het waas van die ring toen ze de voorkant van mijn hoofd vastpakte en met haar duim drukte. Daar ging iets verontrustends van uit, vond ik onwillekeurig. Op een vage, ongrijpbare manier was het een grof gebaar...

'Zo. En nu heb ik een etentje en ik ben bang dat ik niet...'

'Ze is hier, hè?' viel ik haar in de rede. Ik wist nu plotseling ook minstens voor een deel wat ik al eerder had gezien: tussen de andere jassen aan de kapstok was het onmiskenbare koningsblauw van Carols capeachtige winterjas te zien.

'Ja.'

Ik keek over Melody's schouder, maar de gang maakte een hoek en ik kon de gasten niet zien. Aan de flakkerende schaduw op de muur zag ik dat ze bij kaarslicht zaten. Het feit dat Carol daar was, daar om die hoek, waar de stemmen en de muziek en de geuren van het eten vandaan kwamen, was genoeg om ieder besef van pijn uit mijn hoofd te verdrijven, en een ogenblik dacht ik dat Melody's aanraking weer een wonder tot stand had gebracht. Ik probeerde Carols stem in het vage gemurmel van de conversatie te onderscheiden. Alleen al het geluid van haar stem zou iets zijn geweest dat ik met me mee had kunnen nemen. Daar had ik nog dagenlang op kunnen leven! Het leven zelf – alles wat ik van het leven wilde – was daar om die hoek. Een paar stappen en ik kon weer deel uitmaken van een warme kring van mensen bij kaarslicht.

'Ga nu maar,' zei Melody.

Ik knikte. Er klonk een diep, onbedoeld inzicht in haar woorden door, alsof ze me terecht vertelde dat het onzichtbare, gouden beeld daar om de hoek juist mijn afwezigheid nodig had om te kunnen voortbestaan. Toen ik me omdraaide zag ik dat de jas die Carols jas voor een groot deel bedekte me ook bekend voorkwam, en met een schok realiseerde ik me dat díe jas het was – die zwarte jas met zijn split tussen de achterpanden, die bijeenkwamen bij een gestileerd rechthoekje van dikkere stof – die het vreemde krachtveld had gecreeerd waarvan ik had gevoeld dat het me wilde verdrijven zodra ik bij de deuropening was aangekomen. En ik voelde het nu opnieuw, als een harde vlaag koude wind die me in de duisternis terugdreef.

Bruno!
Het was Bruno Jacksons jas!

Hij zou in leven zijn gebleven, zegt Angelo als hij terugkomt op zijn belofte om in ruil voor een nacht met Isabella, Claudio's leven te sparen. *Hij zou in leven zijn gebleven, als niet zijn wilde jeugd mij op een dag belagen zou door wraak te willen nemen...*

Zoals de gasten van *Desert Island Discs* heb ik mijn Shakespeare en mijn bijbel: Barbara Hellermanns Shakespeare en Trumilciks bijbel, die natuurlijk geen gewone bijbel is. Gesteund door die boeken heb ik geprobeerd iets van de gebeurtenissen van de afgelopen weken te begrijpen. En ik heb de indruk dat ik de omvang en complexiteit van de campagne die tegen me werd gevoerd (zoals een verstokt sceptisch deel van me tot het eind aan toe bleef vermoeden) zeker niet heb overschat. Integendeel, ik heb die dingen onderschat, en dat heeft fatale gevolgen gehad.

Toen ik de trap van Melody's gebouw afstrompelde en op straat kwam, was het me nog verre van duidelijk of ik niet met één maar met twee tegenstanders te maken had, bondgenoten die een soort tang-manoeuvre op me wilden toepassen – gemotiveerd, althans aan Bruno's kant, door wraak (ik weet nog niet welk motief Trumilcik had).

In plaats van me te genezen leek Melody's aanraking met één hand mijn hoofdpijn alleen maar erger te hebben gemaakt. En naast die fysieke pijn was er dat beeld – een beeld dat de ziel doorboorde – van Bruno Jacksons jas die Carols jas omhelsde. Met grote moeite riep ik de herinnering op aan wat ik ongetwijfeld het liefst zou zijn vergeten: dat Bruno en Carol elkaar hadden ontmoet, dat ze elkaar kenden uit de tijd, drie jaar geleden, waarin ze op het Getty Institute in Californië onder hetzelfde dak werkten. Dat was in het afgelopen najaar ter sprake gekomen, toen Bruno en ik elkaar pas hadden ontmoet en elkaar aan het peilen waren bij een kop koffie in de faculteitskantine. We hadden toen behoedzaam stukjes van onze levensgeschiedenissen uitgewisseld. 'Het Getty Institute?' had ik gezegd. 'Mijn vrouw was daar een paar jaar geleden ook. Carol Vindler.'

'Carol Vindler is je vrouw?'

Terwijl ik me door de straten van het West Village sleepte, probeerde ik in de tijd terug te graven tot aan dat moment. Had Bruno een glinstering in zijn ogen gehad, was aan zijn stem of gezicht te merken geweest dat hij over gevoelige informatie beschikte en dat hij in een fractie van een seconde besloot om die informatie voor zich te houden? Ik wist het niet zeker, maar alleen al de mogelijkheid liet me duizelen. Bruno en mijn vrouw? Néé! Ik wilde het woord uitschreeuwen, wilde een onuitwisbaar veto op het verleden, het heden en de toekomst drukken. Sommige gebeurtenissen zijn gewoon onverenigbaar met de voortzetting van je leven...

Ik beheerste me zo goed als ik kon en probeerde tot een kalmere, rationelere kijk op de dingen te komen. Ze kenden elkaar; dat stond vast. Misschien had ze hem aantrekkelijk gevonden; sommige vrouwen vonden dat blijkbaar. Maar ook in dat geval betwijfelde ik of er iets zou zijn gebeurd. Het hele, met licht gevulde bouwwerk van Carols persoonlijkheid, haar emoties die zo exact en kristalhelder waren als haar intelligentie – dat alles was gebaseerd op eerlijkheid. Voor haar zou bedrog net zo onduldbaar zijn als een spuugpropje in een Zwitsers horloge. Maar nu – nu ze weer vrij was... Zou ze het contact hebben hernieuwd? Zelfs de meest tevreden echtgenoten bewaren een paar namen en gezichten in hun achterhoofd voor als er moeilijke tijden komen – vroegere minnaars, iemand met wie ze zouden hebben geslapen als de omstandigheden anders waren geweest, toevallige kennissen die ze net iets langer in de ogen hebben gekeken dan de beleefdheid vereiste, een blik die hen beiden ergens heen wilde leiden waar ze niet heen zijn gegaan al zouden ze het nooit vergeten... En als er dan moeilijke tijden komen, als de partner weg is, wat is het dan plotseling gemakkelijk, en vanzelfsprekend, om de telefoon te pakken... Maar bij nader inzien kon ik Carol zelfs dát niet zien doen. Zelfs dat had iets laags. Het zou betekenen dat ze in de tijd dat ze bij mij was toch niet helemaal eerlijk tegen me was geweest, en dat zou ze onverdraaglijk vinden, al was het alleen maar omdat ze zo trots was op haar integriteit.

Nee, Bruno moest het initiatief hebben genomen. Hij moest hebben gehoord dat we uit elkaar waren – niet moeilijk in New York, dat soms net een dorp was. En hij moest een manier hebben gevonden om met haar in contact te komen. Misschien kende hij Melody, kende hij haar via… via Trumilcik! (Op dat moment had ik voor het eerst het gevoel dat ze misschien samen in het complot zaten: Bruno en Trumilcik, Bruno met de sluwe machinaties van de ontevredene, Trumilcik met zijn primitieve en beestachtige wreedheid; Bruno die de Portland-poster ophing, misschien zelfs vervalste, die het briefje in mijn postvak legde, die de brief aan Elaine vervalste; Trumilcik die op mijn bureau scheet, die me in de synagoge te lijf ging…) En via Melody was hij met Carol in contact gekomen. Ah! Het leek wel of mijn ingewanden smolten. Ik voelde me zoals ouders zich waarschijnlijk voelen bij de gedachte dat hun kind door een vreemde is ontvoerd: een onmiddellijke, laaiende paniek die ik moest bedwingen, voor de zoveelste keer, omdat ik me allereerst moest afvragen waarom hij zoiets zou doen. Alleen maar uit opportunisme? De verwoede rokkenjager die alleen maar de wetten van zijn eigen instincten gehoorzaamt? Misschien. Maar had hij het niet ook nadrukkelijk en provocatief op mij voorzien? Wilde hij me in de hel slingeren waar de slachtoffers van seksuele jaloezie hun kwellingen doorstaan? Dat resultaat had het in ieder geval wel. En had hij het dan niet zozeer uit verlangen naar Carol gedaan als wel om wraak te nemen op mij? *Hij zou in leven zijn gebleven* – ik las de woorden opnieuw – *als niet zijn wilde jeugd, mij op een dag belagen zou door wraak te willen nemen*…. Eigenlijk jammer, dacht ik met een zuur lachje, dat de Commissie Seksuele Intimidatie niet de macht bezat om een doodvonnis uit te vaardigen!

14

Ik bracht die nacht in mijn kamer op het Arthur Clay door, in de veronderstelling dat ik redelijkerwijs op een nacht uitstel kon rekenen voordat iemand eraan dacht om me daar te gaan zoeken. Sinds mijn ontmoeting met Trumilcik ging ik ervan uit dat hij 's nachts liever in het souterrain van de synagoge was dan in deze kamer, en de kans dat hij die nacht in de kamer zou verschijnen leek me erg klein. Maar als hij toch kwam, was ik er klaar voor. Tenminste, dat dacht ik.

Ik probeerde in mijn bureaustoel te slapen, maar omdat er veel licht van de campuslantaarns naar binnen viel en mijn hoofdpijn ook nog steeds heviger werd, kwam ik algauw tot de conclusie dat ik in die stoel weinig kans op vergetelheid maakte. De verwarming was blijkbaar ook lager gezet, want het was kil in de kamer. Ik wilde liggen, ik wilde duisternis, en ik wilde iets wat ik om me heen kon slaan.

Met veel tegenzin, al besefte ik dat ik nergens anders heen kon gaan (de kast was niet groot genoeg), opende ik Trumilciks schuilplaats en kroop daar naar binnen. Ik trok de bureaus achter me dicht.

Nadat ik zijn stinkende laken om me heen had geslagen, deed ik mijn ogen dicht en viel in een ongedurige slaap, vol onrustige dromen.

Ik was me niet bewust van nachtelijk bezoek, al dan niet van menselijke aard, maar toen ik tegen de ochtend te voorschijn kwam, vies en met opgezette ogen, besefte ik al voordat ik mezelf in een van Trumilciks strategisch aangebrachte spiegels zag, dat me iets waarlijk catastrofaals was overkomen.

Toen ik mezelf dwong om stil te zitten en de confrontatie met mijn eigen hoofd aan te gaan, had ik het gevoel dat ik dwars door opeenvolgende lagen van bewustzijn heen flauw aan het vallen was, maar dan zonder de luxe dat ik buiten westen raakte.

Uit mijn voorhoofd was een dik, wit, hoornachtig uitsteeksel gegroeid.

Ik wist natuurlijk wel dat zoiets niet kon: dat ik nog sliep en het droomde, of dat de toenemende druk van de afgelopen dagen me vatbaar voor hallucinaties had gemaakt. Toch deed die wetenschap geen enkele afbreuk aan de angst die ik voelde toen ik mezelf in de spiegel zag. Voorzichtig bracht ik mijn hand naar het uitsteeksel, in de vurige hoop dat de tastzin – die misschien minder tot hysterie geneigd is dan het gezicht – zou bewijzen dat het monsterlijke uitsteeksel een zinsbegoocheling is, zodat het niet meer zou bestaan. Jammer genoeg bleek juist het tegenovergestelde het geval te zijn: het ding voelde ontstellend echt aan: hard, glad als een kei, en ijskoud.

Hoewel ik geen pijn meer had, voelde ik me alsof ik extreem ziek was geworden. In mijn relatie tot mijn omgeving was iets verschoven. Fysiek, materieel, waren de dingen om me heen onveranderd gebleven, maar in een essentieel opzicht leek het of ze zich van mij terugtrokken, of dat ik me terugtrok. Het was of ik in een trein op een andere plaats was gaan zitten: wat me tegemoet vloog, gleed nu van me weg. Ik keek naar het meubilair en had het vreemde gevoel dat ik na een ogenblik als 'verlangen' omschreef. Niet dat ik die gewone dingen zág – de zwart gebeitste stoelen, de zonnebloemklok, het aardewerk, de Hot Pot Coffee Maker voor vijf tot zeven koppen – maar ik verlángde ernaar. Ik was vervuld van een nostalgisch verlangen naar die dingen, alsof mijn wereld en die van hen al van elkaar gescheiden waren geraakt.

Al die tijd zei ik tegen mezelf dat de bleke hoorn die uit mijn voorhoofd stak verdwenen zou zijn als ik weer in de spiegel keek. Maar dat bleek niet het geval te zijn. Hij was er nog – wit en spits, in een even ingewikkeld samenspel met licht en schaduw als ieder echt bestaand lichaamsdeel. Ik verzekerde mezelf dat hoe echt die hoorn mij ook leek, hij onmogelijk zichtbaar kon zijn voor iemand anders en dat ik me dus gewoon moest gedragen alsof hij er niet was. Door een opening tussen de Canadese sparren buiten zag ik een schoonmaker die zijn wagentje naar het gebouw van de faculteit Natuurwetenschappen aan de andere kant van de campus duwde. Het drong tot me door dat als ik wilde dat mijn verblijf hier in deze kamer onopgemerkt bleef, ik weinig tijd te verliezen had. Maar ik bleek niet in staat te zijn de kamer te verlaten. Ik had het gevoel dat ik van schaamte dood neer zou vallen zodra iemand me zag.

Misschien zou ik daar zijn gebleven tot ik werd ontdekt, maar toen herinnerde ik me Barbara Hellermanns kastanjebruine baret, die ik na mijn terugkeer uit Corinth met de rest van haar kleren in de kast terug had gehangen. Ik pakte hem en zette hem op. De hoorn vormde een vreemde figuur onder de slappe stof, zodat de baret net de fietshelm van een kind leek – een surrealistische zachte helm – maar in ieder geval was hij nu niet meer te zien.

Bij het verlaten van de kamer wierp ik een laatste blik om me heen, en toevallig zag ik het boek dat ik eerder dat semester van de plank had genomen, het boek waarvan de wandelende boekenlegger me voor het eerst zonder dat ik het wist in contact had gebracht met Trumilcik. Impulsief stak ik het in de zak van mijn jas. Toen glipte ik de kamer uit en liep haastig door Mulberry Street naar het station.

Er zaten op dat vroege uur gelukkig weinig mensen in de trein. Ik zat ineengedoken in mijn eentje op een van de omkeerbare plastic stoelen en keek uit het raam naar het vervuilde riviertje dat langs de vervallen gebouwen sijpelde. Ik vroeg me af wat me zo fascineerde aan dat uitgeputte landschap. Hoe lelijk het ook was, het had ook iets wat me aantrok – een vreemde, vervallen schoonheid die je blik vasthield al gruwde je ervan. Op sommige dagen hadden de richels ijs die in dat riviertje over elkaar heen schoven een roze tint, op andere dagen een mintgroene – dat zou er wel van afhangen welke klier van welke vroegere chemische raffinaderij of verffabriek toevallig was gebarsten en zijn galachtige sappen in het grondwater had laten lopen. Zelfs de stukjes bos die hier en daar stonden, zagen er ten dode opgeschreven uit – de bomen dun en schraal, zo dicht bij elkaar dat

ze geen takken voortbrachten maar parasitaire massa's van draad-
dunne scheuten die elkaar met een sinister goedje bedekten. Verbleekte plastic zakken fladderden in de takken, en je zou je ook niet
kunnen voorstellen dat die bomen iets anders – zoals bloesems of gebladerte – konden voortbrengen.

Ik bedacht dat ik Carol hierheen had moeten brengen. Met haar
belangstelling voor zuiverheid en vervuiling (toen ze me verliet, was
ze een artikel aan het schrijven over de eindeloze discussies die in de
gerechtshoven van het middeleeuwse Europa blijkbaar constant over
riolering en afvalverwerking gevoerd werden) had ze vast wel iets
zinnigs over dit landschap kunnen zeggen. Wat zou ik graag hebben
gewild dat ze naast me zat! Dan had ik naar haar heldere stem kunnen
luisteren – altijd een beetje geamuseerd door de dingen waarop haar
intelligentie neerstreek – en over die dingen kunnen praten! Onwillekeurig dacht ik weer aan de gekleurde pijltjes die ze over het manuscript van mijn vader had laten neerregenen. Vandaar gingen mijn
gedachten naar mijn vader zelf – zijn tumor, en dan de morbide vraag
of ik misschien zojuist op een grimmige fysiologische erfenis was gestuit, een idee waarvan ik me zo snel mogelijk terugtrok. Ik zocht
mijn heil bij het mooiere beeld van zijn papieren met die pijltjes erop,
waarna ik me een specifieke verwijzing herinnerde, en die stuurde
mijn gedachten, bij gebrek aan een ander plan, krachtig in een bepaalde richting.

Hoezeer het tegendeel het geval lijkt te zijn, ik had geen ander motief om die dag naar het Cloisters Museum te gaan.

Het was een koude, mooie ochtend. Het museum – een met S-vor-
mige dakpannen bedekte middeleeuwse fantasie – verhief zich glanzend boven de Hudson, alsof het kort geleden uit zonlicht gehakt
was.

Ik was daar nooit eerder geweest en het viel me op hoe kaal de col-
lectie werd getoond. Het ontbrak hier aan de gebruikelijke drukte
van informatie en beveiliging. Stenen muren en kale houten pla-
fondbalken creëerden een atmosfeer van kloosterlijke eenvoud. De
zalen waren spaarzaam ingericht, zodat het oog de ruimte kreeg om
alle voorwerpen ongestoord te bestuderen. Broodmagere houten
heiligen, vergulde altaarschermen, monumentale ladekasten – alles
stond daar in een onbewogen, door de tijd gepolijste rust. Een ononderbroken a-capellagezang zweefde door de zalen, en van tijd tot

tijd klonk er een bel met een authentieke gebarsten toon. Er hing zelfs de duidelijk kerkse geur van kaarsvet en geolied hout.

John D. Rockefeller, las ik in de brochure die ik oppakte, had de meest vermaarde schat van het museum gekocht: de eenhoorntapijten. Hij zag de wandtapijten toen ze in 1922 voor een expeditie uit Frankrijk naar New York werden gestuurd. 'Ik bleef er maar vijf minuten voor staan om mijn oog te laven aan de schoonheid en rijkdom van hun kleur en compositie,' schreef hij, 'en kocht ze toen meteen.'

De zeven wandtapijten, die zeven stadia van de jacht op de eenhoorn afbeeldden, hingen in een zaal die speciaal was ingericht om op een besloten binnenkamer van een middeleeuws kasteel te lijken. Ik ging als enige bezoeker naar binnen en liep langzaam rond.

Ik was daar waarschijnlijk niet meer dan twintig minuten, maar toen ik de zaal verliet, voelde ik me verdoofd, bijna overweldigd, alsof ik zojuist een lange, beklemmende film had gezien, vol scènes met een droomachtige wederkerigheid of juist in mysterieuze tegenstelling tot mijn eigen leven. Het was of mijn geest uit de verstilde beelden van de wandtapijten een vloeiend continuüm had gecreëerd, zodat het leek of ik de hele jacht in al zijn levendige schoonheid en gewelddadigheid had gadegeslagen.

Voor mijn eigen ogen, zo leek het wel, waren de jonge jagers met hun speren en honden van het met bloemen besprenkelde veld in de bossen vertrokken. Ze reden door het woud tot ze de eenhoorn bij een riviertje vonden. Het dier knielde neer en stak zijn hoorn in het water om het te zuiveren voor de andere wezens van het woud. Een ogenblik van ontzag vervuld, keken de jagers in stilte toe, terwijl de eenhoorn zijn heilige taak vervulde. Maar zodra hij klaar was, was de betovering verbroken en kwamen ze met opgeheven speren en gezichten vol haat naar hem toe. De belaagde eenhoorn kon niet vluchten en verdedigde zich. Hij stortte zich op zijn aanvallers met een woestheid die niet bij zo'n zachtmoedig uitziend wezen leek te passen. Met beide achterpoten trapte hij naar een man die hem van achteren met een speer probeerde te treffen, terwijl hij tegelijkertijd met zijn hoorn de flank van een ongelukkige windhond openreet. Intussen wenkte een vrouw met kleine, mooie, sluwe ogen naar de jagers, alsof ze hun de geheimen van de eenhoornjacht wilde toevertrouwen. En inderdaad lag het arme wezen algauw aan haar voeten. Het knielde daar met een blik vol kalme berusting neer, terwijl de bleke hand van de vrouw op zijn hoofd rustte. Even later werd hij met grof geweld doorstoken. Zijn karkas werd over een zadel gehangen en naar de poort van het koninklijk paleis gebracht, waar zijn hoorn op ceremoniële wijze aan de koning en de koningin werd gepresenteerd.

Wat de jacht zelf betrof, was dat alles, maar in een abrupte, wonderlijke slotscène verscheen de eenhoorn opnieuw. Hij was op wonderbaarlijke wijze weer tot leven gekomen en zat in een houten palissade tegen een met bloemen bezaaide achtergrond van een uitzonderlijke schoonheid.

Aan de andere kant van de galerij waarin ik kwam toen ik de zaal verliet, was een glazen deur die naar een balkon met uitzicht op de Hudson leidde.

Ik ging naar buiten om frisse lucht te happen en mijn gedachten te ordenen. Het uitzicht over de stenen balustrade was als een gekleurde panoramische gravure. In de helderheid tekende iedere tak, boot en rimpeling zich met grote scherpte af. Er kwam een rondvaartboot in zicht, met NIZAM TOURS in rode letters op de grijze romp. Het witte kielzog leek massief en onbeweeglijk. Het lag als kwartsgruis op het gehamerde bronzen water.

Ik was naar buiten gegaan om na te denken over wat ik zojuist had gezien, maar ik werd al afgeleid door iets anders, iets wat in verband leek te staan met wat ik op dat moment beneden me zag – de rivier, de boot, de kristallijne aanblik van dat alles.

Ik realiseer me nu dat ik een soort duistere echo van mijn eerste ontmoeting met Carol beleefde, maar tegelijk onderging ik het alleen als een naamloze angst die me ervan weerhield om aan de wandtapijten te denken.

Ik ging weer naar binnen en kwam in een zaal die aan beeltenissen van de Maagd Maria was gewijd.

Ik besefte niet dat ik in een tijdelijke expositie terecht was gekomen, en in ieder geval had ik de poster van die expositie niet gezien – toen niet en ook bij geen enkele eerdere gelegenheid.

Ik liep langs maagden in lindehout en wormstekig walnoothout, statuesk, een scepter in hun hand, de baby Jezus in hun armen, of anders met zijn broodmagere lichaam op hun schoot. Ik bleef staan bij een klein drieluik, een Maria-Boodschap met de Maagd in een geometrische weelde van rode draperingen, nog niet wetend dat Gabriël in zijn complementaire witte gewaad naderde.

Het was geschilderd met een diepe glans die volgens het bijschrift was verkregen door waterige ondoorschijnende pigmenten te bedekken met laagjes doorschijnende oliepigmenten.

Toen ik dat las, was het of ik plotseling in de lucht opsteeg. Een ogenblik wist ik niet wat er met me gebeurde en vroeg ik me af of ik werkelijk naar het rijk van de fantasie was overgegaan, een idee dat aan kracht won toen ik de figuur helemaal aan het eind van de langgerekte zaal, voorbij het altaarstuk, naar me toe zag lopen, en zag dat het Carol was.

Een onbeschrijflijke uitbundigheid maakte zich van me meester toen ik haar zag, een uitbundigheid die gedurende een fractie van een seconde ruimschoots scheen te verklaren waarom ik het gevoel had boven de vloer te zweven. Ze was hier! Ze kwam naar me toe! Mijn mooie, stralende vrouw!

'Carol!' riep ik.

'Haal hem hier weg!' hoorde ik haar schreeuwen, en plotseling wist ik ook waarom ik in de lucht zweefde: twee grote bewakers hadden hun handen onder mijn ellebogen en probeerden me uit de zaal te verwijderen.

'Carol!' riep ik opnieuw.

'Blijf van me vandaan! Ik heb een rechterlijk bevel. Dat weet je verdomd goed!'

'Carol!' schreeuwde ik, en het was of ik over een grote kloof van misverstand riep, een kloof die niet alleen mij van haar scheidde maar alle mannen van alle vrouwen dreigde te scheiden, alsof we een vreemde continentverschuiving van de seksen ondergingen.

'Haal hem weg! Hij mag niet binnen drie kilometer van mij komen! Ik moest gisteravond ook al de politie bellen!'

Die absurde kwestie van dat rechterlijke bevel! Ze had dat verkregen toen ze die avond in de Plymouth Rock was aangevallen.

'Luister nou, Carol,' riep ik. 'Dat was ik niet, in die club. Dat was...'

Maar de bewakers sleurden me weg en ik kon haar plotseling niet meer zien. Onmiddellijk kwam er een nieuwe kracht in me op, alsof de wetenschap dat dit misschien wel mijn laatste kans was om mezelf te verklaren een onvermoede reserve van energie liet vrijkomen. Met een ontzaglijke wringende beweging draaide ik me van de bewakers los en begon naar Carol toe te rennen. Toen ik dat deed, zag een van de bewakers kans mijn overvolle aktetas te pakken, zodat hij op de vloer viel en opensprong.

Ik moet die nacht dus toch nog een bezoek hebben gehad. Uit mijn aktetas kletterde uitgerekend Trumilciks stalen staaf.

Zelfs ik, geneigd om in elke situatie te verwachten dat het verlichte standpunt zal zegevieren, zag in dat elke poging tot uitleg vergeefs was. Ik pakte mijn aktetas op, rende de zaal uit (pas op dat moment zag ik de discrete poster van de expositie: *Middeleeuwse Maria-aanbidding*, met Carols naam als conservator in kleine letters aan de onderkant), duwde de bewakers opzij toen ze me probeerden tegen te houden, en rende zo hard als ik kon het museum uit, de verlatenheid van het Fort Tryon Park in.

15

Ik moet wel dertig kilometer hebben gelopen. Ik volgde de spoorlijn door de bekende vale buitenwijken, de gerafelde plukjes bos, en langs het riviertje. Het begon al donker te worden toen ik langs het reclamebord van de chiropodist kwam. Ik sjouwde maar door, verdoofd en innerlijk verscheurd, maar tenminste met het gevoel dat ik dichter bij het einde van mijn reis kwam. Na nog een paar minuten kwam ik langs de bouwvallige loodsen met hun snoeren kerstverlichting als spinrag, en toen stond ik eindelijk, onder een koude amethistkleurige hemel, tussen de lege kramen en verwoeste machinerieën van het oude kermisterrein.

De deur naar de houten kraam met het geverfde bord was voorzien van een groot hangslot. Dat had ik niet gezien toen ik er op de heen- en terugweg naar Elaines huis in de trein langs was gereden. Nu ik ernaar keek, voelde ik me plotseling nogal belachelijk, alsof ik me door mijn verbeelding had laten meeslepen en nu opeens de prozaïsche onverzettelijkheid van de realiteit onder ogen zag.

Toen ik het Fort Tryon Park verliet, had ik bij de plotselinge beperking van mijn mogelijkheden aan deze kleine kraam moeten denken. Zoals ook duidelijk verwacht was dat ik een bezoek aan het Cloisters Museum zou brengen (waarom anders was die staaf in mijn aktetas gelegd?), had ik het gevoel dat ik ook vroeg of laat op deze plaats werd verwacht. Ik was hierheen gelopen met het duidelijke gevoel dat ik een onaangename maar uiteindelijk onvermijdelijke afspraak met het lot had. Wat dacht mijn oververhitte verbeelding hier te vinden? Vast geen ontvangstcomité, maar ook niet de ijzige onverschilligheid van een afgesloten deur. Ik rukte maar eens aan het hangslot, maar dat zat goed dicht, en de stalen ringen waar het doorheen ging zaten stevig verankerd in hout dat blijkbaar had besloten hier in weer en wind te fossiliseren in plaats van weg te rotten. Teleurgesteld wendde ik me af. Misschien wachtte de dood zelf aan de andere kant van die deur op me, en eerlijk gezegd had ik dat min of meer verwacht, maar toch voelde ik me bedrogen. Plotseling leek de logische noodzaak uit de hele situatie verdwenen te zijn: ik kon overal heen gaan, besefte ik, of nergens heen. Het zou geen verschil maken.

De lezer van dit verhaal, die niet zojuist dertig kilometer heeft gelopen, zal me nu vast wel een paar stappen voor zijn, al moet ik tot mijn verdediging aanvoeren dat ik zelf ook niet veel stappen nodig had om aan iets te denken dat eigenlijk meteen al bij me had moeten opkomen.

Hij zat nog in mijn zak. Toen ik hem in het slot stak en een klik hoorde die bijna even bevredigend als ergerlijk was, ontdekte ik dat ik deze ene keer gelijk had.

Het gebouwtje is van binnen een beetje groter dan het van buiten lijkt. Voorbij de deur is er een plank ter hoogte van je middel. Vermoedelijk zat mijn voorganger daaraan, zodat je het bovenste deel van zijn lichaam door de met een gordijn afgeschermde opening kon zien.

Ik ging daar nu zitten, dus met de plank als tafel, en hier heb ik mijn volledige, gewetensvolle verslag geschreven van de gebeurtenissen die tot deze gedwongen terugtrekking uit de wereld leidden. Hoewel de machten die tegen me samenspanden ontzagwekkend bleken te zijn, heb ik er alle vertrouwen in dat dankzij mijn verslag een eind zal komen aan mijn onaangename isolement. Misschien zal het me zelfs met mijn vrouw herenigen. Mijn geloof in de fundamentele goedheid en redelijkheid van de vrouwen en mannen op deze wereld is nog even groot als tevoren. Ik geloof dat de waarheid zal zegevieren, zoals ik ook geloof dat over een week of zo de dood uitziende struiken en boompjes buiten dit gebouwtje hun miljarden kleine groene blaadjes en geurige bloesems uit de aarde beneden hen naar boven zullen brengen, al ziet de aarde er momenteel bepaald niet veelbelovend uit.

Als mijn vijanden komen – zoals ze vermoedelijk zullen doen, nadat ze zoveel moeite hebben gedaan om me hierheen te brengen – ben ik er klaar voor om hen tegemoet te treden; niet vijandig maar vergevensgezind. Ik draag niemand een kwaad hart toe. Nadat ik zoveel haat uit zoveel bronnen heb ondergaan, begin ik me af te vragen of die haat niet een uit de oertijd stammende, vergeten, maar misschien toch nog nuttige sociale functie heeft, en dat ik die functie heb moeten vervullen, zoals anderen andere, mooiere, gemakkelijker te herkennen rollen te spelen krijgen, zoals bijvoorbeeld leiderschap, of de verspreiding van humor.

Achter het kermisterrein ligt een groot, glad, glooiend veld – een voormalig vuilstortterrein, neem ik aan – met gebogen witte plastic buizen die uit het oppervlak steken en vale dampen in de koude lucht uitademen. Aan de andere kant daarvan loopt een drukke verkeersweg, en zo'n anderhalve kilometer verder ligt een supermarkt waar ik van tijd tot tijd de starende blikken van andere bezoekers negeer om kaarsen te kopen, en ook petroleum voor het kacheltje dat ik tegenwoordig bezit: mijn enige meubelstuk. Ik kan met gemak van een paar dollar per dag leven, en als het zo doorgaat, zal ik voorlopig niet van de honger omkomen.

En als ik behoefte heb aan verheldering, of om me af te leiden iets anders onder ogen wil hebben dan mijn eigen werk, heb ik Barbara Hellermanns Shakespeare en het boek dat ik meenam toen ik voor het laatst uit kamer 106 vertrok. Dat boek is een vertaling van de Gnostische Evangeliën – de geschriften die door de oude patriarchen als apocrief werden verworpen en buiten de canon werden gehouden die de geautoriseerde versie van het Nieuwe Testament vormt. Toen ik het boek een paar dagen geleden uit mijn tas pakte, viel het vreemd genoeg open op de bladzijde waarop ik aan het lezen was toen ik het voor het eerst opende. En daar zag ik weer de passage die me zo had geboeid voordat ik werd onderbroken en later niet meer wist waar ik was gebleven:

Als u voortbrengt wat in u is, zal wat u voortbrengt u redden. Als u niet voortbrengt wat in u is, zal wat u niet voortbrengt u vernietigen.